河出文庫

感情教育

中山可穂

河出書房新社

Hに捧ぐ

目次

感情教育

第一章　サマータイム

1

産院で女の子を産み落とすと、女はその日のうちに姿を消した。

伊勢佐木町の繁華街にほど近いその産婦人科は、横浜の水商売の女たちがよく堕胎のために利用することで有名だった。女は一人で産院にやって来て、付き添いもなく一人で子供を産み、そして一人で出て行った。一度もその腕に抱かず、名前もつけなかった。子供の顔を見ないようにして、病室を出た。起き上がるだけでめまいするほど体力は消耗していたが、朝になってからでは人目につくので、夜のうちに出て行こうと決めていた。それに一晩でも赤ん坊とともに過ごしたら、決意が揺らぐおそれがあった。

　ベッドを下りるとき、まだ塞（ふさ）がっていない傷口から出血して股（もも）をつたい、スリッパと床を汚した。かなしいほど乳房が張っていた。歩くと下腹部に激痛が走った。一足ごとに意識が遠のいていくようだった。白い廊下を点々と赤い染みがこぼれ、それは雪の降り積もった道にばらまかれた南天の実のように女には見えた。

受付の看護婦が声をかけると、女はちょっと出てきますと言って雨降りの外に出て行き、それきり二度と戻らなかった。

女はすぐに戻ると思われていた。ただ一人、出産に立ち会った助産婦だけがその点については悲観的な見方をした。女は赤ん坊を産んだとき一度も笑わなかったというのだ。それどころか、安堵や感動といった出産直後の母親らしい表情はひとかけらも浮かんでいなかったという。だからあの人は覚悟の上だよ、ここに戻ってくるもんか。そしてそれはその通りになった。

一日経ち、二日経ち、三日を過ぎても母親は戻らず、父親もあらわれなかった。国吉一郎、喜和子というのが赤ん坊の両親の名前として受付用紙に記されていた。国吉喜和子はほとんどゆきずりの妊婦であり、地元に根を張る生活者ではなくヨコハマという港町にひしめいている流れ者のようだった。

院長が赤ん坊に名前をつけ、区役所に出生届を提出した。産院の住所が本籍地となった。院長にとってこのようなことは初めてではなかった。産まれてくる前に殺される子供と、産まれてから捨てられる子供と、どちらがより不幸であるか、彼にはどうでもいいことだった。堕胎の件数でめしを食っている医師にとっては、倫理について考えることは商売の邪魔になるのだった。

今回のケースのように産院に置き去りにされた子供の名前をつけなくてはならない場合でも、あまり深く考えずにその時々のひらめきでパッとつけるように心掛けていた。名前というものは単に記号に過ぎないのであり、その子供の行く末を慮って何がしかの気持ちを込めることは彼の流儀ではなかった。そのとき彼は故郷の和歌山のことを考えていた。生家の近くには有名な滝がある。「和歌子」にしようか「那智」にしようか迷ったが、看護婦たちにアンケートを取った結果、「那智」に決めた。

国吉那智は横浜の乳児院に収容され、そこで二歳までを過ごした。

那智の一番はじめの記憶は、乳児院の花壇である。

他の子供たちの輪からはずれて、いつもひとりで花壇のそばで遊んでいたような気がする。乳児院は小高い丘の上にあり、庭には大きな花壇があり、そこからは海が見えた。キリスト教の奉仕精神と児童福祉法の基本理念に基づいて設立された乳児院には、施設に隣接して教会もあった。院長は牧師が務め、保母さんたちは全員がシスターだった。

那智はスキンシップをひどくこわがる子供だった。誰にも懐かず、保母さんたちが抱き上げようとすると泣いてむずかり、決して抱かれようとしなかった。無理やりに抱きしめられると全身を痙攣させてパニックに陥った。

二歳になると乳児院から養護施設に移された。とはいっても二つの施設は同じ敷地内にあり、棟が違うだけだから、那智は大好きな花壇と離れずにすんだ。施設では児童相談所と協力して養子縁組の斡旋もしており、ここに収容されている親のいない子供たちのほとんどが六歳までのあいだに里親を見つけてもらって引き取られていく。施設には日曜日になると時折、養子縁組を希望する夫婦が全国から見学に訪れた。できるだけ子供たちがかわいらしく見えるように、保母さんたちは白いフリルのついた天使のような衣装を作って教会の聖歌隊で歌わせた。

那智はこの衣装が大嫌いだった。だぶだぶで、つるつるしてて、着せられるたびにわけのわからない不安でいっぱいになる。まるで自分がぬいぐるみになってしまったような気がする。見ず知らずのおじさんにかわいいねと言われて髪の毛を撫でられるのもたまらなくいやだった。きつい香水をつけたおばさんはいきなり頬ずりをしてきたりするのでもっと気持ち悪かった。何てかわいいんでしょうと目を潤ませて真っ赤な唇が近づいてくると、食べられるのではないかと思い、那智は身を竦ませて震え出した。

讃美歌を歌うのは好きだった。オルガンを弾いているのは牧師の娘で、めぐみさんという三十をいくらか越えた女性だった。いつも白いブラウスを着て、黒いスカートをはいていた。化粧は生まれてから一度もしたことがなく、酒も煙草も嗜まず、真っすぐな長い髪を黒い輪ゴムで束ね、冬でもストッキングをはかなかった。オルガンの鍵盤はめぐみさんの指先からこぼれていった汗や脂や青春の時間や女の艶(つや)やその他いろいろなものがしみこんで黒く光っていた。寡黙(かもく)で、いつも控えめにほほ笑み、生涯を教会のオルガン弾きとして全う(まっと)することに心から満ち足りているようだった。

　おそらく那智が親愛の情を抱いた最初の他者はめぐみさんである。といっても那智は他の子供たちのように膝に乗って甘えるようなことはせず、オルガンを弾く背中を見ているだけで安らぎを得た。めぐみさんは那智のことを褒めてくれた最初の人間でもあった。歌を褒めてくれた。絵を褒めてくれた。食事を残さず食べると褒めてくれた。誰にも聞こえないように、小さな声でそっと褒めてくれた。

　那智が二番目に親愛の情を抱いた他者は駐也という同い年の男の子だった。駐也はショッピングセンターの駐車場に捨てられていたのでこの名前がついた。半年後に実の母親が名乗り出てきたが精神分裂症で、父親も行方不明だったため、乳児院で面倒を見なければならなかった。全身にひどいアトピーができていて、おまけに斜視だったのでみんなからいじめられていた。那智は駐也がいじめられているのを見ると、相手が五歳児でも立ち向かっていって仕返しをしてやった。駐也は那智のあとにくっついて歩くようになった。

　施設には駐也のように、実の親がいても病気などの理由で育てられないケースや、片親で乳幼児を抱えての就労が困難なケースなど、一時的に預けられている子供たちも大勢いた。そういう子供たちには時々肉親が面会に来るので、自分とは違うのだということを那智はうすぼんやりと知っていた。彼らが親の前で拗ねたり甘えたり暴れたり、あからさまに感情が波立つさまを、那智は不思議そうに眺めていた。親たちがやって来ると彼らは急にそわそわして、保母さんたちに見せるのとはまったく違う顔を見せるのだ。とろけるような笑顔。激しい癇癪。しらじらしいほどの媚び。異常な興奮。卑屈。傲慢。おびえ。演技。自閉。サービス。何もかもが過剰で、濃すぎるのだ。

うらやましいと思ったことは一度もない。那智には理解できないことだったのだ。彼らの姿は那智をひどく居心地の悪い気分にさせた。何かはしたないものを見てしまったような気がした。なぜ特別な大人に対してだけ、ああなってしまうのだろうと那智は思った。

保母さんたちには那智が寂しそうに見えたのかもしれない。面会日には必要以上にやさしくなって、チョコレートやキャラメルをくれたりした。めぐみさんが映画に連れていってくれることもあった。それは東宝のゴジラ映画で、いやいやをするように東京タワーを壊していたゴジラのほうが、親の前でいともたやすく自分というものを見失ってしまう子供たちよりも、那智にはわかりやすかったし、親しみをもつことができた。めぐみさんは映画に行くときでも白いブラウスに黒いスカートだった。映画がはじまるとラムネ玉を赤いセロファンでくるんだものをそっと手のひらにのせてくれた。

三歳のとき、児童福祉司に連れられて田川夫妻がやって来た。

養女を探しに来たのである。夫妻の希望は三歳くらいまでの健康な女の子で、それに当てはまる子供は那智しかいなかった。那智はもっている服のなかで一番いい服を着せられて夫妻と会った。田川菊男は腕のいい建具（たてぐ）職人、妻の千代も小さな運送会社でパートをしている共働きの夫婦である。千代が子宮外妊娠をして子宮を摘出する大手術をしてから養女をもらうことに決めた。

二人はひと目見て那智を気に入った。那智のほうでは養父母を選ぶ権利など与えられてはいない。今日からこの人達がお父さんとお母さんになるんですよ。牧師先生にそう言われて、施設のみんなに見送られて、那智は外の世界へ出て行った。不安よりも、大好きな花壇とめぐみさんと離れるのがつらかった。千代に手を引かれて門を出るとき、花壇のところに駐也がうずくまっているのが見えた。駐也は表情のない顔をして那智をじっと見つめながら花びらをむしり取っていた。

田川家は千葉のはずれにあり、横浜から来てみると草深い山の中のように思われた。

二人とも働いていたので昼間は保育園に預けられた。こざっぱりとした二階建ての木造家屋よりも、大勢の子供や大人がごちゃごちゃといる保育園の埃（ほこり）っぽい空間のほうが那智には馴染み深く落ち着けたのだが、夕方になると千代が迎えに来て新しいおうちに帰らなければならなかった。すぐに那智はおうちに帰るのが苦痛になった。菊男はたちの悪い酒乱だったのである。

　仕事から帰るとすぐ飲みはじめ、酔い潰れて眠ってしまうまで飲み続ける。普段はおとなしいのだが、酒が入ると人格が変わる。暴力を振るう。はじめ千代にだけ向けられていた暴力は、やがて那智にも向けられるようになった。飲んだら最後、相手が体の弱い女だろうがわずか三つの子供だろうが見境（みさかい）がない。突然、わけもなく怒鳴られる。茶碗が飛んでくる。おぜんが蹴り上げられる。殴られる。こんなことが毎晩のように続く。菊男は酒なしではいられないアルコール中毒でもあった。仕事のない日は朝から飲んでいる。外で飲んでくることはめったになく、必ず家で飲む男だった。

　それまで大人の男に殴られるどころか怒鳴られたことすらない那智は恐慌状態に陥り、泣くことさえ忘れて茫然自失した。千代は体を張って那智を守ってくれた。それを見ると菊男はますます逆上して、出て行け、と言った。おまえら二人ともどこへなりと出て行きやがれ。手がつけられなくなると、千代は那智を抱いて車の中に避難した。鍵をかけ、ふるえながら朝まで車の中で眠った。荷台には菊男の仕事道具が積んであり、そこらじゅうにカンナ屑が落ちていた。ごめんねえ、ごめんねえ、いやな思いさせてごめんねえ。千代はいつもうわ言のように繰り返す。かわいそうに、かわいそうに、こんなうちにもらわれてきて那智はかわいそうに。どこにも行くところはなかった。カンナ屑にまみれて眠る車の中が、二人にとってこの世の行き止まりのようだった。

　朝になると菊男はけろりとして、何事もなかったかのように食卓につき、仕事に出かけていく。ゆうべのことは記憶にないらしい。だから罪悪感というものがない。千代も慣れたもので、ゆうべのことには一言も触れずに割れた茶碗など片付け、味噌汁を作っている。こうでなくてはこの男と暮らすことなどできないのだろう。菊男だって妻の顔にできている紫色の痣を見れば何となくきまりが悪くなるのだが、謝るわけでもなく、やさしい言葉をかけてやるわけでもない。明け方に車からそっと家に戻り、畳の上で眠り込んでしまった夫に毛布をかけてやるのはいつだって妻のほうなのだ。

　まだ幼かった那智にはわからなかったが、夫婦は奇妙な屈折を抱えていた。千代が子宮を摘出したとき、菊男の親が離縁させようとしたが、千代の親が頼み込んでそれだけは勘弁してもらった。千代は体が弱く、子供のできない体では再婚もままならない。千代にはそういう負い目があるからどんなに酒癖が悪くても逃げることができない。子宮がなくなると性欲もなくなり、挿入しようとすると激痛が走るようになり、性交渉も断り続けていた。菊男の鬱屈は、自分が女でなくなったことにも原因があると千代は思っていたから、殴られても、菊男が外で遊んできても、文句ひとつ言わず、決して家を出ようとはしなかった。子供さえいれば、と千代は思った。二人が家族であり続けるためには、どうしても子供が必要だった。

菊男もまた家庭というものに飢えていた。小さい頃に父親を亡くし、早いうちから職人の家に奉公に出された。菊男には鬼のような猛母がいて、五人の子供たちを全員奉公に出し、月末になると奉公先を順番に訪ね歩いてわずかばかりの小遣いを巻き上げていった。親戚たちのあいだでは、この猛母が自分の夫を毒殺したに違いないと噂されるほどだった。それでも菊男にはたったひとりの母であり、憎むことはできなかった。月末に母親がお金をせびりに来ると、きょうだいの中で彼だけが自分から率先して小遣いを渡したという。根はやさしい男だったが、肉親にやさしくされたことがないために、妻や子供にやさしくする方法を知らなかった。

家の中はいつも地獄だったわけではない。菊男が酒さえ飲まなければうまくいっていた。千代は本来明るい女で、家事はあまり得意なほうではなかったが、歌を歌ったり、冗談を言って笑わせたり、場を和ませる雰囲気をもっていた。菊男も人当たりがよく、腕の確かな働き者だったので、職人仲間のあいだでは評判がよかった。昔から贔屓にしてくれている大工の棟梁も何人かいた。二人はようやく目標だった持ち家を手に入れたところだった。

菊男は手先が器用で、実にまめな男だった。料理は千代よりも上手で、酒の肴はいつも自分で作る。機嫌のいいときは那智にも食べさせてくれる。それはたとえばキャベツを根気よくトロ火で三十分以上炒めただけの素朴なものだったが、キャベツの甘みが滲み出ていて驚くほどおいしかった。炊き立ての湯気を上げている熱々のごはんにバターをひとかけら入れ、醬油を垂らして一気にかき込むのも、もっとも安上がりのごちそうだった。らっきょうも自分で漬けるし、梅干しや梅酒作りも欠かさない。千代の具合が悪いときは菊男が朝食を作ってくれる。塩しか入っていない卵焼きや、葱だけを入れてさっと煮立たせた味噌汁は、質素だが子供心にも千代の味より上等な気がした。

那智にとって何よりよかったのは、この家にはつねに猫がいたことである。もの言わぬ小動物の気配や、柔らかい毛並みの手触り、生き物のぬくもりが、那智の孤独を癒してくれた。小さい那智は、もっと小さい猫を抱いて寝床に入った。猫を撫でたり、胸元にくるむようにして一緒に眠るのが那智は好きだった。それは本当は自分が誰かにそうされたいと思っていることのあらわれであった。愛情を注ぎ込む対象を那智は見つけた。猫をかわいがることによって、誰かにかわいがられたいという欲求を無意識のうちに転嫁していたのである。

養父母に甘えることはできなかった。千代に買い物に連れて行かれて、何か買ってあげる、好きなものを言ってごらんと言われても、遠慮して何もいらないと言ってしまう。そのたび千代は寂しそうな顔をした。すべてにおいて無欲で、自己主張をすることがない。玩具売り場や菓子売り場で、あれ買ってこれ買ってと駄々をこねている子供を見ると、那智はその子よりも親の顔を見てしまう。子供のわがままに気分を害して苛々を募らせ、ついにはヒステリーを爆発させるのではないかと、どきどきしながら顔色を窺ってしまう。あんなに親を怒らせたら、今にあの子も捨てられてしまうのではないか。子供は一人では生きていけない。親の都合だけで生きている。だから子供は親の気にさわることはしてはいけないのだ。それを知らずに猿のようにわめきちらしているあの子供は愚かで、とても痛ましいと那智は思った。

大人にとってはかわいげのない子供だったろう。千代が買い与える洋服を、那智は文句ひとつ言わずに着たが、そのかわりうれしがることもしなかった。保育園のお迎えが遅れて、最後の一人になって園長先生と待っているときも、さびしがることはしなかった。あらかじめ何かをあきらめて生きていた。

千代はたびたびお迎えに遅れて那智を最後の一人にしたが、このままここに取り残されても仕方のないことだと那智は思っていた。ある日突然自分を引き取りに来た人なのだから、ある日突然迎えに来なくなったとしても不思議ではない。そうなるとこれから自分はどこへ行くのだろうか。またあの施設に逆戻りするのだろうか。それともこのやさしそうな園長先生の家に引き取られるのだろうか。

　誰にも何も期待しない。それだけが幼い那智の身につけた処世術のすべてだった。那智は野良猫によく似ていた。与えられるえさは黙って食べるが、人間を信用しているわけではない。抱かれたり撫でられたりすることに慣れていないから爪を立てる。えさをくれそうな人間と、石をぶつけそうな人間を瞬時に見分ける眼力をもっている。どんなにおなかが空いていても決して人間に媚びない。自分に降りかかってくるいかなる運命も受け入れる用意がある。生まれてから死ぬまでひとりであることを、本能的に知っている。傷は自分で舐めて癒す。そして、目だけがこわいほど澄んでいる。

2

小学生になると、那智はいじめにあうようになった。

学校に提出する何かの書類で、保護者と名字が違うことをクラスの男子にからかわれたのがきっかけだった。施設から貰われた際、正式な養子縁組の手続きをしていなかったために、その頃はまだ国吉のままでいたのである。菊男が手続きを怠っていたというよりは、いつか生みの母親が名乗り出てくるかもしれないからと、千代が配慮していたからだ。親子で名字が違っていたら子供が学校で肩身の狭い思いをするのではないかという配慮のほうは欠落していた。千代はまったく自己主張をしない那智にたいそう気を遣ったが、その気の遣い方は時々ピントがずれていた。

自分が貰いっ子であることはわかっていたから、みんなの前でことさらその言葉を囃し立てられても特にショックは感じなかった。ただ、そんなことで差別されるのは理不尽だと思った。自分が何か悪いことをしたわけでもないのに。那智はいじめられても臆することなく堂々としていた。何も言わずに強い目で相手をまっすぐ見つめると、たいていの悪ガキはひるんでしまうのだが、よけいにエスカレートするタイプの子供もいて、ねちねちと那智をいじめ続けた。

那智は親にも教師にも黙っていたが、ある日靴を隠されたことがあり、やむなく裸足で帰宅したときに千代に感づかれてしまった。しつこく問い詰められても那智が口を割らなかったので、千代は担任の教師に相談に出かけた。いじめの原因が名字のことであるとわかると、千代は泣いて那智に謝り、菊男もすぐに法的な手続きを取ってくれた。児童相談所の係員を後見人として届け出が出され、国吉那智は正式に田川の家に入籍した。

田川那智となってからも、世界は灰色に塗り込められて色彩を失った雨降りの街のようだった。体の奥に蓄積されていたマグマが不意に爆発するように、那智は発作的に自傷行為を繰り返すようになった。小高い崖の上から真っ逆さまに飛び降りたこともある。崖の下が柔らかい草むらだったのでかすり傷で済んだが、コンクリートだったら大怪我をしていたかもしれない。先端を尖らせた竹の棒切れで顎の下を突いたこともある。血まみれになって帰宅した那智を見て千代は腰を抜かし、タクシーで医者に連れて行った。那智は何針か縫わなければならなかった。

死のうという明確な意志があってのことではない。小学生にはもてあますほどの感情の波を無理やりに封印してきたので、行き場を失ってはみ出したエネルギーが自分の体への破壊衝動となってあらわれるのだ。いわば感情のツケを払わされているようなもので、この発作のおかげで那智の心と体はかろうじてバランスを取っていたと言える。つまりぎりぎりの状態で日々を過ごしていたのである。もし那智が男の子だったら、破壊衝動は他者へ向けられていたかもしれない。

養父の暴力。学校でのいじめ。それにくわえて、千代との関係においても忘れられない出来事があった。小学二年のときだった。千代とお風呂に入っているとき、初めて手術の跡を見せられた。それまでは一緒に入浴するときでも千代は意識的におなかを隠していたのだが、正式に親子となったからには、それなりの覚悟を示したいと思ったのだ。

「よく見とくんよ。お母さんのおなか。目をそむけたらいかんよ」

そう言って千代はタオルをはずし、腹部を見せた。那智は思わず目をそむけた。泣きそうになったが、促(うなが)されてもう一度見た。生々しい十字架が聖痕(せいこん)のように腹一面に切り刻まれていた。まるで彼女の人生に誰かが大きな赤ペンでバッテンをつけたようにも見える。千代は那智に傷痕をなぞらせながら、手術がどんなに痛かったか、子供を産めなくなってしまったことがどんなにつらかったか、那智がこの家に来てくれてどんなに救われたか、お母さんがお父さんをどんなに憎んでいるか、でも那智のためにどんなに我慢しているか、涙まじりに語った。

「那智がいるからお母さんは生きていられるんよ。これからはあんたがお母さんを守ってくれなくちゃ。那智がお母さんの生きがいなんだからね」

千代は夢中で話し続けた。那智がふるえていることを、千代は気がつかなかった。傷痕の衝撃と千代の言葉はいつまでも那智の胸の底に残った。それは那智に強烈な拒絶反応を引き起こした。自分でもどうすることもできないほどの強い気持ちがはっきりと那智の中に芽生えた。その日から、那智は千代のことを「お母さん」と呼ぶことができなくなってしまったのである。

どうしても呼びかけなければならないときは「ハハさん」と呼んだ。

千代は複雑な気持ちだったが、愛称だと思うことにした。

那智のなかの激しい気質はたびたび千代を嘆かせることになった。

家族のアルバムから自分の写っている写真だけを一枚残らず破り捨ててしまったことがある。自分が生きてきた痕跡（こんせき）をすっかり消してしまいたかった。祝福されて生まれてこなかった自分の存在をなかったことにしたかった。いくら血のつながりがなくても、三つのときから育てた子にそんなことをされては、親はあまりにやるせない。何のために苦労して育ててきたのか。この子はこの家に貰われてきたことをやはり恨んでいるのか。

「那智、あんた、生んでくれたお母さんに会ってみたいかい？」

おそるおそる尋ねると、那智は即座に、

「会いたくない」

と言った。千代はほっと胸をなでおろした。

那智のほうでは、なぜそんなことをきくのだろうと思っていた。生みの母親のことについては、なるべく考えないようにして生きてきた。考えはじめると頭がおかしくなってしまうような気がしてこわかった。それは那智の中では最大のタブーだったのだ。触れたくない。触れられたくない。目の前にある現実だけで充分に重苦しいのに、これ以上の荷物を背負いたくなかった。

菊男の酒乱はますますひどくなり、千代の那智への依存は強くなる一方だった。そんななかで那智はどんどん多感な少女になっていった。那智は暴力を振るう養父を憎み、一から十まで那智に頼りきっている養母を憎んだ。酔って錯乱した菊男に飼い猫を半殺しにされたときには、殺してやりたいと本気で思った。実際に刃物を握りしめて寝た夜もある。家出を思いつめたこともあったが、そんなことをしたら千代が生きてはいないだろうことがわかりすぎるほどわかっていたから、実行に移すことはできなかった。そもそも家出というものは、帰るべき家をもっている人間のすることだ。自分にはその資格がないと那智は思っていた。それに那智は恩ということを知っていた。どんな親でも育ててくれた恩がある。赤の他人であればなおさらだ。大人になったら、ここを出て行く。でも子供には選択肢がない。弱さで立ち向かうしか手がない。

早く大人になりたいと思った。大人になれば自由になれる。子供は学校と家にしか居場所がないが、大人になったらどこへでも行ける。学校でも家でもない、どこか居心地のいい、自分のための場所を探しに行けるのだ。

中学二年のとき、那智は初めて自分の戸籍謄本を見た。

そこには養父母の名前と並んで、本当の両親の名前が書かれていた。父・国吉一郎、母・喜和子。それを見た途端、心臓に針を突き刺されたような痛みが走り、全身から汗が吹き出した。どうしていいのかわからない。具体的な親の名前は、那智をひどく混乱させた。手のひらが汗でぐっしょりと濡れるまで、那智はその名前を眺めていた。

最初で最後のつもりで、千代に尋ねた。生い立ちに関わることを那智が自分から口にしたことはなかったので千代は驚いたが、隠さず正直に話してくれた。自分が親に捨てられた子供であることはうすうすわかってはいたけれど、産まれたその日に病院に置き去りにされたことを聞かされると、やはりショックを受けないわけにはいかなかった。その事実はあまりにも大きく、自分一人の力で乗り越えられるとは到底思えなかったので、那智はある方法を考えついた。

ただいまこの瞬間から、一郎と喜和子のことはきっぱり忘れることにしたのである。

そしてこれまでと同じように、考えないことにした。二人がなぜ自分を捨てたのだろうとか、今頃どこでどうしているのだろうとか、思いを巡らすことを一切自分に禁じたのである。それは自分を守るための知恵だった。傷つきたくないから、憎むことさえ禁じた。徹底的に無関心でいることが最も賢いやり方のように思われた。

「もし那智が会ってみたいなら、探してみようか?」

千代はおそるおそる言ってみた。探すあてなどありはしないが、育ての親の義務として、真実を明らかにしたときにはそう言わなければならないと思っていた。もし自分が喜和子の立場なら、子供のことは一日たりとも忘れることはないだろう。どんな事情で手放したかは想像もできないが、いつか子供が大きくなって自分を探しに来てくれることをひそかに望んでいるのではないか。そう思う一方で、もし那智が実の母親と暮らすことを選んでこの家を出て行くことになってしまったらどうしようかと途方にくれるのだった。だから那智が思いもかけぬほど強い口調で、

「絶対に会いたくない」

と言い切ってくれたときは、心の底からほっとした。

あとで菊男にこのことを報告すると、

「今さら探せるはずもない。二度とあいつに余計なことを言うな」

と厳しく叱責された。菊男にとっても那智を失うことは耐えられないのだ。年頃に

なり、きれいになっていく娘が眩(まぶ)しくて、近頃では酒を飲んで暴れても顔だけは殴らないように気をつけている。那智はもうかけがえのない大事な一人娘になっていた。以来、この話題は田川家全体のタブーとなった。テレビを見ていて親子対面番組にぶつかると、誰かがさっとチャンネルを替えるほどの気の遣いようであった。

そして厄介(やっかい)な思春期というやつが等しく那智の上にもやって来た。ロック音楽に夢中になり、おしゃれに気をつかい、鞄(かばん)をどう潰(つぶ)せばよりスタイリッシュに見えるかに熱中した。学校の授業は好きにはなれなかった。やればできるのにと教師にはいつも言われるのだが、しょっちゅう学校をサボったり、仮病を使って保健室で寝る常連になっていた。部活動はもっと苦手で、帰宅部と称してさっさと学校を抜け出した。

不良というほどではないが、ちょっぴり不良っぽい雰囲気が那智にはあり、しかも集団で群れたりせず一人で行動することが多かったので、同級生から見るとずっと大人びた印象を与えた。グループで遊ぶより、一人で音楽を聴いたり本を読んだりすることのほうが好きだった。那智が初めて自分で買ったレコードはイーグルスで、シングル盤もずいぶん集めた。ロックを聴いているときはいやなことを忘れることができた。

「田川ぁ、また寝に来たのか」

保健の宮下先生はまだ若い女の先生で、仮病とわかっていても那智を保健室から追い出したりはせず、好きなだけ寝かせてくれる。話したいときは話し相手にもなってくれる。説教なんかしないで、まるで同年代の友人のように無駄口をたたいてくれるのが嬉しくて、那智はよくここで紅茶をごちそうになりながら他愛ないおしゃべりを楽しんだ。

中学生の那智にとって、保健室はシェルターのようなものだった。宮下先生のいれてくれる紅茶はうちで飲むようなティーバッグではなく、きちんと砂時計で時間を測ってポットでいれる本格的なものだった。時々は輸入食料品店でしか売っていないようなビスケットも出してくれた。先生は英語科の漆原と不倫しているという噂があったが、それを信じている生徒は少なかった。漆原といえば頭髪の薄い、いつもさえない服装をした妻子もちの中年男で、いるかいないかわからないような存在感しかなかったからだ。

でも那智は宮下先生が漆原の前で泣いているのを見たことがある。貧血で寝ていた放課後の保健室のことだ。すっかり眠り込んでしまい、頭痛とともに目を覚ますと、電気もつけない薄暗い部屋で細い糸のような啜り泣きが聞こえた。カーテンの隙間(すきま)からそっと覗(のぞ)いてみると、宮下先生が静かに泣いていて、漆原が何も言わずに先生の手を撫でさすっていた。那智はトイレに行きたかったが、その場を動くことができなかった。感動していたのである。泣いている宮下先生はとても美しかった。泣かれている漆原はやさしくて男らしかった。この二人は愛し合っているのだ。そしていつもセックスをしているのだ。

はるか年上の男に熱烈に愛され、守られている宮下先生が那智はうらやましかった。不倫ということは問題ではなかった。何かを犠牲にしているぶんだけ、愛情は深いように思えた。大人の女になるには、大人の男に愛されなくてはならない。那智の理想の男性は年上の男だった。何でもよく知っていて、包容力があって、那智にいろんなことを教えてくれる、穏やかでやさしい足長おじさんのような男。そんな男に全面的に庇護され、甘やかされ、大人の世界へと導かれたい。

那智はすでにこの頃から無意識のうちに、自分の人生に決定的に欠けているものを恋愛で取り返そうとしていたのである。

だが、初めての恋愛は同級生の男の子だった。

中学三年のときである。隣のクラスの南くんという子で、特に気になる相手ではなかったのだが、あることをきっかけに急速に結びついた。彼のお父さんが自殺してしまったのだ。みんなでお葬式に参列したとき、遺族席でうなだれている彼となぜか目が合ってしまった。ほんの一瞬のことだったが、彼はまっすぐに那智だけをすがるような目で見つめてきた。それまでろくに口をきいたこともなかったのに、その訴えるような淋しい目に那智はひどく心を揺さぶられてしまった。帰りがけにもう一度目が合った。今度ははっきりと那智を求めていた。放ってはおけない、と那智は思った。悲しみの中に怒りがある。虚無の中に渇仰がある。南くんは那智と同じ目をしていたのである。

「あのとき、俺と同じ目をしたやつがもう一人いるなあって思ったんだ」

「あたしも同じこと思ってた」

お葬式からわずか三日後、那智は彼の家にいた。母親と妹は親戚の家に行っていて留守だった。彼が電話をかけてきて、会いたい、と言った。那智はすぐに飛んで行った。彼は自分の部屋ではなく、妹の部屋に那智を案内した。

「ここで首を吊ったんだ。妹が最初に見つけて、俺に知らせに来た。おふくろは出かけてて留守だったから、妹と二人でオヤジを降ろした。それから救急車を呼んだんだ。おかしいだろ。もう死んでたのに。腹が立って腹が立って仕方なかった。死にたけりゃ勝手に死ねばいいけど、そんなことどこかよそでやればいいんだよ。なんでわざわざ子供の部屋で首を吊らなくちゃいけないんだ？　それに死ぬなら遺書ぐらい書いてけよ。理由が全然わかんないんだよ。残された家族は一生宿題みたいに考え続けなきゃいけないじゃないか。なあ？」

　那智は答えるかわりに彼の手を握りしめた。すぐに倍の力で握り返された。彼がものすごく緊張していることが目と指先から伝わってきた。那智も同じくらい緊張していた。

「田川は音楽好きなんだろ。ブルースとか聴く？」

「うん。南くんはどんなの聴いてるの？」

「田川と一緒に聴きたい曲があるんだ」

　彼は自分の部屋から一枚のレコードを持ってきて、恭(うやうや)しくプレーヤーに載せた。彼がゆっくりと針を落とすと、ジャニス・ジョプリンの『サマータイム』がかかった。それは那智も好きな曲だった。同じ曲を聴いていたのかと思うと、胸の中に甘酸っぱい香りがひろがった。

　夜の底の中で、ドラムとベースが足並みを揃えてギターと溶け合っていく痺(しび)れるようなイントロを聞きながら、二人は恋に落ちた。闇を切り裂くリードギターの旋律に影のように静かにサイドギターが寄り添い、二台のギターがクールに絡み合って作り上げられた階段の上から、ジャニス・ジョプリンのしゃがれた叫び声が降りてくる。サマータイムタイムタイム、と絞り出すように唄ってジャニスが息をつくまで四十六秒。身じろぎもせず、息をつめ、目を逸(そ)らさずに見つめあい、ベイビーベイビーベイビー、ノーノーノー、ドン・ユー・クライのところで吸い寄せられるようにくちびるをかわした。それから曲が終わるまでの三分あまりのあいだ、くちびるは離れなかった。そして曲が終わっても魔法は解けなかった。

「ジャニスがベイビーって言う声、とてもセクシーだと思わない？」

二回目の『サマータイム』を聞きながら、那智は処女を失った。初めてのセックスよりも、初めてのキスのほうがずっとロマンティックだった。セックスは、ただ痛いだけだ。

「俺初めてだから、うまくできなくてごめん。でももっとうまくなるから」

理想とはだいぶ違ってしまったが、これから二人で成長していけばいいのだ。那智は後悔なんかしていなかった。生まれて初めて誰かと寄り添っているような気がしていた。

3

それから那智はほとんどの時間を南くんと過ごすようになった。

ともに舐めあうべき傷があるということで二人は結びついていた。那智は自分の生い立ちを初めて他者に打ち明けた。話さなければ彼に対して不公平なような気がしたのだ。同情されることが何より嫌いな那智はこれまで誰にもそんなことを話したことはなかったのだが、彼もまた負のカードを持っているのだから同情されることはないだろうと思った。南くんはますます那智にのめり込み、片時も離れず一緒にいたがるようになった。

これほど誰かに必要とされたのは初めてである。会えば必ず体を求めてくる。十五歳の性はがまんということを知らない。那智のほうではまだ快楽よりも痛みのほうが上回ったが、求められると断らずに体を開いた。セックスを断ることで彼に嫌われることを恐れていた。自分を与える喜びもあった。こんなことで彼の気がまぎれるのならいくらでも自分の体を使ってくれてかまわないと思った。

二人は互いに家を行き来しあって、家族のいない時間にセックスした。雨の日は学校を休んで、一日中部屋にこもり、音楽を聞いたりおしゃべりをしたり試験勉強をしたりする合間に何度もセックスした。親や学校に隠し立てすることは不可能だった。千代は娘にかなり親密なボーイフレンドができたことがわかっても口うるさいことは何も言わず、

「避妊だけはちゃんとしなさいよ」

と言っただけだった。南くんにもこっそり、

「あとで傷つくのは女の子のほうなんだから、男の子のほうが気を遣って、ちゃんとしてあげてね」

と言うにとどめた。那智が小学五年生で初潮を迎えたときから、いずれこういう日が来ることは覚悟していた。この子は大きくなったら男がほっとかないだろう。たくさんの男を泣かす女になるだろう。この子を生んだ母親はきっととても美しい人だったに違いない。男を泣かせて男に運命を狂わされてしまうほど美しかったに違いない。日ごとにきれいになっていく那智を見ていると、千代は誇らしさと同時にかすかな胸苦しさを覚えるのだった。

菊男はといえば、急速に女らしい体つきになっていく娘をどぎまぎしながら眺めていた。胸がふくらむ、コロンをつける、クリームをつける、髪の毛をブローする、下着は自分で洗う。家の中に女がいる。生身の女が息づいている。

「中学生のくせに色気づきやがって」

那智が南くんと会って帰ってくると、菊男は時々拗ねたように悪態をついた。やきもちを焼いていることに自分では気がつかなかった。菊男が那智を一人の女として眺めはじめていることに千代は気づいていた。

避妊はすることもあれば、しないこともあった。

南くんはあまりにも性急に那智の中に入りたがるので、コンドームをつける一瞬の猶予もままならないというときがある。するつもりではないときに突然その気になって、持ち合わせがないときもある。それに二人はまだ色気づいてしまった子供にしか過ぎず、子供に子供なんか作れるわけないとどこかでタカをくくっていたかもしれない。

しかしおそれていたことが起こった。来るべきものが来なくなったのだ。これは一体いつの失敗のせいだろうかと那智は思い返してみた。誰もいなくなった校舎の裏で、下校を促す校内放送のサウンド・オブ・サイレンスを聞きながら壁にもたれて立ったまま交わったときだろうか。あそこは保健室の窓からよく見える。もしかしたら宮下先生に見られたかもしれない。あのときあたしは初めて快感を覚えた。外でする解放感とスリルのせいでとても感じやすくなっていた。彼が射精したとき、あたしが大きな声を上げたのを、宮下先生に聞かれたような気がする。あのときの恥の感覚があたしのなかでふくらんで、赤ちゃんになってしまったのだろうか。那智はそう考えた。

それからパニックがやってきた。もし妊娠していたらと思うと、あらゆることが色褪せて見えた。中学三年生の那智にとって、それは世界の終わりのようなものだった。産めば高校にも行けなくなってしまうばかりでなく、これから始まる人生のすべての可能性が閉ざされてしまうのだ。子供という牢獄につながれて、したいことも見つけられずに生きていかなくてはならない。同級生たちが英語の構文や数式や世界史の年号を覚えているときに、おむつの替え方や離乳食の作り方を覚えなければならない。みんなが生徒手帳を持って通学する傍らで、母子手帳を持って定期健康診断にかよわなくてはならない。バイクに乗ったりディスコへ行ったりするかわりに、ベビーカーを引いて公園デビューというわけだ。

那智はぞっとした。それでも隣に南くんがいてくれるのならまだいい。でもそんなことはありえない。彼の未来をも牢獄につなぐことになるのは耐えられない。そんなことをするくらいなら、誰にも言わずにこっそり子供をあの横浜の乳児院に預けたほうがましだ。そこまで考えて、自分がいやになった。

そのとき那智は、国吉喜和子のことを思い浮かべた。自分を産んでそして捨てた女のことを。彼女もまた今の自分と同じように、身ごもってはいけない子供を身ごもってしまい、どうしていいかわからずに、悩みに悩んであするしかなかったのではないか。だからといって理解し赦すつもりはなかった。もし自分も同じことをしてしまったら、人間として最低だと那智は思った。

那智の様子がおかしいことに南くんはすぐに気づいた。那智がふさぎこんでいるときは放っておくしかないのだが、珍しく執拗にセックスを拒否するので強引に問い詰めた。

「生理がこないの。できちゃったかもしれない」

南くんは気の毒なほどうろたえ、落ち込んだ。

「ごめん。俺のせいだ。ごめん」

「共同責任よ。それより南くん、お金どれくらいある？」

「えっ？」

「少し貸してくれない？　うちは本当の親じゃないから、お金のこと頼めないもん」

那智は病院の検査費用のことを言っていたのだが、堕胎の費用だと思い込んだ南くんはたちまち現実の重みに押し潰されそうになった。彼の家も楽ではなかった。母親と妹を支えていかなければならない立場の彼にとって、女の子を孕ませてしまったから堕ろす金を出してくれなどとは口が裂けても言えるはずがない。高校も私立はあきらめてくれと言われたばかりだ。金が工面できなければ産むほかはない。まったく何ということだ。コンドームを買う金をケチったばかりに堕胎費用がかかり、堕胎費用をケチればこの先もっと大きな費用がかかってしまう。

南くんは逃げようとした。学校でも那智を避けるようになり、電話にも出なくなった。およそ三週間のあいだ、彼は逃亡兵のように卑怯（ひきょう）な男に成り下がり、恥にまみれて生きていた。那智はそんな彼をなじったり責め立てたりはしなかった。廊下ですれ違うとき、目をそらして行き過ぎる彼をあの強い光を放つ瞳でじっと見つめるだけだった。その瞳の中にあるものは抗議の赤い炎ではなく、諦念（ていねん）の青い歯車だった。今までだってこんなふうにいろいろなものを諦（あきら）めてきたのだ。人には頼らない。自分の身の上に起こったことは自分の力で何とかする。

気がつくと毎朝の乗り換え駅で降りずに、東京駅まで来ていた。そこで京浜東北線に乗り換え、横浜に向かっていた。なぜかめぐみさんに会いたかった。駅に着くと、一番近い交番に飛び込んで施設の場所をたずねた。若い巡査は親切に電話番号を調べてくれた。十二年前と同じ場所に現在も建っているということだった。電車とバスを乗り継いで、坂道の下から古ぼけたチャペルを見上げたとき、それは夢の中で何度も見たことのある構図だったので那智は思わず声を上げた。ここはよく知っている場所だ。自分は確かにここにいた。この坂道を下って外の世界へ出ていったのだ。

だがいざとなると坂道を登る気になれなかった。坂道のてっぺんからは海が見えるだろう。那智はそこで昔の自分に会ってしまうのがこわかった。チャペルは夏の陽炎（かげろう）

に揺らめいている。なぜこんなときに、こんなところへ来てしまったのか。那智は夏の太陽に灼かれて全身から冷たい汗を滴らせながら、何度も舗道を行きつ戻りつした。気温は朝からかるく三十度を越え、三十五度になろうとしていた。もしおなかに赤ちゃんがいるなら、この暑さで溶けてしまえばいいと思った。なぜ国吉喜和子は自分を産んでしまったのだろう、育てることができないのならなぜ胎児のときに殺さなかったのだろう、那智はそう思いながら、膝からゆっくりと地面に崩折れた。どのくらいそこに蹲っていたかわからない。風に乗って子供たちの歌う讃美歌が聞こえてきた。そのとき、自分の体から滴っているものが汗だけではないことにようやく気づいて、那智は安堵の笑みを浮かべた。遅れていた分を取り戻すかのように、すさまじい勢いで生理がはじまったのである。

夏休みのあいだ、南くんとは会わなかった。

「もう心配しなくてもだいじょうぶだよ。生理、ちゃんと来たから」

苦しんでいる彼を見るのが忍びなくて報告すると、彼は長いあいだ水底に潜っていてやっと水面に上がってきた人のように息を吹き返した。ああよかった、本当によかった、そう言ってうっすらと涙さえ浮かべた。彼の純粋で正直なところを那智は好きだったが、もう最初の頃のような無条件に相手を受け入れる気持ちは那智の中で失われていた。

「俺のこと、嫌いになった？」

「嫌いになんてならないよ」

「じゃあ、またつきあってくれる？」

那智が何も答えずにいると、彼は父親の葬儀のときのように打ちひしがれた表情をして切々と言った。

「俺、おまえがいないと駄目なんだ。何も手につかないんだ。おまえとずっと一緒にいたい。高校に行ってもつきあってほしい。高校を卒業したら、おまえと結婚したい。しばらく離れてみてわかったんだ。おまえがいてくれたから俺はオヤジのことを乗り越えられたし、母親や妹にやさしくすることができたんだよ。おまえは俺を救ってくれたのに、俺はひどいことをしちゃったよね。だから嫌われても仕方ないんだけど、でも別れたくないんだ。セックスなんかしなくてもいい。おまえが許してくれるまでセックスなんかしなくてもいいから、俺のそばにいてほしい」

那智は自分の前で男が泣くのを初めて見た。彼の涙も、言葉も、もはや那智の胸を打ちはしなかった。泣きたいのはこっちのほうなのに、自分が先に泣いてしまって女の子を泣かせてくれない男に那智は腹を立てていた。南くんはあたしよりも子供なんだ。そしてあたしに依存してる。ほっとけない、とは今度は那智は思わなかった。そばにいてくれと縋られるより、黙ってそばにいてくれる男を求めているのだと気がついた。

「お互い受験だし、夏休みのあいだは会わないようにしようよ」

友達としては失いたくなかったので、南くんときっぱり別れることはできなかった。南くんの部屋と南くんの体は、那智が初めて見つけた居場所でもあった。那智には生きる拠りどころが何もなかったので、誰かに必要とされることがそのまま自分の存在価値につながるのだった。

九月になると、二人はまた以前のように親密につきあうようになった。南くんは避妊に神経質なほど気を遣うようになり、つねに予備のコンドームを持ち歩くようになった。でも那智の中で一度損なわれたものは二度と元には戻らなかった。ただ自分を必要とし大切にしてくれる男を無下には扱いたくないという気持ちからずるずるとつきあっていたに過ぎない。初めての男というよりは、思春期の難しい橋をともに手に手を取って渡った戦友のように思っていた。

やがて年が明け、受験の季節がやってきた。二人は別々の高校を受験し、それぞれ合格した。卒業式のとき、那智は彼の制服の第二ボタンをもらわなかった。そのかわり『サマータイム』のレコードをもらって、那智は胸を張って校門を出て行った。

高校生になっても、南くんとは会っていた。

新しい男ができても、南くんとは会い続けた。那智は和菓子屋でバイトするようになったが、そこの若旦那に気に入られてつきあうようになったのである。

「覚えときな、那智ちゃん。つぶし餡は半殺し、こし餡は皆殺しっていうんだよ」

脇田という三代目の若旦那はいかにも苦労知らずのぼんぼんのように見えたが、南くんに比べるとはるかに大人の男の雰囲気があった。遊び慣れていて、女の扱いが上手そうで、ちょっと崩れた感じに惹かれて、那智は誘われるままにドライブに出かけた。外車に乗せてもらったのも、イタリア料理を食べたのも、それが初めてだった。車はシトロエンで、ワインの銘柄はバローロだった。高校生なのに子供扱いせず、きちんとしたデートをしてくれたのが那智は無性にうれしかった。

「那智ちゃんて、変わってるね。僕は高校生と遊ぶときは、どうせワインの味なんかわかんないんだからキャンティぐらいでお茶を濁しちゃうんだけどさ、きみには安物を飲ませたくないと思わせる雰囲気があるね。那智ちゃんはきっとすごく大人なんだね。一体何を見てきたらそんな表情を身につけることができるんだろう。これからどんないい女になっていくんだろう。那智ちゃんのすべてを知りたいな。そしてずうっと見届けたいな」

それはいつもの軽い若旦那の顔ではなかった。別の一面を見たような気がする。今日の若旦那はとても誠実そうに見える。しかも大人の余裕を持ち合わせている。この男にならが抱かれてもかまわない、と那智は思った。でも照れ臭かったのでとりあえず茶々を入れた。

「あたし、遊ばれてるんですか？」

「そうだよ。ただし、本気で遊ぶ」

若旦那はひどく真面目くさって言った。お店のみんなが言うようにこの人が女たらしだとしてもかまわない。心をこめて口説いてくれたのだから。大人だと言ってくれたことも那智はうれしかったのだ。

「いいですね。本気で遊んでください」

ラブホテルに入るのも初めてなら、男の人と一緒にお風呂に入るのも初めてだった。洗面台に置かれたスキンローションや整髪料を珍しそうに眺めていたら、背中からきつく抱きしめられて唇を吸われながらあっという間にブラウスのボタンをはずされた。南くんにはこんなことはできないなと思った瞬間、彼の顔がよぎったが、罪悪感は感じなかった。若旦那の舌はなめらかなムースのようだった。指はしなやかな鞭のようだった。若旦那の肌には小豆を煮詰めるときのあの懐かしい甘い香りがしみこんでいた。

ただやみくもに腰を動かしてあっけなく果ててしまう南くんとは違って、セックスには技巧というものがあるのだということを若旦那は教えてくれた。なかなか射精しないことも驚きだった。行為の最中に絶えず言葉をかけ、那智がどう感じているかキャッチボールしながら高まっていくのもうれしかった。

終わったとき、那智がティッシュで拭いてあげると、若旦那はひどく感動してその仕草に見とれた。

「そういうちょっとしたことで男はメロメロになっちまうんだ。那智ちゃんはきっといい女になるよ」

それから二週間に一度か三週間に一度、那智は若旦那とホテルに行くようになった。彼は那智にいろいろなことを教えてくれた。酒の味も、フェラチオのやり方も、若旦那から教わった。懐石料理も、フランス料理も、初めて食べさせてくれたのは彼だった。彼は高校生には不釣り合いな高級ブランドの服やバッグを買い与えたりはしなかったが、職業柄か食通だけあってうまいものを食わせることにかけては金を惜しまなかった。バイト代以外に小遣いをもらったことも一度もない。もっとも、くれたとしても那智は受け取らなかっただろう。

彼には妻もいたし、他に愛人と呼べる女が何人かいたが、那智は気にならなかった。自分にも南くんという恋人がいるのだからおあいこだと思っていた。

「那智ちゃん、僕を愛してるか?」

と若旦那はよくきいたが、そのたび那智は答えることができずに口を噤んだ。

「なぜいつも何も言ってくれないんだ」

「よくわからないんです。あの、愛してるって、どういうことなんですか?」

那智はからかっているのではなかった。本当にわからなかったのだ。南くんにも同じことを言われたことがある。愛してると言われて、愛してると答えられない那智を、南くんはとても悲しそうに見つめたものだ。二人のことは好きだと思う、でも愛してるかどうかときかれたら那智は困ってしまうのだ。

4

那智の高校生活は、中学時代よりも自由で楽しいものだった。二人の男とつきあうことによって自信のようなものを身につけた那智は、見違えるほど明るく社交的になっていった。友達もたくさんできた。熱中できる趣味も見つけた。音楽を聴いているだけでは飽き足らなくなり、バンドを組んでドラムを叩きはじめたのである。

ギターでもヴォーカルでもなくドラムを選んだのは、一番クールに見えたからだ。ギターのように旋律をこれでもかと歌い上げるのではなく、正確なリズムを淡々と刻む職人的な作業が性に合っていた。地味で単調なように見えて、実は曲全体を引き締めるワサビのような役割であることも気に入っていた。ドラムセットは高すぎてバイト代だけではとても買えなかったが、学校のドラムをいつでも好きなだけ使うことができたので、那智にはそれで充分だった。

ドラムを叩いていると、なぜか男の子よりも女の子からラブレターをもらうことが多かった。悪い気はしないが、どう対処していいかわからなくて、一度も返事は書かなかった。恋愛感情というよりも、ただ自分のドラムを気に入って手紙をくれるのだろうと理解した。そうでなければ、男性恐怖症のエキセントリックな女の子から仮想現実としての恋人役を求められている匂いがして、それは那智を不快にさせた。那智はその種の匂いを敏感に嗅ぎ分け、注意深く排除することに自覚的になった。那智の自尊心は、自分が何かの代理として利用されることに耐えられなかったからである。

友達は多いほうだったが、親友と呼べる人間はいなかった。心を開いてつきあえるのは南くんだけだった。那智は誰とでも話を合わせることができたし、誰に対しても一定の距離を置いて公平に接したので、嫌われることはめったになかった。それが那智の処世術だった。ほどほどにバランスの取れた摩擦のない人間関係の中に身を置いていれば、疲れたり苛立ったりせずに毎日をやり過ごしていくことができる。那智は誰とも争いたくなかった。クールであることが那智にとって最高の美学だったのだ。

那智のそんな態度は教師に対してもまったく変わらなかった。基本的には親に対しても恋人に対しても飼い猫に対しても同じスタンスを取っていたといえる。それはある意味ではひどく孤独なことだったが、そのかわり那智は自由を手に入れた。誰にも侵されることのない精神の自由。それを持っている者だけがこの世界で自立し自足する王様になれるのだということを那智は本能的に知っていた。

高校には那智の生い立ちを知っている者は一人もいなかった。それが那智をリラックスさせ、萎縮することなく堂々と振る舞わせた。那智はちょっとした異端児だったが、かわいがってくれる教師は何人かいた。雨の日は相変わらず学校をサボってジャズ喫茶や映画館に入り浸り、校則を平気で破ってピアスの穴を開け、しょっちゅう保健室で昼寝していたが、特に目をつけられることもなく、あいつならまあ仕方がないかと思わせる愛敬と威厳を身につけていた。

美術のクロタマこと黒田珠子先生も、那智をかわいがってくれた一人である。

小・中・高を通して、この先生ほど那智に強烈な印象を残した教師はいない。白いものの混じったオカッパ頭に大橋巨泉のような黒縁眼鏡をかけ、上から下まで黒ずくめというでたちも異彩を放っていたが、言動がとにかく圧倒的に個性的なのだ。まず年齢がわからない。白髪は多いがまだ二十代という説もあれば、若作りだがもう五十代という説もあり、教職に就く前の経歴も謎に包まれている。感情の起伏が激しくて、いったん怒り出すと手がつけられない。生徒たちにはクロタマちゃんと呼ばれて慕われていたが、職員室では煙たがられていた。授業中に突然、失恋した話をはじめて止まらなくなったこともある。

「あたしはさァ、失恋するといつも寅さん映画のオールナイト見に行くんだよね。必ずおむすび十個くらい握ってさ、魔法瓶に熱いお茶入れてね。わんわん泣きながら五本くらいぶっ続けで見るわけよ。これは効くよォ。安易にヤケ酒飲むよりずっと効くね。あんたたちもやってごらん」

そう言って教壇の上でさめざめと泣くのである。クロタマは教師のくせに朝早い授業には遅刻する常習犯でもあった。

「悪い悪い。あたし芸術家だから朝起きられないのよねえ。なんで学校ってこんなに早くからやってんだろうねえ。これからは当番がモーニングコールしてくんないかなあ」

那智はこの先生に絵を褒められたことがある。美大へ行ってきちんと勉強することを勧められたが、大学進学など那智にはかなわぬことだった。

「うちにはお金ないですから」

「成績が良ければ奨学金だって取れるんだぞ。男と乳繰りあってばかりいないで、ちったァ本気出して受験勉強でもしてみろよォ」

「でも絵かきなんて食えないでしょう」

「高校生のうちから食いっぱぐれる心配ばかりしてどうするんだ。それとも他に何かやりたいことでもあるのか？」

「デザイン関係とか、いいかなって」

このとき何げなく口にした一言が那智の進路を決定づけることになった。口にしてから初めて那智は自分の進みたい方向に気がついたのだ。絵を描くことは好きだが、それを職業にできるとはゆめにも考えていなかった。もちろんミュージシャンになりたいとも思わない。那智はできるだけ早く実社会に出て行きたかった。一日も早く田川の家を出て経済的に自立したい。誰にも迷惑をかけずに自分の力で生きていきたい。そのためには夢を追うような仕事ではなく、確実にお金になる食いっぱぐれのない職業を選ぶ必要があった。四年間も抽象的な専門知識を学んでいる余裕は那智にはなかった。その半分の時間ですぐに収入につながる技術を身につけなければならなかった。

「もったいないなあ。あたしはめったに美大なんか勧めないんだけどなあ」

と言いながらも、クロタマはデザイン関係の専門学校のパンフレットをいくつか取り寄せてくれ、『モードの迷宮』という難しい本を貸してくれた。でも那智のやりたいのは服飾ではなかった。内装とかインテリアとか、居住空間に自然と目が向いてしまうのは、職人の家で育った環境のせいかもしれない。

昔から、ものを作ることが好きだった。

子供の頃から菊男の手作りの木工細工の玩具で遊んだ。子供用の椅子も、すべり台も、木馬も、廃材をうまく工夫して全部菊男が作ってくれた。

「俺は大酒飲みだが、那智にプラスチックの玩具で遊ばせなかったことだけは自慢できる」

と菊男が言っていたことがある。何でも自分で作ってしまうところは那智も尊敬しないわけにはいかなかった。

　頭で考える仕事より、手や体を動かす仕事に就きたい。そして健康である限り一生働き続ける。那智は自分の将来をそんなふうに定めていた。

　南くんとは別々の高校に進んだが、毎朝駅までの道のりを彼の自転車の後ろに乗っかって通学するのが日課になっていた。雨の日以外、彼は毎朝必ず迎えに来る。朝の短い時間に自転車の上でお互いの出来事を報告しあう。

「よく続くねえ」

　と千代は感心し、暑い日など、

「南くん、牛乳飲んでけば」

　と牛乳瓶を手渡してやる。高校を卒業したら二人は結婚するものだと、千代も菊男も思い込んでいた。南くんは本気で那智と結婚するつもりだった。そのために大学進学を早くからあきらめ、就職することに決めていた。那智にとって南くんはもう恋人というよりは親友か兄弟のようになっており、結婚は考えられなかった。でも彼を説得するのは至難の業(わざ)だ。

「卒業したら専門学校へ行こうと思うンだ」

　ある朝、いつものように彼の背中に顔をつけて走っているとき、ぽつんと言った。

「だから南くんも、自分のやりたいこと見つけたほうがいいよ」

南くんはしばらく黙っていた。

「何かあるでしょ？　なってみたいものとか、ないの？」

「俺のやりたいこと？……おまえと結婚すること」

「あたしは結婚なんかしないよ。南くんとだけじゃなくて、一生誰とも結婚しない」

「なんでだよ」

南くんは自転車を止めずに背中できいた。

「結婚って死ぬまで一緒にいることでしょ。でも人の気持ちなんて簡単に変わるじゃない。南くんだって一度逃げようとしたじゃない。あたしのことなんか信用しないほうがいいよ」

「まだ許してくれてなかったのか」

南くんの背中はいつも太陽の匂いがする。汗と洗剤の匂いがする。朝のパンの匂いがする。南くんの背中はとてもあたたかい。でも那智にはちょっと小さすぎる。

「あたしの頰っぺた、つめたくないの？」

「どういう意味だよ」

南くんはやっと自転車を止めて振り向いた。その目は深く澄んでいる。その手は穢れを知らず青白いままだ。彼の純粋さが那智は急に疎ましくなった。彼の弱さと狡さが耐え難くなった。それはまったく自分自身に向けられた感情でもあった。

「つきあってる人がいるの」

那智は通学途中の自転車に跨がったまま、若旦那との関係を一切合切しゃべってしまった。彼は青白い骨のような顔つきで那智の話を受け止めた。

殴られる、と思った瞬間、彼の拳が目の上に飛んできた。那智は自転車から弾き飛ばされ、みっともなく尻餅をついた。駅へと向かう通行人の群れが舐めるように二人を眺めて行き過ぎていった。あばずれ、というような言葉が彼の唇から絞り出された。それはとても低く小さく空気のような声だったので、なおいっそう那智の胸の真ん中に突き刺さった。

「同じ学校のやつか？」

「違う。バイト先の人」

「俺よりもそいつのほうが好きなのか？」

「二人とも同じくらい好きだと思う」

南くんは、ふざけるな、と吠えた。彼のこんな大声を聞いたのは初めてだ。

「そいつと別れろ」

「わかった。でもそのかわり、南くんとも別れる」

「何だよそれ。理屈になってないじゃないか」

「どっちかとだけ別れるなんてできない。別れるなら両方と別れる」

那智がいったん言い出したら絶対に引かない性格だということを、南くんはよくわかっていた。彼はもう一発那智を殴り、自転車を蹴飛ばして、走り去った。

次の日から、もう迎えに来なくなった。

それが那智なりの筋の通し方だった。

那智は本当に南くんとも若旦那とも別れてしまった。

高校を卒業すると、那智は都心にある専門学校のインテリアデザイン科に入学した。それと同時に田川の家を出て、学校の寮に入った。四人部屋だったが、はじめから他人の中で生活してきた那智にとっては、寮生活は少しも苦にならなかった。それどころか田川の家を出られた解放感で、毎日が楽しくてたまらない。学校の勉強も楽しかったし、男の人とつきあうのも楽しかった。千代が見抜いていた通り、那智はすでに男がほっとかない女に成長していたのである。

那智はいろんなタイプの男たちとつきあうようになった。決まった彼氏がいても、他の男に誘われればデートに応じる。声をかけてくる男は無数にいる。同じ学校の学生、ディスコや飲み屋でナンパしてくる男、バイト先の客、友達の彼氏、彼氏の友達。ワンナイト・ラブの相手も数え切れない。誰とでも寝たわけではなくて、那智が選ぶのは年上の相手ばかりであり、切実に自分を求める男だけだった。求めているのが体だけだとわかっていても、求められれば与えずにはいられないところが那智にはあった。特に自分が好きではなくても、相手に好かれればよほどのことがない限り断らなかった。自分の気持ちよりも、相手の気持ちのほうが重要だった。

そんな那智を、痛々しいものでも見るように眺めている女性がいた。ルミコさんという中性的な魅力の持ち主で、女の子たちに結構騒がれていた先輩である。初めてルミコさんと口をきいたのは門限をとっくに過ぎていつものように裏の塀からこっそり寮に忍び込もうとした土曜日の夜のことだ。

那智はそのとき、予備校の講師をしている男とつきあっていたにもかかわらず、ディスコで名前も知らないサーファーにナンパされ、浴びるほど酒を飲んでホテルに行ってふらふらになって送られて帰ってきたところだった。終電に間に合わなくなりそうなのでシャワーを浴びる暇もなかった。スコッチ&ミルクの味と男の味が一緒くたになって、胃がむかむかして、塀を乗り越えるとき盛大に吐いてしまった。ゲロの海の中へ頭から突っ込んで、ついでに膝を擦りむいて、お気に入りのヨーガンレールのパンツに穴を開けてしまった。喫茶店でウエイトレスのバイトをしてやっと買ったものだったので、那智はひどく悔しくて、いまいましげにドアを蹴飛ばして開けた。そこにルミコさんが立っていた。

その声音のクールさに、那智ははっとして思わず酔いが覚めそうになった。

「もう時間外だからシャワーは出ないよ。おいで」

ルミコさんは那智の手を引いて洗面所に連れていくと、水道の蛇口にホースをつないで即席のシャワーを作り、ゲロまみれの那智の髪の毛を丁寧に洗ってくれた。知らず知らずのうちに陶然となってしまうほどその手つきは柔らかく、クールな声音とは裏腹にその指先はあたたかく感じられた。

「いつも違う男に送られて帰ってくるんだね」

「えっ……見てたんですか？」

恥ずかしさのあまり体が火照っていく。

「見てたっていうか、見えちゃうっていうか。うちの部屋、塀のすぐ真ん前だから」

「あ……すいません。いつもお騒がせして。グラフィックの東海林先輩ですよね？」

「あなた、寮長に目つけられてるの知ってる？　門限破りと器物破損の常習犯でしょ」

「いやあ、知りませんでした」

ルミコさんは那智の髪の毛を洗い終えると、ごしごしとバスタオルで拭いてくれながら、ものすごくぶっきらぼうな言い方で、

「もっと自分を大事にしたほうがいいと思う」

と言った。それから照れたようにやさしくほほ笑んだ。

「よけいなこと言ってごめんね。おやすみ」

ルミコさんは急にそそくさと自室に引き上げていった。

那智は啞然としてその場に立ち尽くしていた。素敵だという評判の先輩に思いがけずやさしくされて、那智は戸惑っていたのだ。今まで格好悪いところをさんざん見られていたというバツの悪さと、さりげなく説教してくれたという嬉しさがないまぜになって、落ち着かない気分だった。自分の頭にはルミコさんのバスタオルが巻かれている。ルミコさんが女の子たちに人気があるのは当然だと思った。ルミコさんはクールでかっこいい。そして本当はとてもシャイな人なのだ。

あくる日曜日、那智は早起きしてランドリーに向かった。寮のランドリーには洗濯機が三台しかなく、日曜日には争奪戦となってしまうのだ。那智はそっとバスタオルの匂いを嗅いでから、洗濯機にほうり込んだ。洗剤だけでなく柔軟剤も入れ、ふわふわに乾燥させてアイロンまでかけると、那智はドキドキしながらルミコさんの部屋まで返しに行った。

同室の学生はもう出かけたらしく、部屋にはルミコさんしかいなかった。二年生は二人部屋か三人部屋で、ルミコさんの部屋は寮の中で最も居心地と日当たりがいいとされる最奥の二人部屋だった。ルミコさんはまだパジャマのままベッドに横になって音楽を聞いているところだった。

「ごめん、ちょっと風邪をひいちゃったみたいなの」

ルミコさんは苦しげな鼻声で言った。顔は赤く、明らかに熱がありそうだ。那智は自分の責任だと思い、ボーイフレンドとのデートの約束をキャンセルして、その日は一日中ルミコさんの部屋で看病をして過ごした。

5

それから那智はたびたびルミコさんの部屋へ遊びに行くようになった。

ルミコさんの同室の学生は週末ごとに男のアパートに無断外泊するツワモノだったので、那智は土曜日の深夜に塀を乗り越えて帰館するとそのままルミコさんの部屋に直行して泊まっていくようになった。空いているほうのベッドで眠るのではなく、ルミコさんのベッドで一緒に眠る。風邪の看病をしたときに、寒がるルミコさんを体温であたためてあげてから、同じベッドに入るのに違和感を覚えなくなった。あのとき、那智は自分からルミコさんのベッドに入ってパジャマの上から体じゅうをさすってやった。そういうことがごく自然にできた。ルミコさんが那智の髪の毛を洗ってくれたときのように自然に。

「汗をかいちゃったから、脱いでもいいかな」

しばらくするとルミコさんがかすれた声で言った。男に服を脱がされたことは数限りなくあるけれど、女の人の服を脱がせるのは初めてだ。那智は緊張してうまくボタンをはずせなかった。ボーイッシュな外見からは想像もつかないほど豊かな胸がこぼれたとき、そのアンバランスな美しさに那智は思わず見とれてしまった。

「恥ずかしいから、あなたも脱いでよ」

「うん」

肌と肌とを触れ合わせると、これまでどんな男に抱かれたときにも感じたことのない感覚を味わった。肌と肌が吸いつくのだ。しっとりとしてとても気持ちがいい。男の厚く固い筋肉とは全然違う。女の人の乳房は淡雪のように柔らかい。冷たい皮膚の奥にとんでもなく熱い芯が息づいているようで、那智はその薄い膜をはがしてみたい誘惑にかられた。乾いたタオルで汗を拭いてやり、手足をさすっているうちに、ルミコさんはかるい寝息をたてはじめた。

いつのまにか那智も眠り込んでしまったようだ。気がつくと態勢が逆転していた。ルミコさんが那智を腕枕して、髪の毛を撫でている。とてもきまじめな顔をしているのがおかしくて何か言おうとしたら、唇で唇を塞がれた。よける暇もなかったが、よける気もなかった。キスされて那智はすごく嬉しかったのだ。

「どうして？」

「かわいかったから」

男から言われてももう何も感じないのに、ルミコさんに言われると嬉しかった。ルミコさんは時間をかけてゆっくりと那智の全身を愛撫した。男に同じことをされても前戯などすっとばして早く終わってほしいと思うだけなのに、ルミコさんの肌は那智の肌と溶け合ってそれだけで充足してしまう。

　抱かれながら那智は、ルミコさんが両刀使いだという噂を思い出していた。噂は本当だったのだ。自分は今このひとに抱かれているが、このひとが男に抱かれるところも容易に想像できると那智は思った。ルミコさんに男がいることも知っていた。そのために那智は同性愛というものへの偏見から解放され、あまり抵抗感を感じないですんだ。

「男と女と、どっちのほうが好きなんですか？」

「わたしはあまり性別にはとらわれないの。男に抱かれるのも好きだし、女の子を抱くのも同じくらい好き。自分の中では両方を行き来することでバランスが取れているから、変態だとは思わないけど。あなたは完全にヘテロなの？」

「ええ。女の人に性欲を感じたことは一度もなかった」

「じゃあ、なんで今わたしに抱かれてるの？」

「なんでかな。たぶん、ルミコさんが好きだから」

「男がたくさんいるんでしょう？」

　答えずに那智はルミコさんの太腿に手を伸ばした。だがルミコさんは返礼などしてほしくないとでも言うようにその手を払いのけ、さらに激しい愛撫をくわえてくる。どうやら女の子を抱くのが好きで、抱かれるのは好みではないらしい。男を喜ばせる方法なら知っているが、女を喜ばせることに経験も興味もない那智にとってはそれでよかった。

そのとき以来、ルミコさんの部屋に泊まりに行くと、ルミコさんに抱かれるようになった。それを求めて行くわけではないが、求められると受け入れてしまう。自分から求めることはなく、つねに受け身である点では男に抱かれるのと変わりはなかった。ただルミコさんと肌を触れ合わせているとリラックスできたし、安心感を感じることもできた。

そのうちにルミコさんの同室の学生が妊娠して急遽結婚することになり、学校を辞めて寮を出て行くことになった。寮長のおばさんにも一目おかれていたルミコさんは、付け届けとちょっとした色目を使って、那智を後釜のルームメイトにすることに成功した。こうして二人はルミコさんが卒業するまでの数ヵ月あまりを同じ部屋でともに暮らすことになったのである。

ルミコさんの部屋に移ってからも、那智はこれまで通り予備校講師をメインとした複数の男友達とつきあい続けた。それはルミコさんも同様で、お互いに男とつきあってはいるがそれについては口を出さないというのが暗黙の了解となっていた。もしルミコさんが彼氏と別れて、そして那智にも男と別れることを望み、自分だけを見てくれと迫ったなら、自分はそうするかもしれないと那智は思っていた。そうしないルミコさんを恨みたくなったこともある。でも那智のプライドは那智のほうからそのように迫ることを許さなかった。世間的に見れば自分たちのしていることはレズビアンには違いないし、本当はいけないことなのではないかというおそれもなくはなかった。それでもルミコさんに抱かれるのをやめることはできなかった。

女と女が睦みあうのは厄介なものだ、と那智は思った。クールに距離を置いているから何とかバランスが取れているものの、何かの拍子でいったんタガがはずれたらどうなってしまうかわからない危うさも秘めている。ルミコさんが女性としては珍しいくらい感情をあらわにしない人だからこそこんな綱渡りができるのだ。そういうところはとても自分によく似ている。

那智は感情に溺れない人間が好きだった。体にも心にもしつこく絡みついてこない人間としか長続きしない。恋のために自分を見失ってしまうような人間は那智の美意識を損なうのだ。那智もまた、冷たい皮膚の奥にとんでもなく熱い芯が息づいている人間であった。そしてその熱い芯には決して誰も触れさせはしない。

だがルミコさんは卒業すると、突然田舎に帰ってしまった。東京に残ってグラフィックデザイナーになるはずだった。小さなデザイン事務所に就職も決めていた。リクルートスーツも一緒に買いに行ったし、バイト代を奮発してささやかな就職祝いも贈った。ルミコさんは上機嫌でワインを飲みながら、社会人になっても時々会おうね、と言ってくれたのだ。何が起きたのか、那智にはわけがわからなかった。ルミコさんはさよならも言わずにいなくなってしまった。このことは那智に意外なほどの喪失感をもたらした。田舎の住所を聞いていなかったので手紙を書くことも、電話をかけることも、どうすることもできない。ルミコさんの友人たちに尋ねても、誰もはっきりとしたことは知らない。那智は混乱し、落ち込み、あらゆることに無気力になるという失恋の痛みを生まれて初めて味わった。こんなふうに一方的にふられるのは初めてだった。男と別れるときはいつも自分から別れを口にしてきた。だから那智はこんな仕打ちに慣れていなかったのだ。

空洞を埋めるために那智はますます男と遊ぶようになり、学校の課題にも積極的に取り組んだ。時間がたち、落ち着きを取り戻すと、果たしてあれは失恋だったのだろうか、そもそもあれは恋だったのだろうか、と思えるようになった。恋とは男性とするべきもので、厳密に言えばあれは友情だったのではないか、ただ時々セックスをする友情だったのではないか。急にいなくなられたから喪失感が大きかっただけであって、ルミコさんを特別に愛していたわけではなかったのだ、と。

半年ばかりするとルミコさんから手紙がきた。何も言わずに消えたことを詫び、あなたは痛々しくて見ていられなかった、どうか自分を大事にして生きていってほしい、と書いてあった。那智はその手紙を読んで一度だけ泣いた。そして二度と読み返さなかった。

那智は専門学校を卒業すると、小さいが着実な仕事をする内装会社のデザイン部に就職した。おもな業務は店舗の企画・デザイン・設計・施工監理であり、顧客としてはアパレル・靴・カバンなどの物販店やレストランなど飲食店が多かった。那智はここで水を得た魚のように仕事にのめり込んだ。

こつこつと一人で図面を引くのも性に合っているし、大勢の職人でごった返す現場に出て行く緊張感もたまらない。残業も休日出勤も苦にならない。一つの現場を終えた打ち上げにみんなでパーッと飲みに行くのも何とも言えない楽しみである。たまの休みには流行の最先端をいく店舗を精力的に見て回り、職人の使う道具ひとつひとつの名前を覚え、デザインの感覚を磨くために美術館に足を運ぶ。

現場ではつねに臨機応変の対応が求められ、もたもたしていると気の荒い職人さんたちの怒声が飛んでくる。どんなにどやしつけられても那智はへこたれずに食い下がっていく。那智は誰よりもよく質問し、職人の一挙手一投足をよく眺め、てきぱきとよく動く。

「その道具、何ていうんですか？　どうやって使うんですか？」

「ちょっとクギ打たせてもらっていいですか」

「すみませんが、もう一度やり直してもらえませんか」

という具合に。

新入りの女子社員などはなも引っかけない頑固一徹の職人が、那智の熱意にほだされて対等な口をきいてくれるようになる。無理難題の徹夜仕事も、那智の頼みならと文句ひとつ言わず引き受けてくれるようになる。チャラチャラしたところのかけらもない那智はたちまち職人さんたちのアイドルになる。

「那智ちゃん、あんた、好きだねえ仕事。女にしとくのはもったいねえなあ」

年配の職人さんにしみじみ言われることもあれば、あからさまに口説いてくる若い職人さんもいる。でも仕事関係の相手とは寝ないのが那智の信条だ。そんなことをして仕事がやりにくくなったらつまらない。

誰とでも合わせることのできる那智は、現場のチームワークを整えるにはうってつけだった。那智は現場が好きだった。現場では何が起こるかわからない。咄嗟(とっさ)に降りかかってくるトラブルをひとつひとつ処理しながら無事に引き渡しを終えたときの無上の喜び。そのあとのビールのうまさ。そしてまた新しい現場に入っていくときの高揚感。現場に行くと血が騒ぐのだ。この仕事は天職かもしれない、と那智は思っていた。

予備校講師とはとっくに切れていたが、言い寄ってくる男には事欠かず、那智の周りにはつねに数人のボーイフレンドが出たり入ったりしていた。仕事が忙しくて休日出勤が続き、デートをすっぽかすことが多くなった頃、佐竹という遊び人風の男が那智の前にあらわれた。

それはとりわけ大変だった現場を打ち上げてみんなで飲みに行った帰り道、もうひとつ飲み足りなくて一人でふらりと立ち寄ったバーだった。特別にハードな仕事を終えたあとは特別にいい酒を静かに飲んで疲れを癒すのが習慣になっていた那智は、カウンターに腰をおろすと十七年もののバランタインのオン・ザ・ロックを注文した。二十歳で社会に出て二年、会社の経費でも男の奢りでもなく自分の金で飲むときは、いつのまにか水割りは飲まなくなっていた。一杯目だけ贅沢を許し、酒の味を噛みしめるようにゆっくりと味わう。クールなジャズがかかっていて、うるさい客がいなくて、しつこく話しかけてくる男がいなければ言うことはない。

那智は心底、酒が好きだ。酒の味を覚えたのは若旦那とつきあっていた高校時代だが、専門学校に入ってから本格的に飲みはじめた。子供の頃から酒乱の父親を見て育ったから、みっともない飲み方だけはしないように心掛けている。元々強い体質なのか、どれだけ飲んでも顔色ひとつ変わらない。飲み過ぎて吐いたのは後にも先にもルミコさんとのなれそめとなったあの一夜だけである。会社に入ってからも筋金入りの職人さんたちに鍛えられて酒が強くなり、今ではいっぱしの酒飲みになっていた。

まだ安月給の那智は、二杯目からはもう少しランクを落としたスコッチに切り替える。一杯目は純粋に酒の味を楽しみ、二杯目で緊張を解きほぐし、三杯目からいろいろなものが見えてくる。仕事は充実しているし、男に不自由はないはずなのに空虚な塊を抱え込んでいるように感じるのは、恋愛が足りないせいだろう。遊んでくれる男はいるが、本命の恋人が久しくいない。気持ちが揺り動かされるような出会いがない。そんなふうに思いながら飲んでいたから、胸の中を見透かされてしまったのだろうか。

「隣に座ってもいい？」

言葉より先にトワレが香り立った。アラミスなんかつけている男は遠慮したい。那智が断ろうとするより早く、男が隣のスツールに座っていた。

「強いんだね。もう五杯目なのに、全然顔に出ない」

最初からずっと見ていたのだろうか。男が那智のためにバランタインの十七年ものを注文する手つきを、那智はぼんやりと眺めている。体型は中肉中背なのに、手だけが女のようにほっそりとしている。生活とも労働とも無縁のように見える白すぎる手。こんな手をどこかで見たことがあると思い、それがミケランジェロのピエタ像だったと気づいたとき、那智はその手から目を離せなくなってしまった。

「きみのために何か弾きたいんだけど、リクエストしてくれない？」

男は佐竹と名乗り、店でバーテンダー兼ピアノ弾きをしているのだと言った。那智は初めて男の顔を見た。整ってはいるが、五分後にはもう忘れてしまいそうな顔立ち。ひどくやさしそうな目以外には取り立てて特徴のない、つるりとしたやさ男。彼の顔は彼の手ほど印象的ではなかった。那智はサマータイムをリクエストした。彼はにっこりとほほ笑んで、非のうちどころのない礼儀正しい演奏を聞かせてくれた。よく耳を澄ませれば空疎なテクニックや指使いから滲み出る偏執的な性向が透けて見えたはずだが、アルコールの霧で麻痺していた那智の耳には聞き分けられなかった。

「ここは二時で終わるから、そのあともう一軒行かない？」

断るのも面倒になるほど疲れきっている夜がある。独り暮らしをしている千葉のアパートへタクシーで帰るには財布も気持ちも心もとない夜がある。やさしくしてくれるなら名前なんかどうでもいいと思える夜がある。ちょうどそんな夜だった。誘われるままに朝までやっているバーで飲み直し、ギムレットとマティニを二杯ずつ飲んだ。

「仕事柄いろんな酒飲みを見てきたけど、那智ちゃんほど強い女はざらにはいないよ」

いつのまに名乗ってしまったのだろうか。佐竹は女をその気にさせるのがとても上手い。遊び慣れている男が一夜の相手には一番いいのだということを那智は経験上知っている。この男ならきっと朝まで気持ちよく眠らせてくれるだろう。そのためには眠る前に相手を気持ちよくさせてあげればいい。一晩でいいから何も考えずにぐっすり眠りたい、ただそれだけの望みを満たすために那智にはたくさんの酒と男が必要なのだった。菊男の暴力におびえて車の中でふるえながら眠った幼い頃から、那智は無防備な熟睡を知らない慢性的な不眠症に罹(かか)っていたのである。

ホテルで目を覚ますと、佐竹が洗面所でシャツの腕をまくり上げて那智のブラウスを洗っているところだった。

「ねえ、何をしてるの?」

「あ、ごめんね、起こしちゃった? さっきの店でラムをこぼしたでしょう。早く洗わないとしみになっちゃうからさ。白い服にしみがつくのって、ぼく一番嫌いなんだよ」

「それはどうも……ありがとう」

枕元には女物の新しい下着がコンビニの袋に入って置かれている。那智が寝ているあいだに買ってきたのだという。変わった男だ、と那智は思った。服を脱がせる前に那智のむくんだ脚をマッサージしてくれる。愛撫はこまやかでやさしく、射精したあともすぐに体を離したりせずにずっと抱きしめていてくれる。シャワーから出たときもバスタオルを広げて待ち構えていて、丁寧に体を拭いてくれる。濡れた髪をドライヤーで乾かしてくれる。缶ビールをコップに注いで手渡してくれる。那智が眠るまで腕枕をしてくれる。どんなときも口元から微笑を絶やさない。

「今度はいつ会えるかな？」

きちんと皺を伸ばしてからブラウスをハンガーにかけている彼を見ていると、もう一度会ってもいいかなと思えてくる。こんなにやさしい男なら、つきあってもいいかなという気がする。これまでになかったタイプだというのも気に入った。それに何よりもあの美しい手を、那智はもっと眺めていたかったのだ。

6

つきあいはじめてみると、佐竹はただやさしいだけの男ではなかった。

異常なほど嫉妬深く、独占欲が強い。同僚や仕事関係の男性と飲みに行くのも一苦労だった。誰とどこへ飲みに行ったか、いちいちこまかく追及される。休日出勤にも神経をとがらせ、他の男とデートしているのではないかと疑われる。束縛されるのが大嫌いな那智は、たちまち息苦しくなってしまった。

それ以外の点では、彼はとてもやさしい恋人だった。料理も作ってくれるし、気まぐれに高価な時計をプレゼントしてくれたりもする。女の気持ちがよくわかり、痒いところに手が届くような振る舞いがごく自然にできるのだ。千葉と中野に離れて住んでいた二人は、週末ごとにどちらかの家に泊まりに行くようになっていたが、やがてそれだけでは物足りなくなり、彼は当然のように一緒に暮らしたがった。でも那智にはふんぎりがつかなかった。彼の性格には激しすぎる一面があり、自由を奪われるような気がしたのだ。

佐竹にしてみれば、那智は何を考えているかわからない女だった。しばしば独りになりたがる。愛していると言っても、同じ言葉が返ってこない。一緒に寝ているのに、どこか遠くにいるような気がする。セックスは求めれば断らないが、あまり好きではないように見える。時々、氷を抱いているような気持ちになる。

他人を寄せつけないひんやりとした那智の表情は、佐竹をかえって夢中にさせた。那智に冷たい目で見つめられるほど佐竹はぞくぞくした。この女の不可思議さ、手に入れられなさときたらどうだ。女をいい気持ちにさせながら虜にしていくことにかけてはいささかの自信もあり、年季も入っている佐竹のような男にとって、これほど思い通りにならない女は初めてだった。気がつくと自分のほうが虜になっていた。

つきあいはじめて最初の那智の誕生日、佐竹は那智を驚かせてやろうと思って、那智には内緒で準備を進めた。フレンチもどきのフルコースをすべて手作りで用意したのである。バーテンダーになる前はシェフに憧れて三流どころのフランス料理店で働いたこともあったから、一通りのレシピは頭に入っていたとはいうものの、本を見ながら一日がかりだった。アスパラガスのスープ、スズキの前菜、鴨のロースト、温野菜のサラダ、そしてブランデーをたっぷりときかせた胡桃入りの甘くないチョコレートケーキ。ワインもブルゴーニュのいい赤を張り込んだし、プレゼントには那智のほしがっていたコム・デ・ギャルソンのジャケットを奮発した。テーブルにはクロスを敷き、花を飾った。それは金曜日の夜で、那智はいつものように会社からまっすぐ佐竹の部屋に来ることになっていた。

だが那智は終電でやって来て、しかも酒気を帯びていた。今日が誕生日であることを知った会社の連中が居酒屋で祝ってくれたのだと那智が上機嫌で言った途端に、佐竹は切れた。テーブルをひっくり返し、料理をめちゃめちゃにし、ワインの瓶を床にたたきつけた。那智は菊男の暴力を思い出して戦慄した。それまで穏やかな紳士だと思っていたのに、あっさりと仮面を脱いで獣になってしまった男がおそろしかった。

「だって、約束してなかったじゃない。こんなお料理作って待っててくれてるなんて、一言も言わなかったじゃない。知ってたらもっと早く来たわよ」

「びっくりさせたかったんだよ。何も言わなくても何か考えてることくらい、恋人だったら当然だろうが。それを会社の連中と飲んだだと？　おまえ、一体どういう神経してんだよッ！　それともあれか、本当は誰か一人と飲んでたんじゃないのか？」

「またはじまった。もういいかげんにしてよ！」

佐竹は嫉妬で気も狂わんばかりになり、ねちねちねちねち那智をいたぶりはじめた。彼がどんなに腕をふるって料理を拵(こしら)えてくれたか、どんなに那智を喜ばせようとしてくれたか、ぶちまけられた残骸を見ていると那智には痛いほどよくわかる。嬉しくもあり、こわくもあった。そのために費やされた時間とお金と情熱のぶんだけ自分もお返しをしなくてはならないからだ。これだけのことをしてくれたのにそれを裏切ってしまったのだから、どれだけの罰を与えられるか、まずそのことを考えてしまう。隣室の住人が静かにしろと薄い壁をたたいてもお構いなしに声を嗄らして那智を責め続ける佐竹に、那智はうんざりして匙を投げた。

「もういや。もう疲れちゃった。そんなにあたしのことが許せないなら、別れようよ」

　この一言で佐竹は顔色を変えた。

「やだよ。絶対に別れないよ。言い過ぎて悪かった。別れるなんて冗談だろう？」

だが那智は脅し文句に別れの言葉を口にするような女ではなかった。那智が別れると言ったら本当に別れるのだ。ぎりぎりまで我慢しているから、一度口にしたら最後、決意は固い。そのことがよくわかっている佐竹はついに涙を流しはじめた。

「あたしたち、合わないのよ。無理につきあってもお互いのためによくないと思う」

「頼むからそんなこと言わないでくれよ。おまえと別れたら生きていけないよ。どうしても別れるって言うんなら、俺死ぬよ」

「最低！　あなたのそういうところが一番いやなの。死にたければ勝手に死ねば？見ててあげるから、ほら、さっさと死んでみなさいよ！」

「本当に死ぬぞ」

「どうぞ」

「飛び降りるぞ」

「ご自由に」

佐竹は激情にかられて二階の窓から飛び降りた。

今度は那智が顔色を変える番だった。幸いかすり傷ですんだが、二階とはいえ打ちどころが悪ければ大怪我をしていたかもしれない。自分と別れたら本当に死んでしまうかもしれない。佐竹という男は何をしでかすかわからないこわい男として那智の中にインプットされた。彼をここまで追い詰めてしまったのは自分なのだ、このまま放ってはおけない、と那智は思った。

飛び降り事件をきっかけに、二人の関係は少しずつ変化していった。

それまで那智のほうが優位を保っていたのが逆転したのである。体を張って別れ話を撤回させた佐竹は勝者として君臨し、那智を支配するようになった。それもあからさまにではなく、そうとは気づかせないほどひそやかに網を張り巡らせ、じわじわと那智を自分の手の内へ引き込んでいった。

たとえば、雨の日に子猫を拾ってくる。こっそりアパートで飼っていたが大家さんに見つかって猫を捨てるかアパートを出て行くかという選択を迫られることになる。那智が無類の猫好きであることを知っている佐竹は、猫を選んでアパートを追い出されてしまう。行き場のなくなった男と猫を那智が放っておけるはずもなく、佐竹は那

智のアパートにころがりこむことに成功するのだ。そのうちに二人では手狭になり、
「もうすぐ更新だから、もっと広いとこに越そうか」
ということになる。こうして佐竹は念願の同棲をずるずると強行してしまうのである。

もとから性欲の強い男だったが、一緒に暮らしはじめるとさらに拍車がかかって、彼は毎日那智を求めるようになった。体しか繋がるすべがないとでもいうように、那智がどんなに疲れていても、毎日執拗に求めてくる。那智がいやがると暴力をふるうようになる。無理やりに犯すことに快感を感じるようになる。抱いても抱いても自分のものになった気がしない女との性愛に取り憑かれていった佐竹は、ある日突然、自分の中のサディスティックな欲望に気づく。那智を完全に手に入れたい、その焦がれるような恋情を募らせるほどに佐竹の中で抑えきれない欲望が膨らんでいく。

はじめは一本の紐だった。戯れに紐で那智の両手を縛って交わると、異常に興奮する自分に気がついた。次には手錠をどこからか手に入れてきて、いやがる那智に無理やりにかけて後ろから犯した。快感はさらに増した。自分にそのような性向があることを佐竹はもう認めないわけにはいかなかった。

「お願い、やめて。こういうのはいやなの。あたしはノーマルなセックスがしたいの」

那智が怯えれば怯えるほど佐竹は激しく勃起した。この女の初めての男になったやつを殺してやりたいくらいだ、と佐竹は思った。おまえのいまだ穢されていない部分、いまだ清らかな領域をこの手で征服したい、蕾を踏みにじって俺の血で染め上げたい、おまえの体に俺を永遠に刻印したい、俺はおまえの処女がほしい。佐竹は泣きそうな顔で那智の尻を撫でさすりながらアナルセックスを懇願した。

「那智、頼むよ。一度だけでいいから。他の男を知らない場所で愛しあいたいんだ」

そのロマンティックな言い方に那智は心を動かされた。一度だけならと許したことが間違いだった。

「痛くない？」

「たぶんね。世の中のオカマはみんなやってるんだから、そんなに痛いはずはないよ」

だがいざ挿入されてみると、あまりの痛さに那智は失神しそうになった。熱い火箸で体の芯を刺し貫かれるような激痛が走って、あたりかまわず悲鳴を上げた。その悲鳴を聞いた瞬間、佐竹はこれまで一度も感じたことのないような快感の波に全身をなぶられて、あっという間に射精した。

こんなに気持ちいいことを一度だけでやめられるわけがない。佐竹はサディスティックなアナルセックスの虜になった。那智にとっては地獄のはじまりだ。しかも毎日毎晩である。那智に少しでもマゾヒスティックな傾向があれば理想のカップルだったのだろうが、那智はあくまでもノーマルだったのでただ苦痛しか感じない。今日もまた変態的なセックスをしなければならないのかと思うといやでいやでたまらないのだが、それでも逃げられなかったのは彼がこわかったからである。あの飛び降り事件以降、彼は常軌を逸して那智に執着するようになり、那智はがんじがらめに搦め捕られて身動きができなくなっていた。

「おまえが俺をこんなふうにしたんだよ。おまえは男を狂わせる女なんだ。俺はもうおまえから離れることができない。おまえは麻薬みたいな女だ」

佐竹は二人だけの濃い空間を作り上げ、その中に沈潜して過ごすことを好んだ。互いの友人たちと連れ立って出かけることも、家に人を招いて酒や料理をふるまうことも、社交好きな二人は以前はよくやっていたのだが、めっきりそんなこともしなくなり、佐竹は愛の巣にこもりたがった。

セックスの前に佐竹は那智を風呂に入れて体を洗ってくれる。タオルでごしごし洗うのではなく、石鹼を直接那智の肌にこすりつけながらゆっくりと時間をかけて隅々まで舐めるように洗うのだ。洗うというよりも、浄めるといったほうがふさわしい。彼の潤んだ目と、ぬらぬらと蠢く軟体動物のような手肌は、これからはじまる儀式の前戯だった。彼の手つきがやさしければやさしいほど、このあとの行為の激しさが増していく。思いきりやさしくしたあとで、思いきり乱暴にファックするのが彼の好みだった。那智の体はぼろぼろになった。痛くて受け入れられないときでも、彼は強引に挿入する。そして果てたあとで、またうって変わってやさしくなるのである。

那智はセックスが嫌いになった。佐竹に抱かれていると否応無く子供の頃の自分を思い出してしまう。逃げ出したいのに逃げられない。いつもいつもそう思いながら生きてきた。乳児院の花壇や菊男の軽トラックの中にしか逃げ場所のなかった幼い自分のよるべなさが痛切に甦ってきて、過去と現在の区別がつかなくなってしまう。どんなにたくさんの男と寝ても、どんなにたくさん酒を飲んでも、自分はどこへも行けはしない。自分自身というものからは一生逃れられないのだ。那智は無力感に苛(さいな)まれ、何も感じなくなる訓練を再びはじめるために、猫の腹のように柔らかい自意識の膜を堅固な鎧で覆い尽くすのだった。

佐竹は現実社会とうまく折り合いのつけられない男でもあった。酔客とケンカしてすぐに店をやめてしまう。できることならピアノだけで食べていきたいのだが、それほどの腕も根性もないからバーテンダーもやらざるをえない。水商売に飽きると、友人のやっている酒の卸売販売の会社にもぐりこみ、輸入ワインのセールスマンをしたこともある。何をやっても長続きしなかった。実家が裕福だったので食いつめることはなかったが、三十を過ぎてもふらふらと夢ばかり追っている男は那智にはあまりにも頼りなく見えた。金が入るとパーッと使ってしまう。彼は高価な時計が好きで、何十万もするロレックスを後先考えずにポンとペアで買ってしまい、今月はどうやって食べていくつもりかと那智の度肝を抜いたこともある。気前はいいのだが思慮というものがなさすぎる。彼がいくら熱心に結婚を申し込んでも、那智が首を縦に振れない理由はそれだけではなかった。

佐竹は女癖もあまりいいとは言えなかった。というよりも、生来の気の弱さのために、言い寄ってくる女を邪険にすることができないのである。ルックスもよく、話し上手で、華やかな雰囲気を自然と身につけている佐竹は若い頃から女に不自由したことはない。自分から近づかなくても、女はいつも向こうからやって来た。適当にあしらっているうちに女のほうが本気になって深みにはまる。自分から本気になったのは那智だけだった。それなのに自分よりも仕事に夢中になっている那智に腹を立て、一晩だけのつもりで遊んだ女にうっかり惚れられてしまった。

女はどんな手を使ったのかアパートの電話番号を調べ上げ、那智のいるときに限って無言電話をかけるようになった。那智はすぐに佐竹の浮気を直感した。プライドを傷つけられた那智は自分も他の男とつきあうことによってバランスを取ろうとした。佐竹と別れるチャンスだった。ただの浮気くらいではこの男から離れることはできないと考えた那智は、自分の気持ちに弾みをつけてここを出て行くために、またしても好きでもない男と自棄のようなセックスを繰り返した。那智はもう佐竹とは寝なかった。佐竹と顔を合わせないように男の部屋に泊まったり、時間をずらして帰るようにした。家の中は荒れ、二人の溝は大きくなっていった。佐竹もまた女の部屋に入り浸るようになり、二人で飼っていた猫もいなくなってしまうと、あとは坂を転げ落ちるように簡単だった。

彼がアパートを出て女のところに転がり込む日、那智はふっ切れたように明るい顔で引っ越しを手伝ってやった。ずいぶんすっきりした顔してるね、と佐竹は那智に笑って言った。

だがこれで那智は佐竹と別れられたわけではなかった。

一ヵ月もしないうちに佐竹は再び那智の前にあらわれたのだ。会社から帰るとアパートの前に佐竹が立っていた。那智を見て笑いかけたが、那智は無視して通り過ぎた。次の日も、その次の日も、佐竹は同じ場所に立っていた。四日目は雨だった。佐竹は傘もささずに同じ場所で那智を待っていた。那智は見かねて中へ入れてやった。佐竹は那智の脚に縋りついて、まだ愛してる、どうしても忘れられない、もう一度やり直そう、と迫った。

「一度終わった恋は二度と元に戻らないんだよ」

那智はやさしく男を追い出して、ドアに鍵をかけた。その日から佐竹はストーカーになった。アパートだけでなく、会社にもあらわれて那智を待ち伏せするようになった。このことはたちまち噂になり、那智は会社に居づらくなってしまった。入社して三年、ちょうどめきめき力をつけて上から引き立てられる一方で、仕事の能力をやっかまれて理不尽な厭がらせを受けていた時期でもある。さらに千代の入院という事態も重なり、なるべく近くにいて世話をするため、那智は思いきって転職することにした。何よりも佐竹の目の届かないところへ逃げたかった。アパートも引き払い、千葉に戻って実家にかよいやすいところに新しく部屋を借りた。

就職はすぐに決まった。大手の住宅メーカーの設計課に職を得た那智は、これまで以上にばりばり仕事に打ち込んだ。障害者向け住宅、店舗併用住宅、木造三階建などを次々と手がけ、ＣＡＤで図面を引いたり、モデルルームでの営業をこなすこともあった。

佐竹を忘れるために、一度だけ南くんと会ったことがある。高校三年で別れてから、年賀状は出し合ってきたけれど、会うのは六年ぶりだった。酒を飲んで、ホテルへ行った。彼の体は懐かしい故郷のようだった。放浪の疲れを癒してくれる森や泉や海辺の渚の匂いがした。彼は那智を昔と同じように抱いてから、

「俺、婚約者がいるんだ」

と言った。

「でも、やっぱり那智と結婚したい。彼女と別れるから、俺と結婚してくれないか」

「言ったでしょ？　あたしは誰とも結婚しないんだって。でも南くんには家庭が必要なんじゃないかな。その人と家庭を作りなさい。あたしとは一生、戦友でいなさい」

「わかった。戦友が必要なときはいつでも電話しろよ。家族を捨てても助けに行く」

「ばかね。家族だけは捨てちゃいけないのよ。それは人間にとってきっと最後の砦なの。戦友よりも、親友よりも、何よりも大切なものなのよ」

那智は南くんの腕の中でかりそめの安らぎに包まれながら、果たして自分は誰とも結婚しないという姿勢を貫けるだろうか、とにわかに自信がなくなった。どんな形にせよ男と生活を共にし、濃密な時間を過ごしたあとでは、そのあとに待ち構えている果てしのない孤独な時間の堆積(たいせき)が、那智には耐え難いものに思われたからだった。

7

それから三年後、那智は結婚した。

佐竹との激しい日々は自分でも思いがけないほど那智の心身を疲弊(ひへい)させていたようだ。人間不信、セックス恐怖症、不眠症、アルコール依存症がいっぺんにやってきた。佐竹と別れる別れないで揉めていた頃には浮気への復讐としていくらでもできた自棄セックスさえも苦痛になり、大量の酒と睡眠薬の世話にならなければ眠れない体になってしまった。

リハビリに丸三年かかった。細胞の隅々から佐竹の毒気を抜き、痛めつけられた肉体の記憶に蓋をして、新しい生活を迎え入れる気持ちの準備を整えるための三年間だった。男なんかもうこりごりだと思い、那智は仕事に没頭したが、それでもなお空いてしまう心の隙間を埋めるために二級建築士の資格試験をめざすことにした。参考書と問題集を買ってきて、独学で勉強した。水沢耕一に結婚を申し込まれたのは、大手の住宅メーカーとは肌が合わないと判断して、伸び伸びと仕事ができそうな小さなデザイン会社に移ってしばらくしてからのことである。

水沢は那智より七つ年上の施工業者で、初めて会ったのは五年ほど前になる。一番最初に勤めた会社で、上司の友人だった男だ。一度一緒に仕事をしたとき、センスがいいと褒められた。つきあってくれないかと言われたが、そのとき那智には佐竹がいて、うまくいっているときだったので、正直にそう言って断った。その仕事が終わったら、それきり彼のことは忘れてしまった。

再会したのは数年後、その上司の結婚式のときだった。二次会で隣に座ったとき、

「あのときは断られちゃったけど、実はずっと想っていたんだよ」

と告白され、那智は驚いて彼の顔を見つめた。

「えっ……五年間も？」

「うん。忘れられなくて」

「そのあいだ、他の女性とつきあわなかったんですか？」

「つきあってはみたけど、誰かさんの面影が消えなくてね」

落ち着いた大人の男に五年越しの片思いをしていると言われて、那智の心は揺れ動いた。水沢の印象といえばすごく真面目で几帳面（きちょうめん）な人であり、佐竹とは正反対の人種というくらいしかなかった。まさかそんなふうに見られていたなんて意外だった。だいいち、もう三十をいくらか過ぎている男が独身のままでいたなんて考えもしなかったのだ。

現在は那智に特定の恋人がいないとわかると、水沢はかなり積極的にアタックして

きた。那智はちょっぴり面倒だった。佐竹のことがあったから、誰か一人の男と決めてちゃんとつきあうのがこわいような気もした。何人かのボーイフレンドと適当につきあうほうが気が楽だと思っていた。スティービー・ワンダーのコンサートのチケットを無理して取ってくれたときには、わざとすっぽかした。このコンサートに行ってしまえば彼と本格的につきあわざるをえなくなると思ったからだ。でも彼はすっぽかされたことを怒りもせず、また別のデートのプランを立ててくる。彼の寛大さ、誠実さ、大人としての余裕、そして何よりも彼が那智を切実に必要とし、求めていることに那智は少しずつ気持ちを動かされていった。

初めてのセックスは、うまくいかなかった。きっともうこれっきり会うこともないだろうと思いながら帰りの電車に乗ったことを那智はよく覚えている。続きそうか、一度きりで終わるか、それは初めてのセックスのあとで服を着た瞬間にわかる。男と女のことだから、彼がこのまま連絡をしてこなくてもそれはそれで文句を言う筋合いのものではないと那智は思った。案の定、しばらくは連絡がなかった。一ヵ月ほど過ぎた頃、薔薇の花束を抱えた彼が那智の前にあらわれた。

「結婚しよう」

と彼は言った。

「結婚なんて考えていないわ」

「じゃあ今この瞬間から考えてみて。僕との結婚生活を具体的にイメージしてみて。きみは一生仕事を続けたいと言ったね。僕は同業者だからきっときみをフォローしてあげることができると思うよ。僕はいつまでもサラリーマンでいる気はない。そう遠くないうちに独立するつもりだ。僕たちはきっといいパートナーになれると思うよ」

彼の目はこれまでに見たことがないほど真剣だった。

「でもあたしたち、まだお互いのことよく知らないし」

「これから知り合えばいい。そうだ、今から情報公開をしよう。きみという人間を理解するためのキイワードを三つ言ってみて。好きなものでも、なりたいものでも、行きたいところでも、個人的なデータでも何でもいいよ。僕も三つ言うから」

「いいわよ」

那智は少し考えてこう言った。

「ル・コルビュジエ、安藤忠雄、オットー・ワーグナー」

水沢はこう言った。

「年収八百万円、車はフォルクスワーゲンゴルフ、長男」

それでも二人は結婚した。

毎日毎日電話をかけて、結婚しよう、結婚しようと言い続けた水沢の粘り勝ちである。那智にとっては根負けである。それほどまでに求められているのならと、彼の熱意にほだされてぐいぐいと引きずられるようにしてのゴールインである。同業者としての心強さ、七つ年上の安心感、真面目で誠実な人柄への信頼感。将来設計も確かで、仕事もできる。野心もある。生活力もある。責任感も強い。一度は結婚をあきらめさせようと、生い立ちを話してみたりもした。だが彼は一向に意に介さず、

「関係ないよ、そんなこと。僕には理解できないことだから気にする必要はないよ」

と言っただけだった。あきらめるのは那智のほうだった。

彼は那智の過去の話を一切何も聞きたがらず、未来のことばかり話し続けた。那智の話にもよく耳を傾け、気持ちを先回りして読み、那智の頭の中に浮かんでいるもやもやとした霞のような実体のないイメージをうまく引き出して形にしようとした。それがまさに彼の職業だった。建築家が頭の中でデザインして紙の上に描いた設計図を現実の建物へと具体化していくのが彼の仕事だった。彼は内装屋という言葉が好きで、施工という裏方に徹するプロフェッショナルであることに誇りをもっていた。

「三つのキイワードをきいたとき、好きな建築家の名前を挙げたね。内装デザインだけじゃなくて、外側の建築設計にも関心が移ってきたということなの？」

「うん、あのときは深く考えずにああ言ったけど、もしかしたらそうなのかな。いずれ一級建築士の資格を取りたいと思ってる」

「応援するよ。まず二級、それから一級、子供はそのあとでもいい。ほしくなければ作らなくてもいいよ。しばらくは仕事に集中したいだろう?」

「子供のことなんて考えられないわ。結婚式のことだって考えられないのに」

「結婚式なんて僕も馬鹿馬鹿しいと思ってたんだ。あんなことに大金を使うくらいなら、どこか外国に行って二人だけで式を挙げないか?」

「いいわねえ。でも親たちを説得するのが大変ね」

「僕たちの結婚式なんだ。誰にも文句は言わせないよ」

「いっそのこと事実婚にしない? 名字が変わると仕事がやりにくいし、あなたの籍に入るってことがあたしにはうまく想像できないの」

「それは駄目だよ。悪いけどそれだけは譲れない。僕は長男だし、結婚するからにはきちんとやりたい。ただの同棲じゃいやなんだ。きみに僕の名字を名乗ってほしい。それに事実婚とか、週末婚とか、夫婦別姓とか、そんな中途半端な結婚ならしたくない。それにいいかい、この日本社会のさまざまな制度は結婚したほうが有利にできてるんだよ。扶養家族のいるほうが税金も優遇されるし、独立して会社を興すときにもそのほうがいいって」

「わかったわ。そこまで言うのなら」

このように彼は基本的には那智の意見を先回りして尊重しつつも、こだわるところにはしっかりとこだわって妥協を許さない意志の強さを見せながら新しい生活を着実に設計していった。浮草のようだった佐竹とは違い、彼の操縦する船はゆったりとしていて那智は安心して身を任せることができた。セックスもリラックスすればうまくいった。彼は決して那智のいやがることはしなかったし、疲れているときに無理に求めることもなかった。

うんと年の離れた大人の男に熱烈に愛されて結ばれるという少女の頃の夢を那智は叶えたことになる。身を灼き焦がす恋なんかいらない。放浪に疲れて故郷の森に抱かれに行くような恋愛遍歴などもうしたくない。この男なら自分に深入りしないで距離を置いて見守ってくれる。放っといてほしいときには放っといてくれる。那智に必要なのはバスタオルのような男だった。水沢耕一は上質なコットンでできた肌触りのいい大判のバスタオルのように那智には思えた。

結婚式はタヒチの教会で二人だけで挙げた。婚約指輪の代わりにパールのピアスをリクゴーギャンの好きな那智の希望である。婚約指輪の代わりにパールのピアスをリクエストしたのも、ジャニス・ジョプリンがパールと呼ばれていたからだ。でも那智はタヒチの海岸でピアスを片方なくしてしまった。耕一は顔色を変えてビーチを砂だらけになりながら探し回ったが、ついに出てこなかった。銀座の和光で買ったんだよ、すごく高かったんだよ、とあきらめきれない様子で彼はいつまでも海岸に佇んでいたが、あきらめだけはものすごくいい那智はさっさとホテルに引き上げてしまい、彼に恨みがましい目をされた。

「挙式早々、縁起が悪いな。不吉な前兆にならなきゃいいけど」

と危惧する彼を、

「もうひとつ残ってるんだから大丈夫よ。ペンダントヘッドにすれば素敵だと思わない？」

と那智は明るく励ました。モノはモノでしかなく、それ以上の意味を付加するのはナンセンスだと那智は思っていたのだが、彼はそれを本当は悔しいのに平気なふりをしているいじらしいヤツと受け取り、いっそういとおしさを募らせて、

「きっと同じのを見つけてまた買ってあげるからね」

と控えめな妻を抱きしめた。

タヒチから帰ると、両家の親を集めて食事をした。勝手に外国で式を挙げたことを双方の親たちは快く思っていなかった。特に水沢家の反発は並々ならぬものがあった。慣れないタイを締めてむっつりと黙りこくった菊男と、場違いなほど派手な着物を着て精一杯はしゃぎまくる千代を、水沢家の人々はあからさまに見下すような視線で眺めていた。食事はフランス料理のコースだったが、新しい皿が出てくるたびに二人が

何か粗相をしやしないかと那智は冷や冷やした。会食は最初から最後まで気まずい雰囲気が流れ、会話も弾まず、ぎこちないままで終わってしまった。

義父の修平は定年を目前に控えた証券会社のサラリーマンで、義母の富枝は地主の娘である。水沢家の実権は富枝が握っている。プライドが高く、世間体をひどく気にする。田川の家に比べるとかなり堅苦しい家風である。耕一には潤二という弟がいて、何かと差をつけられて生きてきた。弟は名の通った大学に入ったが、兄は大学へ進まなかった。結婚も弟に先を越されてしまった。

富枝はそんな長男が不憫で、一生独身でいることを危ぶみ、片っ端から見合いの話をもってきたが、耕一は結婚相手くらい自分で探すと突っぱねた。フィリピンでホテルの内装の仕事をしたとき現地の女性といい仲になり、結婚を約束して日本に連れて帰ったのに、富枝に猛反対されて別れさせられてしまったことがある。耕一はどうしても富枝に逆らえないのだ。あれきり耕一の口から結婚のケの字も出なくなり、富枝は富枝なりに悪いことをしたと反省していた。やっと結婚する気になってくれたと思ったら、職人のうちの娘で、しかも複雑な家庭の事情があるという。本当の親子でないばかりでなく、その娘はどうやら施設で育ったらしいという。もちろん富枝は反対した。あまりにも育った環境が違いすぎると結婚はうまくいかないというのが富枝の説なのだ。

だが今度ばかりは耕一はあきらめなかった。この結婚ができなければ俺はもう一生誰とも結婚しなくてもいいのか、と脅してきた。彼が富枝に逆らったのは大学へ行くのを拒否して専門学校へ進んだときと今回だけだった。親子の縁を切ってでも那智と一緒になるとまで言った。前回の反省もあり、潤二と修平が揃って耕一の味方についたこともあって、富枝は許さざるをえなかった。

会ってみると那智はしっかりとした聡明な美人で、性格もよく、富枝はたちまち気に入った。修平も潤二も手放しの気に入りようだった。こんな子がどうして、と思わされるほど、生い立ちの影は微塵も感じられない。育ち方とは関係なく、那智にはもって生まれた品格のようなものが備わっているのだとみんなが思った。

「耕ちゃん、あんた、今までさんざん心配かけてくれたけど、最後に大穴当てたわねえ」

ところが結婚式もしない、同居もしない、仕事もやめない、子供も当分作らないときかされ、富枝と修平は激怒した。とりわけ、長男の嫁が親と同居しないなんて農民が畑を耕さないようなものだと彼らは考えていた。それは耕一も同意見で、彼はこの件については慎重に事を運ぶ必要があると考え、策があるのだと言った。

「最初から親と同居してくれなんて言ったらまとまるものもまとまらないだろう。あと五年待ってよ。この家を二世帯住宅に建て替えて必ず同居するからさ」

そんな水沢家の思惑など那智は何も知らなかった。会食のあとで、

「フランス料理なんか食べさせて堅苦しい思いをさせてごめんね」

と、養父母をやさしく労った。

「あの人達とうまくやっていけるのかねえ。耕一さんはいい人だけど、あのお義母さんには苦労するよ」

千代がため息をつくと、菊男も憮然として言った。

「いやンなっちまったら、いつでも帰ってこい。我慢するなよ」

でも那智はそんなに心配していなかった。どんな人とでも合わせられる自信があった。


耕一と那智は水沢家から車で十分のマンションを借りて新生活をはじめた。

水沢家も田川家も同じ千葉県内にあったが、両家が顔を合わせることはもうなかった。正月に那智が耕一を連れて一日だけ日帰りで顔を見せるだけのつきあいしかなかった。那智が実家に帰るのを耕一はひどくいやがった。それは富枝がいやがっているということだった。千代と菊男にはすまないと思ったが、水沢那智になった以上はそれも仕方のないことだと思っていた。那智は腹をくっていた。

二級建築士の試験にも合格し、仕事は波に乗っていた。那智が企画・デザインした

店舗が少しずつ商店建築の専門誌に掲載されるようになり、仕事の幅も広がりつつあった。那智は昼も夜もなく働きづめに働いた。仕事が楽しくて楽しくてたまらなかった。当然のことながら家庭を顧みる暇はなく、耕一とはすれ違いの日々が続いた。耕一のために料理や洗濯をすることがほとんどなくなり、セックスも月に一回がやっとという状態になった。那智はうまくバランスを取って家庭と仕事を両立させることのできる人間ではなかったし、また両立の可能な職種でもなかった。いいものを作ろうとすればするほど仕事量は際限なく増えていく。どんな仕事にもつねに全力投球しなければ気がすまない那智は、誰が見ても重症のワーカホリックなのだった。

はじめのうちは太っ腹を装っていた耕一も、次第に不満を募らせていった。毎晩終電で帰宅して、ろくに会話もせずベッドに直行して倒れ込むように眠ってしまう妻についに我慢も限界に達して、耕一は突然爆発した。俺だって外で働いてるんだ、おまえの倍は稼いでるんだ、女房ならたまにはやさしくしてくれ、少しは家庭のことも考えてくれ、そう言って女のようにヒステリーを起こした。年上の頼りがいのある夫だと思っていたのに、那智はショックだった。次の日に富枝が訪ねてきて、こんな生活が続くなら離縁させてもらうと言ってきた。会社をやめてフリーの立場で仕事するなら続けてもかまわない、そうすれば自分のペースで仕事ができるし、家庭のこともできるだろうから、と耕一は言った。那智は妻としての思いやりが足りなかったと反省し、彼の言う通りにした。

耕一が独立して会社を設立したのを機に、水沢家では同居のための準備がはじまった。土地と修平の退職金を担保に、二世帯住宅として全面的な改築が行われることになった。那智が知らされたときにはすでに契約が交わされたあとで、もう後戻りできない状況になっていた。耕一は那智に新しい家の設計を頼んだ。仕事を制限しただけでは足りなくて、さらに自由を奪おうとしている。親がかり、家ぐるみで那智を縛ろうとしている耕一から、那智は逃げることができなかった。そのとき那智のおなかの中には、新しい命が宿っていたのである。

8

耕一は見事なまでに当初の約束を裏切っていった。

物分かりのいい男を演じていたのは最初のうちだけだった。那智が仕事人間であることは承知していたはずだが、これほどまでとは思っていなかったらしい。応援するとか、協力するとか、働く女のほうが好きだとか、口当たりのいい言葉で結婚を承諾させておきながら、いざとなると世間並の亭主関白に成り下がって、従順に夫に仕える妻の役割を求めはじめる。まるで選挙のときにはさんざんおいしい公約を並べ立てておきながら当選したとたんに忘れてしまう政治家のようなものだ。那智の能力に一目置いていることは間違いないのだが、それは自分の世話や家庭のことをちゃんとしてからの話である。

耕一はまったく手のかかる男だった。掃除だけは趣味のようなものなので手伝ってくれるが、それ以外の家事は一切何もしない。きちんとした手料理を食べたがり、外で食事するのもいやがる。洗濯物にはアイロンがかかってないと気がすまない。那智がちょっと外で飲んでくると露骨に不機嫌な顔をする。結婚する前はあんなに大人に見えたのに、こんなに子供っぽい男だったのか。これではまるで詐欺ではないか、と那智は思った。

でも那智は発想の転換をすることでこれを乗り越えようとした。拘束時間の長い会社勤めをやめさせられてフリーになったときも、これで一級建築士の資格を取るための受験勉強がやりやすくなったのだと考えることにした。一級は二級よりもはるかに難関で、会社の激務をこなしながらそう簡単に取れるものではない。フリーになれば収入は半減するが、生活は保障されているのだから家事さえ効率よくこなせば勉強の時間を作り出せる。耕一もさすがにそこまではルール違反をしなかった。勉強中にちょっかいを出してベッドに誘うことはあっても、性欲を満足させてしまえばベッドから解放してくれた。那智は耕一の鼾を聞きながら製図台に向かったり、建築法規や建築構造の問題集に取り組んだりした。

同居の話も寝耳に水だった。もちろん長男のところに嫁いだのだから、いずれは水沢の両親と同居しなくてはならないだろうと思っていた。あと十年もすれば彼らにも老後が訪れる。そのときは最後までちゃんと面倒を見る覚悟はできていた。それなのに結婚して一年もたたないうちから富枝は同居を言い出し、耕一がそれにずるずると引きずられる格好で、あっという間に話がまとまってしまった。耕一は富枝には逆らえないからと言ったが、それだけではない。親と同居でもすれば那智が仕事ばかりに熱中しないでもっと家にいてくれると踏んだのだ。そうまでしても耕一は那智を束縛して独占したかったのである。このときも那智は発想の転換で乗り越えた。同居の時期が思っていたより少しばかり早くなっただけなのだ、と。

子供のこともそうだ。一級の資格を取るまでは子供は作らない約束だったのに、耕一はすぐに子供をほしがり、避妊に協力しなくなった。

「おまえはある日ふっとどこかに消えちゃいそうな気がするんだよ。急にいなくなられたら俺はどうしていいかわかんない。だから俺のそばにいてくれるあいだに子供がほしい」

耕一はそんなことを言って、那智の差し出すコンドームを屑籠に捨てた。彼の本音は、子供でもいれば那智をもっと家の中に縛りつけておけるからだろうと那智は思った。子供ばかりは授かり物だから彼の思い通りに妊娠するとは限らない。もし妊娠して産むことになったとしたら、出産の時期が思っていたより早くなっただけなのだと思えばいい。

でも耕一は本気で不安だったのだ。自分の妻なのに、何を考えているかわからない。いつか何も言わずにいなくなってしまうのではないかという漠然とした不安は結婚したときからついて回った。彼は妻の口から一度も「愛してる」という言葉を聞いたことがない。彼自身は百万回もその言葉を妻の耳元に囁いてきたのに。愛してないのかときくと、困ったような顔をする。「好き」という言葉は使うが、愛という言葉は那智の辞書にはないようなのだ。子供さえいれば那智は離れていかないだろうという気がした。この女を繋ぎとめるためならどんなことでもするつもりだった。

実際のところ、同居のことも子供のことも、那智はすべて受け入れてくれた。こんなに肚の据わった女は見たことがない、と耕一は感心し、自分の目に狂いはなかったと改めて思った。情が薄いのかと思えば懐の深いところがある。人懐っこいくせに本当には誰も信じていない。つきあえばつきあうほどよくわからない女だった。恋する男にとって、それは尽きることのない魅力があるということだった。

生い立ちを聞かされたときには正直言って仰天した。そんな重たいものを抱えているようには全く見えなかったからだ。どこにでもある平凡な家庭に育った耕一には、那智がどんな気持ちで生きてきたかなんてわかるはずもない。同情はするが理解はできない。軽々しくわかろうとすることさえ失礼だと思った。だから触れないようにした。そんなことは一日も早く忘れて水沢那智として生まれ変わってほしかった。自分にできることは、と彼は考え、彼女を過去から切り離して別の人間として生きていくための居場所を作ってやることだ、と結論した。そのためには実家とのしがらみも切ったほうがいい。ここからすべてをはじめてほしい。自分と那智とで家系図の一ページ目を作ればいいのだ。

血のつながった家族がいないのなら、自分が与えてやる。家を作り、子供を授けてやる。那智に本当に必要なのは仕事よりも家族なのだ。これが耕一の愛し方だった。この女を幸せにするために自分は生まれてきたのかもしれないと彼は思っていた。幸せにする自信はあった。

結婚から二年、二十九歳のときに、那智は女の子を出産した。

何となく自分は妊娠しないのではないかという気もしたのだが、案外あっさりと妊娠してしまった。これまで多くの男たちとセックスをしてきたが、毎回完璧な避妊をしてきたわけではなかったにもかかわらず、那智は一度も妊娠したことがない。だから自分は妊娠しにくい体質なのではないかと思っていたのだ。産む決心をしたのは、耕一をはじめとして水沢家の人々に熱望されたからではない。国吉喜和子の気持ちを知りたかったからである。自分を産んだ瞬間の母親の気持ちをリアルに感じてみたかった。そのとき自分がどんな気持ちになるのか、そのすぐあとに赤ちゃんを置き去りにしようなどという気持ちの生まれる余地があるものなのか、ただ知りたかった。

那智と喜和子が親子でいたのは、腹の中にいた十月十日のあいだだけである。だから自分は胎児の頃が一番幸せだったのではないかと那智は思うようになった。おなかのなかで生命が育ちつつあるという感覚はそれくらい素晴らしいものだった。那智は無意識のうちに胎児に話しかけ、小さな声で歌を歌ってやるようになった。胎児は時々遠慮がちにおなかをノックしてコミュニケーションを図ろうとする。気持ちを送ればちゃんと気持ちが返ってくる。キャッチボールをしているような親密さがある。まぎれもなく自分の養分を吸い取って大きくなっていく実感がある。

那智は以前、新聞か雑誌の記事で、母親の愛情が足りないと胎児は自殺するという学説を読んだことがあった。おなかの中にいるときに母親がこんな子はいらない、生まれてこなければいいのにと思っていると、その気持ちが胎児に伝わって、胎児は自分から呼吸することをやめてしまうというのだ。もしそれが本当だとすれば、この世に生まれてきた子供はどんな子供も祝福されて産声をあげたことになる。生まれたあとで捨てられた子でも、少なくとも腹の中にいる十月十日だけは大切に守られ慈しまれ養われていたはずなのだ。那智はそう信じたかった。いや、今やそう確信することができた。

子供が女の子だとわかったとき、那智はとても嬉しかった。耕一ともよく相談して、名前は「れい」とつけることにした。富枝と修平は姓名判断の本をひっくり返して候補をいくつかもってきたが、水沢れいという響きの美しさで那智が命名した。耕一もいい名前だと賛成してくれた。

出産はかなり長引いた。耕一と富枝が病院に詰めていたが、夜中になっても出てきそうにないのでいったん帰ってもらうことにした。結局夜明けにすさまじい陣痛がはじまり、那智はひとりで子供を産んだ。付き添ってくれる者がいなくても心細さは感じなかった。むしろひとりでよかったと思うほど、出産とは純粋に個人的で自己完結的な作業だった。男親にはそばにいてほしくない。誰にも邪魔されたくない。十月十日のあいだ、この子と二人だけで命を分けあってきたのである。対面はひそやかにじっくりと行いたかった。

れいが生まれたとき、喜和子の気持ちがわかったかといえば、この子を置いて立ち去ることなんて死んでもできないということがわかっただけだった。そんなことをすれば自分はたちまち死んでしまうだろう。誰かから取り上げられたら気が狂ってしまうだろう。だいいち、肉体的にも疲労と消耗は極限まで達している。起き上がる力さえ残ってはいない。こんな体で、産んだその日に病院を出て行くなんて正気の沙汰ではない。狂気の沙汰というほかはない。国吉喜和子は狂人だったのではないかという恐怖が新たに那智の頭の片隅に巣食いはじめた。那智はれいを眺めることでその恐怖と闘った。

ほどなくして二世帯住宅が完成すると、夫婦は赤ん坊を抱いて移り住んだ。一階が両親、二階が耕一たちの居室である。玄関も別々で、風呂もキッチンもトイレも各階に備えた完全な二世帯住宅である。食事の時間帯や味覚の嗜好が違うので食事もそれぞれが用意して別々に摂る。これなら互いに気を遣うこともないだろうと耕一が考えて那智に設計プランを練ってもらったのだが、実際に同居がはじまると富枝がしょっちゅう孫の顔を見に来たり、三時のおやつを一緒になどといって上がってくる。那智のほうでも気を遣ってシチューがおいしく出来たからとおすそ分けに行ったり、定年退職して暇を持て余している修平の話し相手になったりもしなくてはならない。れいの夜泣きが激しいと翌朝皮肉を言われることもある。それでも那智は小さい頃から他人の中で生活してきたので、何とかやっていけると思っていた。

れいが一歳になるまでは極端に仕事の量を減らし、勉強もおろそかにして、ほとんど育児にかかりきりになった。急ぎの仕事がきたときには乳飲み子を背負って図面を引くこともあったが、できることなら全エネルギーを子供に注ぎ込んでいたかった。那智が家で仕事をしていると富枝が上がってきて、大変だろうから終わるまで預かってやると言って、れいを連れていってしまうことがある。助かることは助かるのだが、れいと少しでも離れているとなぜか不安で不安でたまらなくなる。れいに添い寝しながらうっかり眠り込んでしまった隙に富枝に連れて行かれたときは、狂ったように家じゅうを探し回ってみんなの失笑を買ったこともある。

「気を利かせてれいちゃんの面倒を見てあげたのに、まるであたしが誘拐でもしたみたいじゃないの。もっと冷静になりなさいよ」

富枝は気分を害してしまい、耕一までが那智をたしなめた。

「そうだよ。おまえはまるで子猫を生んだばかりの親猫みたいだぞ。そのうち、れいを食べちゃうんじゃないかって心配になるよ」

するとと修平が立場上、とりなしてくれる。

「でも眠ってるあいだに子供がいなくなったら母親はびっくりするだろう。無理もないよ」

「すいません。あたしがどうかしてました」

那智が謝って子供が腕の中に戻ってきても、まだ那智のふるえは止まらない。

子供のことで自分がこんなふうになるなんて、産むまでは思ってもみないことだった。れいは那智にとってこの世でたったひとりの、血のつながった人間なのである。血の親も兄弟も親戚も知らない那智が初めて出会った、唯一無二の血族なのである。血のつながりとはこういうことかと、那智は飽きることなく寝顔を見つめながられいの中にあらわれたDNAの片鱗を探し続けた。髪質、爪の形、顎の輪郭、目鼻立ち、どこか自分に似ているところはないかと穴が開くほど眺め続けた。自分と同じ血が流れている人間がこの世にいるというのはとても不思議な感じのするものだと那智は思った。

「ねえ、この子、あたしに似てる?」

いつもいつも那智は耕一に尋ねた。

「うん、うりふたつだ」

きかれるたびにいつもいつも耕一はそう答えた。そしてそのたびになぜか胸がいっぱいになって、涙が出そうになるのだった。


耕一は那智が思っていた以上に子煩悩な男だった。

家事はやらないくせに子育てには協力的だった。おむつを替えるのもいやがらないし、お風呂にも入れてくれる。オルゴールに凝って世界各国のいろいろな製品を取り寄せては子守歌がわりに聞かせる。毎日写真を撮り、日曜日ごとにホームビデオをまわす。玩具やベビー服をこれでもかと買ってくる。親の愛情に恵まれて育つとこういう父親になるのかと、那智はうらやましいような気持ちで耕一の親馬鹿ぶりを眺めていた。そして自分がなぜこの男と結婚したのかがわかったような気がした。

愛情のかけ方が那智とは少し違う。那智が本能的・動物的に我が子に接するのに対し、耕一は理性的にまんべんなく愛情を注ぐ。女親と男親の違いと言ってしまえばそれまでだが、那智の場合は世間一般の女親ともやはりどこか違っている。子供と自分とが一体化して切り離せないものであるという感覚が異常に強いのだ。いまだに臍の緒が断ち切られていないようなところがある。自分自身の核が分離して、魂ごと乗り移ったかのようだ。万が一この子の身に何事かが起こって突然死んでしまったら、自分もすぐさま死んでしまうだろうということが理屈でなくわかる。それは嘆き悲しんで自殺するというようなものではなく、連鎖反応で死が乗り移り、自分の意志とは無関係に肉体が滅びるという感覚である。簡単な言葉で言ってしまえば、分身、ということだ。

れいが二歳になって人間らしさが備わってくると那智も少しずつ冷静さを取り戻していったが、この過剰なまでの一体感は基本的には変わらないものとして那智の血の中に息づき続けた。那智のそのような愛し方はいささか常軌を逸していると耕一は感じていた。れいが生まれた途端、那智は妻であることをやめて親猫になってしまった。セックスはおろか、体に触れられるのもいやがった。しかし耕一も男盛りであるから性欲は処理しなければならない。仕方なく那智が手や口で射精に導いてやる。

耕一は結婚前はそれほど性欲の強いほうではなかったが、那智と結婚してからだんだん強くなり、セックスをしないではいられなくなった。不思議と那智の体に飽きるということがない。相性がよかったのか、那智が上手なのか、那智が飽きさせないように努力しているからか、とにかく抱けば抱くほど離れられなくなってしまう。

「普通の夫婦は子供ができたらだんだんセックスレスになるもんじゃないの？」

夫よりも子供とスキンシップをしていたい那智は、子供が寝付くのを待ちかねるようにして抱きついてくる耕一にうんざりした声を出してしまう。

「うちはあり得ないな。俺は毎日だってしたいくらいなんだ」

「あなたってそんなにエッチだったっけ？」

「おまえと結婚してからエッチになったんだよ。おまえの体がエッチにできてるんだよ」

　那智は笑ったが、その言葉は前にどこかで言われたことがある。佐竹だった。男を狂わせる体、と佐竹は言った。あの男と正反対の男だと思っていたはずなのに、なぜ男たちは誰も彼も自分の体に執着してしまうのだろうか。こういうのを業が深いというのだろうか。那智は暗然とした気持ちでため息をついた。

　耕一が浮気をしたのは結婚三年目のことだった。ジャケットをクリーニングに出しておいてくれと言われてポケットの中身を抜いたとき、彼の手帳に女の髪の毛が挟まっているのを見てしまった。明らかに那智の髪の毛とは違っていたので問いただすとあっさり白状した。那智は相手が誰かなんてきかなかった。本気かどうかきいただけだった。嫉妬もせず怒り狂うこともなく、ひんやりとした声で、もし本気なら別れてあげる、と言っただけだった。

「本気なわけないだろ。でもちょっとあきらめがよすぎるんじゃないか？　普通、亭主が浮気したら女房はもっと怒ったり泣いたりするんじゃないのか」

「そんなの、あたしのスタイルじゃないもの。みっともないじゃない」

「みっともないことしてくれたほうが救われるってこともある」

「そういう女がお好きならその人と一緒になれば？」

那智の瞳の中の青白い炎に、耕一は震撼した。女とはきっぱり別れ、二度と会わなかった。那智のプライドを傷つけたらどんなにこわいか身にしみてわかった耕一は、これ以後決して浮気をしなかった。

那智は耕一を赦したわけではなかった。チャンスが訪れたとき、復讐のために一度だけ仕事関係の男と寝た。その男も家庭もちだった。那智が夫を裏切ったのはこれ一回きりのことである。

結婚七年目に出会った人とのあいだに起こった出来事は、復讐でも裏切りでも浮気でもない。恋多き女だったはずの那智に今さらのように訪れた、最初で最後の、まじりけのない、あれこそ本物の恋だった。

第二章　夜と群がる星の波動

1

男は遊園地のベンチで娘にソフトクリームを握らせると、そのままいなくなった。

理緒（りお）はまだ三つになったばかりだった。八月の遊園地は日暮れ時になっても人波が途絶えず、気温も下がらず、路上にこぼれたソーダ水の甘ったるい匂いや、焼きそばのソースの匂い、Tシャツに張り付いた汗の匂いなどでむせ返り、ジェットコースターの轟音と歓声の隙間からじりじりと蟬の鳴き声がした。男は娘に、ちょっと電話をかけてくるから一人で食べていなさいと言って歩きだし、途中で一度だけ振り向いて、手を振った。

理緒はソフトクリームなんか食べたくはなかった。だからそんなものを持たされて何だか迷惑な気分だった。

男はなかなか戻ってはこなかった。やがて理緒は泣き出した。心細かったからではない。理緒の手の中でソフトクリームが溶け出して、そのべとべとした不快感のせいだった。

あたりは暗くなり、回転木馬にも観覧車にも電飾が灯りはじめていた。理緒はついにソフトクリームを投げ捨てて、本格的に泣きはじめた。売店のおねえさんが声をかけてくれて、理緒を迷子相談所へ連れていった。理緒は何よりもまずべとついた手を洗いたいと思ったが、オレンジジュースが出され、手を洗うことはゆるされなかった。いつまでたっても男は戻ってこなかった。お菓子やサンドイッチがかわりばんこに出され、係員の態度がやさしくなり、笑顔が増えていくに従って、もう男が戻らないことを理緒は自然に理解した。警察が来た。係員のおねえさんが絵本を読んでくれた。「不思議の国のアリス」だった。朗読が下手だったのか、あるいは理緒がアリスを好きになれなかったためか、理緒は突然激しく泣き出した。体力が続くまで泣き続け、それにも飽きてソファで眠った。目を覚ますと傍らに母親の喜和子(きわこ)がいて、理緒は無事に保護者に引き渡された。

このようにして理緒は実の父親に遊園地に置き去りにされ、捨てられたのである。

喜和子に手を引かれて帰る頃には電飾の灯も消え、土と草の入り混じる濃厚な夏の夜の匂いのなかで早くもコオロギが鳴いていた。喜和子はきれいに化粧していて、べとついた理緒の手のひらでなく、手首をさりげなく持つようにしていた。喜和子はいらいらして早足で歩き、タクシーを停めようと焦っていた。出勤時間をとうに過ぎていたのだろう。喜和子の白い手と赤い爪が闇の中に鮮やかに浮かび上がり、幻のように美しかった。その同じ闇の中から、理緒の人生の最初の記憶が、いや人生そのものがはじまったのだ。

夏の青い薄闇のなかで、顔のない男が笑っている。

これが理緒にとっての父親のイメージである。あのとき一度だけ振り向いて手を振った父親の姿を、理緒はうっすらと覚えている。痩せていて、背が高くて、サングラスをかけている。でもどうしても顔が出てこない。サングラスの下にどんな顔が隠れていたのか、そこだけがすっぽりと欠落している。喜和子が夫の写真を一枚残らず捨ててしまったせいかもしれない。理緒は父親の顔を知らずに育った。池田薫という名前と、ドン・ファンという愛称と、母親から聞かされる悪口が父親像のすべてだった。

薫は遊園地でいなくなってから、そのまま失踪してしまった。金沢の由緒ある家の長男だったが、とっくに勘当されて実家とは縁が切れている。若い頃から堅気の仕事に就いたことはなく、山師になったり、詐欺師になったり、楽士になったり、女のヒモになったりしながら日本中を渡り歩いていた。色白の美男子で、お洒落で、まめでやさしい男だったので、女を引っかけることにかけては天才であった。

名古屋のキャバレーでサックスを吹いていたとき、ホステスの面接に来た喜和子に一目ぼれをした。引っかけたつもりだったが、喜和子のほうが一枚上手だった。喜和子もまた厳格な寺の娘だったが、ぐれて家出して夜の街をさまよっているところは同じ穴のムジナといえる。不良少年と不良少女の魂が激しくひかれあって理緒が生まれた。そのとき薫は十九歳、喜和子はまだやっと十七歳になったばかりだった。

子供が生まれても、平穏な家庭生活など二人には望むべくもない。根無し草の薫はあっちの店やこっちの店、あっちの女やこっちの女と、家に生活費も入れずにふらふらと飛び回っている。生まれたばかりの赤ん坊を長屋の大家さんに預けて、喜和子はホステスの仕事を続けた。大家は町内では知らぬ者のない俠気の人である。弱い者いじめで食っている極道とは違う。困っている人を見るとほっとけない、昔気質の、義理と人情で生きている、東映映画の池部良のような親分さんである。

赤ん坊の理緒は子供のいない親分夫婦にずいぶん可愛がられた。花札も膝の上に乗っておとなしく見ていたし、銭湯にも毎晩連れてってもらった。親分の背中一面に彫られた見事な昇り龍を理緒は少しもこわがらなかった。薫と喜和子がすさまじい夫婦喧嘩をしているとすぐに長屋の奥から親分が飛んできて、理緒を抱き上げた。

「理緒を養女にもらえんかね」

二歳になったある日、親分とおかみさんが喜和子を訪ねてきて、神妙に言った。

「わしんとこなら不自由はさせん。あんたもまだ若いし、薫なんかとは別れてやり直したほうがええだろう。あの男は病気だで。女好きは一生直らんて」

喜和子はあまり母性的な女とは言えなかった。母乳も出なかったので森永の粉ミルクで育てた。店では日ごとに売れっ子になっていく。男にちやほやされるのも、酒も煙草も、お洒落も夜遊びも、今が一番楽しい時期だ。喜和子はぐらぐらと心が動いた。薫はよその女の部屋に入り浸って、もう二週間も帰ってこない。こんな親の元で育つより、愛情深い親分夫婦に育てられたほうが幸せかもしれない。親分さんは立派な人だ。町じゅうの人から尊敬されている。でも薫はろくでなしだ。養女とはいっても、目と鼻の先に住んでいるのだからいつでも会える。喜和子はこっくり頷いた。

それからほどなくして、薫がひょっこり帰還した。髪の毛を紫色に染め、真っ赤なシャツに黒革のパンツ、首には金のネックレス、そして全身から女の香水が匂い立った。シャツの胸元から子犬が顔を覗かせている。薫は何も言わずに冷蔵庫を開けて牛乳を取り出すと、手のひらにあけて子犬に舐めさせた。

「理緒はどこや」

この男が醸し出す頽廃の空気に心底から虫酸が走り、喜和子は持っていた櫛を投げつけた。櫛は子犬に当たって、キャインと情けない声で鳴いた。

「何するんや。理緒に買ってきた犬やぞッ！」

日本全国を放浪していた薫は故郷金沢の加賀ことばのみならず、名古屋弁や関西弁、広島弁や九州弁の入り混じった独特の言葉を操った。

「俺の娘を出さんかいコラ！」

「理緒なら親分にくれてやったわ。あんたよりよっぽど大事にしてくれるでね」

薫の拳骨が飛んできて、喜和子の鼻筋を直撃した。髪の毛をつかまれ、喉元を締め上げられた。頰をぶたれ、腹を殴られた。蹴りを入れられているところへ、悲鳴を聞きつけた親分のところの若い衆が数人飛んできて、薫から喜和子を引き離し、目の前で薫を半殺しの目にあわせた。きれいな顔はロッキーのように腫れ上がり、セクシーな唇も血まみれになって膨れ上がった。形の良い尖った顎は無残に砕かれ、自慢の性器も当分使いものにならないほど捻り潰された。ネックレスは弾き飛ばされ、ピカピカの服もぼろぼろにされた。間の悪いことに薫がその頃ちょっかいを出していた女は、組の幹部の愛人だったのだ。血といっしょに歯を何本か吐き出して呻いている薫に、理緒を抱いた親分があらわれて厳かに言った。

「女房子供の面倒は引き受けた。この町から出て行くんやな。わしの目の黒いうちに御園座(みそのざ)界隈でいっぺんでも見かけたら、オカマにしたるぞ」

それでも薫は潰れた目をこじあけて必死で娘に呼びかけた。

「理緒、ほら、ワンワンや。ほしがってたやろ？　デパートのペット売り場で一番かわいいのを買ってきたんや。理緒、パパのこと忘れたんか？」

理緒は血を見て泣き出した。薫は若い衆たちに外に放り出され、それきり長屋には戻らなかった。転がりこむ女の部屋はいくらでもあった。薫がこのとき買ってきた子犬は、野良犬となって御園座界隈に住みついた。

二歳から三歳までの短いあいだを、理緒は親分の家に引き取られて蝶よ花よとお姫様暮らしを味わった。若い衆からは嬢ちゃん嬢ちゃんとかしずかれ、長屋の住人は月々家賃をもってくるたびに理緒のために甘いお菓子を欠かさなかった。親分は理緒のためなら金に糸目はつけなかった。贅沢な玩具や子供服を松坂屋デパートで買い揃え、食べたがるものは何でも買い与え、目の中に入れても痛くないほど可愛がってくれた。

喜和子は一日一回、店に出る前の完璧に化粧を施した出勤スタイルで娘の顔を見にやって来た。理緒は喜和子のことはママと呼び、親分のことはお父ちゃん、おかみさんのことはお母ちゃんと呼んでいた。やがて親分夫婦も喜和子のことを理緒にならってママと呼ぶようになった。喜和子のほうでも二人をお父ちゃん、お母ちゃんと呼んだ。親分は喜和子にもとても良くしてくれた。毎日のように晩ごはんを食べさせ、ドレスを買ってやり、店で指名の客が減ると身銭を切って応援した。

薫はたびたび店の前で喜和子を待ち伏せ、親子三人でやり直そうと縋ってきたが、そのたび首すじに女のキスマークがついていたり、きつい香水の匂いがしたので、まったく説得力がなかった。喜和子は親分の援助のおかげばかりでなく、天性の才能によって男たちをひきつけ、あっという間にナンバーワンになっていた。喜和子は誰が見ても驚くほどの美人というわけではなく、どちらかといえばファニーフェイスだったが、男から見ると何とも言えない色気が体の隅々から滲み出ていて、いかにも男好きのする雰囲気があった。

薫にしてみれば、喜和子を女にしてやったのは自分だという自負がある。田舎の寺から出てきたばかりの山だしの小娘をいっぱしの女として磨き、性の愉悦を教え、店に出しても恥ずかしくない女にしてやったのは自分なのだ。水商売の基本も、男を夢中にするテクニックも、化粧の仕方も、ドレスの選び方も全部自分が教えた。それなのに喜和子の女としての艶はまるで生まれつき備わっていたかのようにそこにあり、とろけるような媚態は産声を上げたときから身についているかのように喜和子の一部になっている。満足に酌もできなかったくせに、今やこの女に酌をしてもらおうと思ったらちょっとした金がかかるのだ。いつのまにこの女は自分の魅力に自覚的になり、それをさらに磨き上げる術を手に入れたのだろうか。

まるでまだベッドも共にしていない男のように眩しそうに妻を眺める薫を、喜和子は鼻であしらった。喜和子の隣には上得意の会社社長が寄り添っている。だらしなく肥え太り、顔をてらてらと光らせた中年男は、自分たちの前に立ちはだかったチンピラの若者をゴミを見るように眺めやった。

「こいつか、疫病神は。なるほど、ぞっとするほど色男やな。けど薄っぺらいツラしとるなあ。白痴美ちゅうやつや。いっそ哀れをそそるやないか。おまえ、いつまでも別れた女の前をうろうろして、プライドはないのか？」

薫はへらへら笑っていた。この社長はまだ喜和子とは寝ていない。さんざん夢中にさせておいて、金を落とせるだけ落とさせて、利用するだけの存在だ。客とはめったなことでは寝てはいけないと教えたのも薫だった。それだけではなく、喜和子は育った環境のせいなのか、妙に身持ちのかたいところがあった。

「あいにくとね社長さん、プライドと現金だけは持ち合わせがないんですわ」

「ふざけとんのかこのガキは。目障りや、失せろ」

「まだ俺たち夫婦なんですわ。うちの嫁はんに汚い手、出さんといてもらえますか」

「怒らせたなガキ。御園町の親分とは大阪の頃からの古い知り合いなんや。名古屋におられんようにしたるで」

薫はへらへら笑いながら社長の禿げ頭に唾を吐きかけた。この一件のために薫は本当に名古屋にいられなくなり、豊田市に身を潜ませた。豊田市には喜和子の実家の寺がある。薫は寺の所在を調べ上げ、住職に会いに行ってすべてを話してしまった。喜和子にとって実父の権威は強大である。家出はしたもののずっと気にしていることも知っている。赤の他人に頼るより、本当は身内に頼りたいはずだ。理緒を取り戻すには彼を味方につけるしかないと踏んだのだ。

住職は腰が抜けるほど驚いた。家出して行方がわからなくなっていた娘が名古屋でホステスをしていて、結婚までしていて、さらに孫までいるという。もっと驚いたことには、娘は夫に相談もなく孫を勝手にヤクザに預けてしまったというのだ。住職はお経を唱えながら気持ちを落ち着かせようとしたが、いてもたってもいられずに、次の日早速名古屋へ向かった。

薫に教えられた御園町の長屋へ行ってみると、三歳くらいの女の子が玄関のところでサイコロを振って遊んでいるのが見えた。その面影があまりにも幼い頃の喜和子にそっくりだったので、住職は胸を衝かれて涙を流した。喜和子の部屋を訪ねてみると、数年振りに会う娘は出勤前の身支度を整えているところだった。

「あ……お父さん」

喜和子はたまげて口紅を取り落とした。親が老けるということに生まれて初めて気がついたのだ。

「何にも言わん。孫を連れて戻ってきなさい。ヤクザに子供を預けるなんて、おまえは気が狂ったのか。そんなことは絶対に許さん。子供だけでも連れて帰るぞ。あの子はサイコロを振って遊んでいたんだよ。行く末が思いやられる。こんなところに孫を置いておくわけにはいかん。おまえが何と言おうと、大事な孫をヤクザの家にやるわけにはいかん」

「あたしがいけないの。悪い男に引っかかっちゃったの。子供を私生児にするわけにはいかないから籍だけは入れたけど、とんでもないやつだったの。親分が助けてくれなかったら親子心中するとこだったのよ。あの人はヤクザなんかじゃない。命の恩人なの」

「挨拶をしてくる。荷物をまとめておきなさい」

住職は親分に会うと深々と頭を下げ、丁重に礼を述べてから、孫を返していただきたいと申し出た。刺されても撃たれても、どんなことをされても孫だけは連れて帰る覚悟だった。親分はおかみさんに取っておきの大吟醸を持ってこさせ、住職と酒を酌み交わした。

「よござんす。お返しいたしましょう。かわいい盛りに預からせていただいて、ありがとうございました。幸い、籍はまだいじっちゃおりません。どうぞ連れてお帰りになって、この子を幸せにしてやっておくんなさいまし」

住職は恐れ入り、飲めない酒をおかわりした。

「父親は悪党ですが、この子は利発な良い子です。ただ、わがままに育てちまったもんですから、お寺でうまくやっていけますかどうか。宵っぱりで、躾も行き届かず、申し訳ないことです」

親分もおかみさんも泣いていた。若い衆も涙ぐんでいた。

このようにして理緒のお姫様暮らしは唐突に終わりを告げることになった。

御園町の長屋を離れるとき、住職の差し向けた迎えの車に乗り込むと、理緒はわけのわからないままに突然激しく泣き出して、豊田に着くまで泣きやまなかった。喜和子は理緒を送り届けたらまた名古屋に舞い戻るつもりでいた。やっと天職を見つけたのに、線香臭い田舎の寺で雑巾がけをしたり墓の掃除をしたりするなんて耐えられない。喜和子には夢があった。いつか自分の店をもつのだ。理緒のママというだけでなく、店のママと呼ばれたい。そうなったら胸を張って娘を迎えに来よう。喜和子はそう考えていた。

理緒は大きくなってからも、たびたび御園町の長屋を夢に見た。背中に龍の彫り物をしたおじさんに肩車をしてもらって祭りの縁日をひやかしたり、軒下で線香花火をしたりしている。でもそのおじさんは父ではない。父の姿は夢の中ですら見たことがない。母の恋人かと思うが、それも違う。もしサンタクロースがこの世にいるなら、きっとあのおじさんのような顔をしているに違いない。

親分は見送りには来なかった。理緒が出て行くところを見るのははかなわないと言って、朝からパチンコ屋に入り浸っていた。開店から閉店までいて、盛大に負けて、ヤケ酒を飲んで帰ってきた。理緒が忘れていったちっちゃい靴下が台所の隅に落ちているのを見て、真夜中に長屋じゅうの人間をたたき起こすほどの声を上げて号泣した。

この侠気の人がふいに亡くなったのは、それから一年ほどしてからのことである。敵対する組のチンピラに刺されたわけでも、抗争中に流れ弾に当たったわけでもなく、愛車のハーレー・ダヴィッドソンを走らせている最中のことだった。カーブを曲がろうとしたとき、三歳くらいの女の子が急に視界に飛び込んできた。子供をよけようとしてバランスを崩し、ガードレールを突き破ってマンションの壁に激突し、そのまま天国へ行ってしまった。涙で目がかすんだのだろう、とおかみさんは信じている。

2

寺には住職夫妻を筆頭に、喜和子の兄に当たる伯父ふたり、姉に当たる伯母夫妻とその子供たちが暮らしていた。住職の引退後は伯母の夫が跡を継ぐことになっていた。上の伯父の雅弥は長男で跡継ぎになるはずだったが、左翼運動にのめり込んで挫折し、そのあげく体を悪くして離れの書斎で寝たり起きたりを繰り返していた。下の伯父の仲弥はかるい知的障害があり、清掃や力仕事などの寺の雑用を手伝っていた。みんなは雅弥伯父のことをマーちゃん、仲弥伯父のことをシンちゃんと呼んでいた。

広大な敷地には本堂と護摩堂があり、墓地があり、駐車場があり、鯉の泳ぐ池もあった。離れには茶室もあり、毎週日曜日の午後には裏千家の先生がやって来て檀家の人達に茶を教えていたが、年に数回は野だてができるくらいの庭もついていた。そして裏手に住居部分があった。

伯母の三千子がおもに理緒の面倒を見てくれた。三千子には理緒と同い年の双子の男の子がいたので、いつも三人一緒に扱われた。双子の男の子は親戚なのにあまり理緒とは似ていない。というより、寺にいる誰とも理緒は似ていなかった。彼らはどちらかといえば色黒で骨太のがっしりとした人達だったが、理緒だけが透き通るように色白で、薄紙のようにたよりなく痩せこけていた。みんなの黒々とした固い髪の毛や太い眉とは違って、さらさらの柔らかい茶色の髪はタンポポの綿毛のようだった。まるで凛々しい五月人形の群れの中に一人だけフランス人形がまぎれこんでしまったようだ。一族の人々とは明らかに異なる外見を見るたび、喜和子はこの子が外見のみならず内面までも父親の血を色濃く受け継いでしまったのではないかと不安になった。

喜和子は月に一度、いとこたちの分も忘れずにたくさんのお菓子を買って理緒に会いにやって来た。泊まっていくことはめったになかった。男の車に乗せてもらってやって来て、帰りはタクシーで帰っていった。寺を嫌い、堅苦しい家風を嫌い、質実な暮らしを嫌って華やかなネオンの世界へ飛び出した喜和子はこの家では異端児であり、やさしい言葉をかけてくれるのは父である住職だけだった。せっかく来ても居心地が悪いのですぐにそわそわして一時間もすると帰りのタクシーを呼んでしまう。あるいは勤めを終えたその足で夜遅くやって来て、朝ごはんを食べてすぐに帰っていくこともあった。

理緒が夜中に目を覚ますと隣に喜和子が寝ている。理緒は闇の中で母親の匂いを嗅ぐ。香水と煙草と酒の匂いだ。呼吸を整えて母親の寝息と自分の寝息を合わせてみる。でも必ずずれてしまう。朝になってもママがいなくなったりしませんように。理緒はそうお祈りをしてまた眠る。寺の朝は早い。早起きの苦手な喜和子は朝食の席でいつも不機嫌な顔をしている。朝は珈琲しか飲まないのに無理してごはんと味噌汁を食べていたりする。ただでさえ肩身が狭いのに、そんな喜和子と一緒だともっと肩身が狭くなる。

「また来るからね。いい子にして、おばちゃんの言うことよくきいてね。みんなと仲良くね」

「ママはどうして帰っちゃうの？」

「ママはお仕事があるからよ」

「りおも一緒に行っちゃだめ？」

「ごめんね。また来るから。今度は理緒の好きなプリンとシュークリームも買ってくるからね」

帰るときの喜和子は、寂しいというよりも苦役から解放されてほっとしたような顔をしている。来たときより帰るときのほうが足取りが軽やかなのだ。理緒はそんな母親が恨めしくて、笑顔で見送ったりなんかしない。必ず泣いて困らせる。子供をこんな寂しい山里に置いて、自分だけ名古屋へ、御園町へ帰って行くことがゆるせないのだ。理緒はお寺もいとこたちも大人たちも大嫌いだった。なぜ一人でこんなところにいなければならないのか、理緒にはわけがわからなかった。

三千子おばさんが自分の子供と理緒をわけ隔てして育てたわけではない。それどころか三千子おばさんは必要以上に理緒に気を遣っていた。おやつも均等に分け、双子が理緒をいじめると容赦なく叱りつけた。祖父も祖母も公平な人達だった。それなのに、膝に乗って甘えることができない。双子がおばさんにだっこをせがんでも、理緒にはそれができない。マーちゃんはいつも難しい本ばかり読んでいて近寄り難いし、シンちゃんはスカートをめくりたがるのでうっとおしい。三千子おばさんの旦那は極端に無口で何を考えているかわからない。双子が母親の愛情を奪われるのではないかと警戒して理緒につらく当たるのも気に入らない。そして何よりいやだったのは、この家の人達全員がホステスという職業を蔑み、喜和子を恥じていることだった。理緒は三歳にしてすでにひねくれていた。自分がここでは歓迎されざる人間であることを、それなのにここにいなくてはならない悲しみを、理緒は幼い肌で痛いくらいに感じ取っていたのである。

薫は時々ふらりと寺にやって来て、こっそり理緒の様子を眺めていた。

喜和子にも住職にも内緒だった。要領のいい薫はシンちゃんを丸め込み、理緒をおびき寄せて話しかけていた。理緒は薫にはまったく懐いていなかった。パパだよと言っても不審そうな目でじっと見るような子供だった。虐待された覚えはないのだが、ほとんど家にいなかったのでよそのおじさんだと思っていた。

　夏にあらわれたとき、薫は悪質な借金取りに追われているところだった。別の借金も踏み倒し、とうとう豊田にもいられなくなって、高飛びをするよりほかに五体満足でいられる方法はなさそうだった。しばしの名残に娘に会いに来たつもりだったが、一度もパパと呼んでくれず笑ってくれたこともない娘に急に腹が立ってきた。失敗だった結婚の、最大の失敗が子供を作ったことだ、俺の子孫を遺したことだ、と彼は思った。この腐れ外道の血は自分限りでおしまいにするべきだったのに。彼には高飛びする金もなかった。最低の男は最低の方法を思いついて、生き延びるに値しない人生をどうにか生き延びようとあがいた。

「理緒ちゃん、パパと遊園地へ行かへんか」

　不審げに頷く理緒の手を引いて車に乗せ、名古屋まで走った。回転木馬、コーヒーカップ、大観覧車。初めての遊園地なのに、娘は少しも楽しそうな顔をしなかった。この子が一度でも笑ってくれたら、計画は水に流そうと思っていた。黙って連れ出したのだから今頃寺では大騒ぎになっているだろう。電話をかけてこう言うのだ。理緒の居所を教えてほしければ今すぐまとまった金を貸してほしい。その金がないと自分は殺されてしまう。もらうのではない、借りるのだ。貸してもらえなければ理緒はこのまま連れて行く。これからは理緒と二人で生きていく。二度と名古屋には戻らない。実の父親なのだから誘拐の罪に問われることはないはずだ、と。

理緒はとうとう笑わなかった。薫はソフトクリームを買ってやり、それから電話をかけに行った。住職は怒り狂って、いくらでも好きなだけくれてやるから理緒だけは置いてゆけ、そして二度とあらわれるな、と啖呵を切った。喜和子も寺に招集されているらしく、そのあとで電話を替わると、これまでに一度も聞いたことのない怒気を孕んだおし殺した声で、お金はあなたの口座に振り込んでおく、領収書がわりに判をついた離婚届を送るように、と言った。泣いたあとのように声が湿っていた。

離婚届は送らなかったが、約束は守った。

薫は二度と名古屋へは足を踏み入れなかった。

この遊園地事件のおかげで、お寺はますます居心地の悪いものになった。

大人たちが薫の悪口を言っているのを理緒は頻繁に耳にした。そんな男に騙された喜和子にまで悪口は及び、両親の悪口が耳に入ってくるたびに理緒は自分が悪く言われているような心苦しさを感じずにはいられなかった。

「あの男の顔には死神の相が出ていたな。ろくな死に方をせんだろうよ」

人格者の祖父がついそんなふうに漏らすほど、薫にくれてやった手切れ金は寺に経済的な逼迫をもたらしたのである。もとから質素を美徳とする家風であり、贅沢なものは食卓には並ばなかったが、唯一のささやかな楽しみである一日二合の晩酌を一合に減らされて伯父たちはおもしろくなさそうだったし、三千子おばさんは美容院へ行くのが二ヵ月に一度から三ヵ月に一度あるかないかになってしまった。檀家の人達に供する精進料理も一時は質を落とさなければならないほどだった。子供たちのおやつも制限された。もちろん理緒はまだ幼かったから、自分の父親がみんなにどれほどの迷惑をかけていたかなんて知る由もなかった。

そんなときに喜和子がいかにも高価そうな服を着て面会にあらわれるのだからたまらない。喜和子の衣装道楽は昔からだが、水商売をはじめてから筋金入りになった。いい服を見るとどうしても我慢できなくなってしまう。服を買えばそれに合う靴やバッグも欲しくなる。不思議なことに洋服というものは、買えば買うほど新しいものが欲しくなるようにできているらしい。買った服は二、三回も着ればもう飽きて、シーズンが終わるまで箪笥の隅に追いやられる。そして次のシーズンがはじまるとそれらは流行遅れになっていて、二度と着られることはない。そのようにして喜和子が稼いだ金は右から左へとブティックのレジに消えていった。

「また見たことない服着とるね。本当にあんたはいつもええ服着とるねえ」

「これ、五万円のものだけどバーゲンで半値だったの。お店でもみんなに褒められるんよ」

そのとき三千子おばさんはスーパーで二千九百八十円で買ったブラウスを着ていた

のだから、皮肉のひとつも言いたくなるのが人情である。みんなが木綿の下着をすりきれるまで穿き、限界までちびた石鹸を大切に使っているときに、シルクのキャミソールやブラジャーを身につけてシャネルをふんだんに振りかけていた喜和子が反感を買うのも無理のないことなのだ。ふだんいない分、反感は無意識のうちに理緒を見る目にあらわれた。理緒がかわいらしく利発になればなるほど、ある種の悪意をもって眺められることになった。悪意は古い屋敷の隅々に埃のように降り積もり、黒光りのする柱や磨きぬかれた台所の床にしみこんでいった。

喜和子が双子の一人にうっかり煙草の火でやけどをさせてしまったことがある。ちょっと触れてしまっただけなのだが、男の子はおおげさに泣きわめいた。この家には煙草を吸う者は一人もいない。三千子おばさんはここぞとばかり溜まっていた感情を爆発させて激しく喜和子を非難した。祖母もそれに同調した。マーちゃんもシンちゃんもわざとらしく大騒ぎをして、実の妹をあばずれ呼ばわりまでした。祖父と義理の伯父は奈良の法事に出かけて留守だった。あのとき岐阜に嫁いでいた多賀子おばさんがたまたま里帰りしていなかったら、仲裁してくれる味方もなく親子は寺を追い出されていたかもしれない。

理緒は親戚のなかで多賀子おばさんが一番好きだ。

　喜和子のすぐ下の妹にあたる叔母で、岐阜でサッシ会社を営んでいる人に嫁いだ。人柄の高潔さ、慈愛の深さ、人間的な幅の大きさにおいて祖父の資質をもっとも受け継いでいると言われ、男ならさぞかし名僧になっただろうと住職を残念がらせた末娘である。檀家のおばあさんの中には多賀子ちゃんは生き仏だというファンもいて、もし西洋に生まれていたらマザー・テレサのようになったのではないかと思われている。ゆくゆくは婿を取って寺を支えてほしいと住職は希望していたが、そして本人もそのつもりだったのだが、サッシ屋の実さんに惚れて惚れられ、仏の道よりも恋の道を選んでしまった。多賀子の結婚は喜和子の家出よりもはるかに住職を打ちのめすショックだった。

　多賀子おばさんは寺に帰ってくるたび、誰にも内緒でシンちゃんにこっそり小遣いを渡し、賽銭箱の中に一万円札を落としていく。誰よりも働き者だったので二人で営むサッシ屋は少しずつ繁盛していったが、まだまだ楽ではなかった。それなのに自分の昼食代を削ってでもマーちゃんのために栄養のあるものを買ってきて体をさすってやる。頼まれれば喜和子の店にもいやな顔をせずに飲みに行く。寺の大人たちは喜和子のことを「お喜和」とか「お喜和さん」とか呼んでいたが、このおばさんだけは「お姉ちゃん」と呼んで慕っていた。理緒の孤独を誰よりも理解してくれたのも多賀子おばさんであった。

理緒は寺の境内で飼っている犬をひそかにいじめる子供になっていた。そんなのを偶然見られても、多賀子おばさんは怒って窘（たしな）めたりはしなかった。黙って抱きしめてくれるだけだった。理緒の爪を切ってくれるのも、耳垢を掃除してくれるのも、多賀子おばさんの役目だった。喜和子は月に一度しか来ないのでそんなことには気がつきもしないし、三千子おばさんはそこまで手が回らない。多賀子おばさんだって月に一度か二度しか来ないのだけれど、来るたびにやることが山ほどあった。まず大仏さまをピカピカに磨き上げるのが最初の仕事で、理緒の身だしなみを整えてくれるのが最後の仕事だった。

理緒はおばさんが来るのを心待ちにしていた。喜和子が急に来られなくなったときよりも、おばさんが来られなくなったときのほうが悲しいくらいだった。お寺よりもおばさんの家に引き取られたいと思ったが、そういうことは言ってはいけないような気がして何も言わなかった。やがておばさんに子供が生まれると、もうそんなには来てくれなくなり、理緒の爪は伸び放題に伸びて耳垢もたまる一方だった。耳が痒いという理由で、理緒は保育園へ行かなくなった。お迎えのバスが来ると墓地に隠れてしまう。子供を捕獲する天才と言われるシンちゃんをもってしても理緒をつかまえることはできない。ごはんも食べずに一日中墓地に隠れている。理緒は断固として登園拒否を貫いた。誰かが気づいて耳垢を取ってくれるまで、保育園には行かないことに決めた。

「こんなに頑固な子供は見たことないわ」

三千子おばさんも匙を投げた。理緒だけが保育園を免除されたことは双子にしてみればおもしろくない話である。こいつだけ不当に甘やかされていると感じ、大人たちの見ていないところでさまざまな嫌がらせをしてきた。理緒はひるまなかった。顔をつねられると同じ箇所を引っ掻いてやった。理緒の爪はずいぶん長く伸びていたので、武器としてはまず打ってつけだったのだ。

何かにつけて理緒のほうが知能犯だった。理緒と双子との確執は続いた。二人一緒でなければ何もできない弱虫を理緒は何かされるたびに倍にしてやり返し、泣いて降参するまでゆるさなかった。男の子が二人揃って理緒に泣かされるたび、三千子おばさんもその旦那も苦り切った顔でため息をついた。マーちゃんやシンちゃんにまで笑われて、双子の面目は丸つぶれだった。起死回生の挽回策を二人はいつも練っていた。

小学校に上がる直前の春休みにチャンスは訪れた。理緒が池の淵にかがみこんで池の中をのぞき込んでいる。ボールを落としてしまったらしく、竹箒でたぐり寄せようとしているのだ。まわりには人影はまったくなかった。双子は光る目で見つめあい、気づかれないように足音を忍ばせてそっと理緒に近づいていった。夢中で水面を見ている理緒は二人にまったく気がつかなかった。二人は理緒の背中を同時に押した。理緒が足を滑らせて池に落ちるのを見届けると、一目散に逃げ出した。

溺れるほどの池ではなかったが、鋭い岩肌で理緒は手首を切ってしまった。寺じゅうに切り裂くような泣き声が響き渡った。シンちゃんが池から助け上げてくれ、本堂から飛び出してきたおじさんがすぐに病院へ連れてってくれた。理緒は右手首を何針か縫わなければならなかった。双子に突き落とされたことは誰にも言わなかった。


だから小学校の入学式の写真は、右手首に包帯を巻いた姿で写っている。

子供の頃の写真を理緒はほとんど持っていない。たまに双子を写したついでに脇のほうで一緒に写っているものがあっても、そのなかの理緒は一枚も笑っていない。不安げな心細い表情をしているか、カメラを睨みつけるようにして口をへの字に曲げているか、どちらかだ。理緒を撮ってくれたのは多賀子おばさんだけだった。喜和子は子供の成長の記録を写真で残しておこうと思うような母親ではなかった。

喜和子は入学式にも来なかった。運動会や授業参観や父兄面談にも一度も来たことがない。いつも三千子おばさんが代理で来てくれた。でも理緒は喜和子に来てほしいとは思わなかった。あんなに派手でチャラチャラしたお母さんが学校に来たら恥ずかしくてたまらない。喜和子はよそのお母さんが学校に来るときに着てくるような落ち着いたスーツを一枚も持っていない。化粧も濃すぎるし、香水も強すぎる。煙草と酒の匂いをぷんぷんさせながら学校の廊下を歩いてほしくなんかない。

うんと小さい頃はきれいなママが自慢だったのに、小学生になると理緒は喜和子に違和感を覚えるようになっていた。ママはよそのお母さんと全然違う。服装も違うが中身も違う。理緒は普通のお母さんがほしかった。ちょっと太っていて、やさしそうで、エプロンの似合いそうな、素朴であたたかいお母さん。それは喜和子と対極にある母親像だった。あるべき父親像については具体的なイメージは浮かばなかった。人生の最初の段階で消えてしまったから、考えようがないのだった。

3

春休みや夏休みや冬休みになると、理緒は泊まりがけで喜和子の家に遊びに行った。

喜和子はすでに御園町の長屋を離れ、白川公園の近くに小ぢんまりとしたマンションを借りて住んでいた。店も何度か移り、名古屋でも有数の高級クラブに勤めるようになっていた。店を変わるたびに男も変えた。喜和子は恋多き女で、恋愛と恋愛の隙間というものがほとんどなかった。男と別れるとすぐに新しい男ができる。たくさんの男とつきあったが、決してかけもちはしないというのが彼女の道徳律だった。理緒が喜和子から教わった唯一の人生哲学は、

「男と別れるときはくれぐれもきれいに別れること」

というものである。男女のあいだで深情けは禁物だと、喜和子は理緒がまだ小学生のうちから口癖のように言っていた。大人になっても言い続けた。臨終間際に色紙を渡せばきっとこの言葉をしたためるだろう。

理緒が長い休みでやって来ると、喜和子は必ずその時々の恋人とともに三人で食事に行ったり買い物に行ったりする。費用は全部男が払う。男たちは喜和子にいいところを見せようとして、みんなが理緒にやさしくしてくれた。理緒は母親の恋人たちを

「おじさん」と呼んで甘えてみせた。でもそれは役割期待を演じているに過ぎない。おじさんたちに甘えれば母親が喜ぶからだった。恋人が娘に一生懸命サービスするのを喜和子は満足そうに眺めていた。娘が恋人に懐こうとして健気に甘えかかるのを見ると、喜和子の満足感はなおいっそう深まった。

喜和子は金をもっている年上の男しか相手にしなかった。だからおじさんたちは家庭のある男ばかりだった。当然、夜は家に帰っていく。

「おじさんもママのおうちにお泊まりすればいいのに」

「ママは理緒ちゃんと水入らずになりたいんじゃないかな。おじさんはお邪魔虫だろう」

「ううん、いてほしい」

「本当かい？　理緒ちゃん、おじさんのこと好きかい？」

「うん、好きだよ。ママもおじさんのこと好きだって。だからねえ、おじさんにお願いがあるの」

「何かな？」

「あのね、りおのパパになってほしいの」

この殺し文句はよく効いた。帰り際にぽつんと寂しそうに言うのがポイントだった。

「ねえ、おじさん、りおのパパになってよ」

二回目で涙を浮かべれば完璧である。どんなに子供嫌いの男でもぐっときて、メロメロになってしまう。そして喜和子への愛情のおまけとしてではない、一個の独立した愛情を理緒に注ぐようになるのだ。

「よし、おじさんがいつかママと別れても、理緒ちゃんとはずっとつきあっていこうな」

「やだ。別れないで。ママと結婚して。パパになってよ」

駄々をこねて困らせるのも役割期待のうちだった。でも演じているうちに本当に悲しい気持ちになってきて、理緒はいつしか本気で泣き出すのだった。

小学校五年の一学期の終わりに、理緒は家出を決行した。

シンちゃんに日記を見られてしまったと思い込んだからである。理緒は五年生になったときから毎日克明な日記をつけていた。そこには初恋の女の子へのせつない片思いが綿々と綴られていた。もし相手が男の子だったら、日記を盗み読まれたからといってこれほど動揺はしなかったかもしれない。でも理緒が好きになったのは女の子で、それは友情と勘違いしているのではなくて、疑う余地もなく絶対的な恋心だったのだ。なぜ女の子をこれほどまでに好きにならなくてはならないのかという悩みと、恋する気持ちのあまりの強さに理緒の小さな胸は夜ごと張り裂けそうにふるえるのだった。

その花びらのようなふるえを、恥ずかしい滴りを、シンちゃんに読まれてしまった。彼が自分でそう言ったのだ。からかっただけかもしれないが、理緒は真に受けて青ざめた。そしてもうここにはいられないと思ってしまった。

理緒が寺を出た日は、奇しくもマーちゃんの容態が急変して危篤状態に陥った日のことである。理緒はそんなことは何も知らなかった。寺へも、喜和子のところへも、どこへも行きたくなかった。かといっていつまでも学校にいるわけにもいかない。途方にくれていると、チカちゃんというクラスメートが心配して声をかけてくれた。

「家出したいんだけど、やり方がわかんない」

「どこへ行きたいの？」

「寝かせてくれるとこがあればどこでもいい」

「じゃあ、とりあえずうちに来れば？」

「えっ、いいの？」

「お姉ちゃんだっていつも友達泊めてるもん」

取り立てて仲のいい子ではなかったが、ほかに選択肢もないので理緒はチカちゃんの家へついていった。お母さんはまったく驚くことなく理緒を受け入れ、快く一宿一飯のもてなしをしてくれた。でもこれが無断外泊だとわかると、お母さんはおせっかいにもクラスの連絡網で番号を調べて寺に電話をかけ、お嬢さんはここにいますのでご心配なくと言ってしまった。

「おうちで不幸があって、取り込み中なんですって。すぐに帰してくれとおっしゃっているけれど」

「帰りたくありません」

お母さんは電話で理緒の意志を伝えた。今晩はとにかくうちでお預かりします、明日は必ず帰るように言い聞かせますので、と言っても、今晩中に帰してもらわなくてはならないので今からそちらへ迎えに行く、と言ってきた。理緒はいやな予感がした。しばらくして、なぜか喜和子と多賀子おばさんがタクシーでやって来た。喜和子は理緒の顔を見るなり思いきり憎々しげに耳たぶをつねり上げて、

「ほんとにあんたはもう、こんなときにとんでもないことしてくれて」

と吐き捨てるように言った。その仕草は理緒の心臓を氷河期のマンモスのように凍りつかせた。その手のつめたさは永遠に耳たぶに刻まれてしまった。この一瞬の出来事を理緒はいつまでも忘れなかった。そしていつまでも母親をゆるさなかった。

「やめて、お姉ちゃん、子供にそんなことしたらいかんよ」

多賀子おばさんが慌てて制するほど喜和子は取り乱していた。多賀子おばさんはその言い訳をするように、今日マーちゃんが亡くなったのだと教えてくれた。

理緒は喜和子に引きずられるようにして車に乗せられ、無理やりに寺に連れ戻され

た。

誰もいないところで、多賀子おばさんにやさしく家出のわけをきかれたが、日記を読まれたからとは言えず、理緒は黙って空を睨みつけていた。

寺に戻るとマーちゃんの通夜がはじまっていた。三千子おばさんは理緒を見ると、おかえりと言って目をそむけた。今回のことで一番傷つけてしまったのは三千子おばさんだということに理緒はようやく思い至り、申し訳なく思ったが、それでももうここにはいたくないという強い気持ちは揺るぎのないものになっていた。

葬儀が終わると、祖父に本堂に呼びつけられ、二人だけで話をした。息子に先に逝かれた老人の背中は十歳の子供から見ても痛々しく映った。

「理緒はここにいるのがつらいかね？」

「いいえ……はい」

「正直に言いなさい。名古屋でお母さんと暮らしたいかね？」

それもいやだった。ここにいるのもいやだった。自分にはいるところがないと理緒は思った。目の前にはマーちゃんの遺影が掲げられている。あんなにたくさんの本を読んでも人間はあっけなく死んでしまうんだ、と理緒は無常感に包まれた。生涯を独身で通し、病魔と闘い、自分のことは何ひとつ語らずに、かたい食べ物を咀嚼できない恨みを晴らすかのようにかたい本ばかり頭の中に詰め込んで、難解な思想や哲学の言葉を一日二合の酒で湿らせて呑みこんでいた人生。俺が死んだら本は全部理緒にやるよ、いい暇つぶしになるよ、結局どうやって暇をつぶすかだからなあ人生は、うまいこと暇をつぶせたやつの勝ちなんだよ。そう言って笑っていたときの顔はどこかしら宮沢賢治に似ていたが、彼は賢治とは違って詩も畑もつくらなかった。彼はその手で何ひとつ生産しなかった。破壊もしなかった。ひっそりとみじかく生きて、親を泣かせて死んでいった。

死臭のしみついた本なんかいらない。彼の見ていた虚無など見たくない。死者の魂とつきあうのがお寺の仕事なら、生身の人間を騙して惚れさせて浮世の危うい橋を渡り歩いている母親の世界のほうがまだましだ、と理緒は思った。祖父は言った。

「わたしが間違っていたのかもしれん。やはり親子は一緒に暮らすべきなんだろうね」

理緒は夏休みのあいだに寺を引き上げ、名古屋へ引っ越すことになった。喜和子がそれを受け入れたのは、ようやく自分の店をもち、パトロンの恋人にも恵まれて、経済的にも安定してきた矢先であるという背景もあった。何よりも、そのときつきあっていた「おじさん」がいい人だったおかげで、コブつきでも引き受けてもらえたのである。

寺を出て行った日のことはよく覚えている。荷物をまとめていると、三千子おばさんが理緒の食べ物の好物やアレルギーについて細かく喜和子に説明しているのが聞こえてきた。喜和子は神妙にメモを取っていた。何しろ親子がともに暮らすのは八年ぶりのことである。理緒も緊張していたが、喜和子も緊張していた。理緒がカバンに荷物を詰め込んでいるそばで、双子とシンちゃんが落ち着きなくうろうろしている。餞別のつもりか、双子の一人が新しいノートと鉛筆をぶっきらぼうに差し出してきた。もう一人がガムをくれた。理緒は大切にしていたシールをお返しに差し出した。

支度を終えると、三千子おばさんが珍しくジャージャー麺を作ってくれた。いつもなら普通の冷や麦なのに、何か特別な感じがして、みんなで緊張しながら食べた。理緒の荷物はタクシーで充分運べるだけの量しかなかった。机やタンスや布団は「おじさん」が新しく買い揃えてくれていたからである。

車に乗り込むとき、三千子おばさんが涙ぐんでいるのが見えた。急に胸が痛くなった。車が走りだすと双子が手を振りながらあとを追って走ってきた。理緒は喜和子に見られないように帽子で顔を隠して少し泣いた。声を出さずに泣くことは理緒が幼いうちから身につけている特技だった。

このようにして母と子は同じ屋根の下で暮らすことになった。

とはいえ、完全に水入らずというわけではない。「おじさん」がたびたびやって来た。今回の「おじさん」は藤堂という実業家で、バーやクラブをいくつも経営している男だった。ちょっと苦み走った二枚目で、これまでの「おじさん」のなかでも上級の部類に属するだろう。容貌A、経済力A、店への貢献度A、家庭度C。これが喜和子の採点表である。家庭度というのは理緒をどれだけかわいがってくれるかで測られる。藤堂は理緒を引き取ることに同意して養育にかかる費用の援助もしてくれたが、三人で過ごそうとはあまりせず、子供を甘やかしたり子供に贅沢なものを食べさせるのが好きではなかった。たいていは平日の昼間にやって来て、セックスをして、理緒が学校から帰ってくるのと入れ替わりに帰って行く。喜和子と同伴してそのまま店に出ることもあれば、自分の会社や家庭に戻っていくこともあった。

喜和子の店も藤堂がオーナーで、喜和子は雇われママだったが、店のインテリアから女の子たちの選定からメニューの作成まですべて好きなように腕をふるうことができた。喜和子はこれまでになく生き生きと働いた。店は繁盛し、藤堂との関係もうまくいっていた。

でも理緒との生活は難しかった。物心ついたときから人に預けていた娘と急に一緒に暮らしても、八年間の溝はそう簡単には埋まらない。たまに会っておいしいものを食べさせたりショッピングに連れて行ったりしていたときはよかったのだが、日常的に毎日いるとなるとどう接したらいいかわからないのだ。それに理緒は難しい子供だった。くわえて、最も難しい年頃にさしかかろうとしていた。

やりにくいのは理緒のほうでも同じだった。夜の遅い喜和子は朝起きてくれず、理緒は自分でトーストを焼き牛乳を飲んでから学校へ出かける。夕方学校から帰ってくると喜和子は出勤準備の真っ最中である。シャワーを浴び、念入りに化粧し、美容院へ行く。それから慌ただしく簡単な夕食を作って理緒に食べさせ、七時には店に出て行く。理緒は一人でテレビを見たり本を読んだり宿題をしたりして十一時頃には寝てしまう。喜和子が帰ってくるのは一時過ぎである。理緒は布団の中にいるが、玄関の鍵を開けるカチャリという音に反応して一度は必ず目を覚ます。お客さんに鮨をごちそうになって折り詰めなど持たされて帰ってくると、理緒がどんなにぐっすり眠っていても、さあ食べろとたたき起こすのだ。店で何かいやなことがあると、終夜営業のケーキ屋で山ほどケーキを買ってきて、一緒に食べようとたたき起こすのだ。藤堂とケンカしたときは理緒の布団にもぐりこんできて、酒臭い息を吐きながらぼろぼろ泣いてたたき起こすのだ。

「またおじさんとケンカしたの？」

こういうときは眠い目をこすって話を聞いてやらなければならない。

「奥さんにバレちゃったんだって。別れようって言うんだよう。ママより奥さん取るんだって。どうしよう、理緒」

「仕方がないじゃん。また次の人探せばいいじゃん。ママなら整理券配るほど順番待ちしてるファンがいっぱいいるじゃない」

「藤堂さんはね、ママが惚れてたのよ。そんなに簡単に別れられないわよ」

「そんなのママらしくないじゃん。いっつもママのほうから振ってるくせに」

「そうなんだけどね、あの人は特別なの。理緒だってあのおじさん好きでしょう」

「べつに。前の前のおじさんのほうがよかった」

一度か二度しか会ったことがなければ良い印象しか残らないが、毎日のようにやって来て母親とベタベタしているところを見せられるといたたまれなくなる。学校から帰ってきてドアの鍵を開けようとしたら内側からチェーンがかかっていたことが時々あって、理緒は冷水を浴びせられたような気持ちになった。そんなときは三十分ばかり公園で時間をつぶしてから帰るのだが、その三十分は実にせつないものだった。あの部屋は藤堂と喜和子の愛の巣であり、子供の居場所はないのだと言われているような気がした。このままいなくなりたいと思ったが、行くあても金もなかった。そういうとき、理緒はブランコに乗ってよく父親のことを空想した。

今どこでどうしているかは誰も知らない。理緒には父親の思い出というものがまったくない。最後に遊園地へ連れて行かれたことも覚えていない。ただうっすらと、顔のない男が笑っているイメージがあるだけだ。母と自分を捨てて行方不明になったそうだが、本当はすぐ近くに住んでいて、こっそり子供の成長を見守っているのではないか。理緒はそう思いたかった。あるいはアメリカで金持ちになっていて、生き別れになった娘を探すために日本へやって来る。学校を探し当てて、車にいっぱいのプレゼントを抱えて、校門のところで理緒が出て来るのを待ち伏せしているのではないか。学校帰りの道々や授業中に窓の外を眺めながら、理緒はいつも空想したものだった。

空想の中で父親はこう言うのだ。パパと一緒にアメリカへ行こう。今まで放っておいた罪ほろぼしをさせておくれ。これからはおまえをうんと大切にするよ。理緒はいつもいつもいつも考えていた。まだ見ぬ父の顔はどんなふうか。声はどんなふうか。自分と似ているか。自分のことを覚えているか。母のどこが好きだったのか。母のどこに愛想が尽きたのか。そして二人は愛し合っていたのかと。

でもそんな空想は厄介な現実を乗り越えていく手助けにはならなかった。父を夢想した五分後には父を憎んでいた。母親からさんざん吹き込まれた悪党ぶりを思い描いて唾を吐きかけた。呪いをかけ、地獄に突き落とすと、今度は母を憎む番だった。子供を家から閉め出して今頃愛人と何をしているか、考えるだけで生きていくのがいやになる。母の恋人たちにどんなに良くしてもらっても、理緒は彼らを好きにはなれない。それは彼らが母を犯し、母を女にするからだ。男と女の睦みごとのなかでは、子供は殺される運命にあるからだ。

理緒は一日に一度は両親を憎んだ。自分は遊園地で父に捨てられ、寺に預けられて母に捨てられた哀れな子供だ。つまり親から二重に捨てられた子供なのだ。そんな子供に生きる資格はあるのだろうか。生きる力は与えられているのだろうか。理緒は死にたがる子供だった。いつもいつも死ぬことばかり考えていた。

4

喜和子と藤堂との関係はずるずると一進一退を繰り返し、理緒が中学生になるとピークを迎えた。無言電話がかかってくるようになり、ついには彼の奥さんが理緒たちのマンションにあらわれた。といっても怒鳴り込んできたわけではない。入り口の郵便受けのあたりで、ただじっと佇んでいるのである。部屋を訪ねるわけでもなく、話しかけてくるわけでもなく、表情のない顔で黙って立っているだけなのだ。しかも毎日やって来る。化粧気もなく、おそろしく地味な女だったので、はじめのうちは理緒も喜和子もそれが藤堂夫人だとは思いも寄らなかった。女が何のためにそこに立っているのか、マンションの住人のあいだではちょっとした噂になっていた。

ある日、喜和子と連れ立ってエレベーターを降りてきた藤堂が気づいて、顔色を変えた。藤堂は知らんふりをして妻の前を行き過ぎたが、喜和子はそのときの彼の顔を見逃さなかった。女は夫とその愛人を見てもなじりもわめきもせず、雪に降りこめられた地蔵のようにしんとして、まばたきひとつしなかった。喜和子はパニックに陥った。

「あれ奥さんでしょ？　何しに来たの？　どうして何も言わないの？」

「嫌がらせだよ。ほっとけ」

藤堂は一年ほど前から家に帰らなくなり、会社に寝泊まりするようになっていた。子供どうしても喜和子と別れられず、その一方で離婚調停はもつれにもつれていた。子供の親権も家も相場以上の慰謝料もくれてやるから別れてくれとどんなに言っても、彼女は何もいらないと言った。そしてマンションに立ちはじめた。

「あの女に話しかけたらいかんよ。頭がおかしいんだから」

と理緒は喜和子に言われていたが、そのうち学校帰りなどに女のほうから、

「おかえりなさい」

と挨拶されるようになり、無視して通り過ぎるのも何なので、会釈くらいはするようになった。

その日の女はひどく顔色が悪かった。いつものように、

「おかえりなさい。今日は暑いわねえ」

と言った途端、へなへなと理緒に向かって倒れかかってきた。

「だいじょうぶですか？」

「貧血なの。涼しいところで休めば良くなるから」

かといってまさか家に招くわけにもいかず、このまま放っておくわけにもいかず、理緒はとっさの判断で女をマンションの向かいの喫茶店に連れて行った。

「アイスコーヒーでいいですか?」

「いいえ、ホットをいただくわ」

理緒は女のためにホットコーヒーを注文し、置いて帰るのも何なので、自分のためにアイスコーヒーを注文した。女は初めて口元に微笑を浮かべた。笑うと驚くほど柔和な表情がひろがった。

「お母さんにはあんまり似ていないのね」

「そうですか」

「あなたのほうがずっと美人」

理緒は何を話せばいいのかわからなかった。名古屋の喫茶店ではコーヒーにピーナッツがついてくる。ピーナッツを食べてしまうと水を飲んだりおしぼりをたたんだりしてみたが、間がもたない。そわそわしていると女が急に泣き出した。自分たちの家庭は他人の不幸のもとに成り立っている、と理緒は思った。それでも理緒は女に謝罪する気になれなかった。亭主を取られるあなたのほうが悪いのだ、と思っていた。そしてあんな男のためにプライドを捨ててしまった女が哀れだった。

「藤堂さんを母に譲ってくれませんか」

と理緒は言った。女はびっくりして大きく目を見開いた。

「どうしてそんなことを言うの」

「母のほうがあなたよりずっとかわいそうな人だから」

「お母さん思いなのね。あたしも娘を産んでおけばよかった」

冗談じゃない、と理緒は腹の中で舌を出した。藤堂の会社は最近うまくいっていない。先月も店を一軒潰した。マンションの家賃も滞り気味になっている。慰謝料を払えば彼は一文無しになるだろう。そうまでして離婚して身ひとつになっても、金がなければ喜和子とつきあうことはできないのだ。喜和子にとっては金の切れ目が縁の切れ目なのだ。池田家の経済原則に照らしていえば、藤堂はすでに用済みの存在なのである。

このことがあってから、女はもうマンションに来なくなった。ほどなくして離婚が成立したと藤堂が胸をはって報告に来たが、喜和子の反応は実に冷ややかなものだった。お祝いだといって藤堂がぶらさげてきたワインを見て喜和子はヒステリーを起こした。

「何よ、こんな安物のワイン買ってきて。何年も待たせてやっと離婚したお祝いが二千円のワインだなんて、あんまり情けないと思わない？　あたし、そういうしみったれた男が一番嫌いなの」

「そんなこと言うなよ。おれが離婚するために幾ら使ったと思ってんだ。家も土地も慰謝料も、車まで取られたんだぞ。そのうえ息子の養育費だ。おれはもうすっからかんだぜ」

「奥さんにはそんなに良くしてやって、こっちには持ってくる家賃もないなんて、バカバカしくてやってらんないわよ」

「会社が苦しいのは今のうちだけだ。もう少し辛抱してくれよ」

だが藤堂の会社はかなり危なくなっていた。寝泊まりしていた事務所も閉めることになり、アパートを借りる金にも困って、藤堂はマンションに転がりこんできた。最後まで手放さなかった喜和子の店もついに債権者の手に渡ってしまった。この頃から二人のあいだで別れ話が出るようになった。

喜和子は昔勤めていたスナックでまた働きはじめた。しかし人に使われるより人を使うことに本領を発揮する喜和子はどうにかしてもう一度自分の店をもちたいという夢を諦めなかった。そのためには新しいパトロンを見つける必要があり、一日も早く藤堂と切れる必要があった。

喜和子は熱がさめると容赦のない女だった。手のひらを返すようにいくらでも冷酷になることができた。男にしてみればさんざん金をつぎこんだ揚げ句に捨てられるのだからたまらない。喜和子に入れ上げて会社を傾け、家庭を壊し、破滅に追い込まれた「おじさん」たちを理緒はたくさん見てきた。金をつぎこめばつぎこむほど往生際が悪くなるものだということも不変の真理として学んだ。脅したり、泣いたり、縋りついたり、男たちは何でもやって復縁を迫り、それでも駄目だと理緒を丸め込もうとした。

藤堂も同じだった。土曜日の放課後に彼はわざわざ中学校までやって来て、校門から出てくる理緒をつかまえた。

「いや、ちょっと近くまで来たもんだから、ランチでも一緒にどうかと思ってさ」

彼は精一杯にこにこして車のドアを開けた。次から次へと外車を買い替えていた男が今や中古のカローラに乗っている。断るわけにもいかず、理緒は車で郊外のレストランに連れて行かれた。そこはかつて彼が経営していたメキシコ料理店だった。経営者とともにシェフも代わり、メキシコ料理店というよりもいんちきな多国籍料理店に成り下がっていた。

「理緒も知ってると思うけど、最近ママがおじさんと別れたがってるんだ。そんなことになったら理緒だって困るだろう?」

いきなり本題に入った。理緒は心構えをする暇もなかったので、つい、

「どうして?」

と言ってしまった。

「どうしてって、ママがおじさんと別れて一人でやっていけるわけないじゃないか。

ママは金食い虫のお姫様なんだよ。あればあるだけ服を買っちまう。ママが店でどれだけ稼いできても全部衣装代に消えちまう。誰が家賃を払うんだ？　誰が理緒の学費を払うんだ？　おじさんがいなけりゃ理緒は大学どころか高校だって行かせてもらえないよ」

「自分でアルバイトして高校くらい行くから」

「そんなこと言うなよ。おじさんが行かせてやるよ。理緒はもう実の娘みたいなもんなんだ。おじさんが責任をもって大学まで出してやる。東京の大学でもいいぞ。理緒は成績がいいんだからどこでも受かるよ。おじさんがちゃんと仕送りしてやる。おまえの花嫁姿を見るまではおじさんは死んでも死にきれんと思ってるんだよ。甘えてくれよ」

「どうもありがとう」

サラ金の取り立て屋に殴られ、彼の前歯は欠けたままになっていた。イタリア製のスーツしか着なかったのに今ではよれよれのゴルフシャツを着ている。そんな男に大見得を切られてもまったく説得力がない。どの「おじさん」もみんな同じことを言った。そんなたわごとを信じるほど理緒はうぶではなかった。でも彼らの嘘を責めるほど野暮でもなかった。彼らのおかげで理緒はここまで大きくなれたのかもしれないのだ。喜和子が体を張って彼らからむしり取ってきた金で理緒の服やごはんや文房具は賄われていたのである。

「だからさあ、理緒からもママに話してみてくれないかな。おじさんとは別れないでくれって」

「うん。一応、言ってはみるけどね」

「それとも他に誰か男がいるのかな？」

「いるわけないじゃん。ママはあれで結構一途なんだから」

そうは言ったものの、理緒は次の「おじさん」が控えていることを知っていた。でも最後までそのことを言わないのが礼儀だと思っていた。

理緒が男嫌いになったのは、このような家庭環境と強烈な母親のせいかもしれない。理緒は中学生になってからそのことに気づいた。好きになる子がことごとく女の子ばかりなのである。その恋心は性欲とは結びついていなかった。手を握りたいとかキスしたいとかは思っても、セックスしたいなどとは思わなかった。理緒にとってセックスとは、子供を家から閉め出して行う、おぞましく不潔なものだった。男に抱かれたあとの母親の潤んだ目や、室内に漂っているじめじめとした酸っぱい空気に触れると理緒は鳥肌が立つほど嫌悪感に包まれた。母親のなかの生々しい女の部分を直視するのは耐え難いことだった。それは幼児期に一度もスキンシップをしてもらえなかった恨みと複雑に屈折しながら絡まりあって強烈な自我を作り上げ、ぬくもりを渇望する一方で、性の匂いをおそれ拒絶する潔癖症になってしまった。

理緒は女の子らしい格好をするのも好きではなかった。いつもフランスの少年のようなショートカットにしていた。男の子になりたいというより、中性的でありたかった。男でも女でもない、性を超えた存在になりたかった。できることなら肉体のない、精神だけの存在になりたかった。

理緒が女の子を好きになるのは、女の子のほうが男の子よりもかわいらしくて頭がよくてはるかに魅力的だったからである。理緒は男の子のなかにそのような魅力を見いだせなかった。男の子は粗野で、汚らしくて、おおむね理緒よりも頭が悪かった。そして男の子というものはあの双子のように一人では何もできないカラスの群れにしか見えなかった。

それなのに理緒以外の女の子は全員が男の子に夢中になっていた。自分が普通とは違うのだということを理緒は小学生の頃から自覚していた。自分のそのような傾向を理緒はひた隠しにせざるをえなかった。好きな女の子の前では気持ちなどおくびにも出さず、ことさらクールにふるまった。告白なんかしたら変態だと思われて嫌われてしまう。だから理緒の恋はいつも永遠に片思いなのだった。

中学三年のとき、忘れられない出来事がたくさんあった。

学校に演劇部ができることになり、顧問の先生に誘われて移ることにした。それまで理緒はいろんな部に少しずつ顔を出してはすぐにやめてしまうということを繰り返していたのだが、演劇部なら長続きしそうだった。理緒は一年生のときからずっとクラス委員を務める優等生だったので、演劇の才能とは関係なくいきなり部長にさせられた。顧問の先生はまだ新卒二年目の国語教師で、宝塚歌劇を愛する熱血漢だった。

先生はいつも緑色のジャージを着ていたのでグリコと呼ばれていた。グリコは授業中によく朗読をさせたが、声が良くて滑舌（かつぜつ）のしっかりした生徒をひそかに物色し、演劇部にスカウトした。会議の結果、秋の文化祭でシェイクスピアの「夏の夜の夢」をやることになり、理緒は妖精パックの役を振り当てられた。もちろん中学生向けにわかりやすくテキストレジをした台本を使ったが、それでも本読みだけで夏が終わってしまった。文化祭までに立ち稽古をつけなければならないグリコは非常事態宣言を発令し、連日の居残り練習を課したため、受験を控える三年生のほとんどが反乱を起こして辞めてしまった。主役級はみな三年生だったので公演は中止に追い込まれざるをえなかった。

でも理緒は辞めなかった。打ちひしがれるグリコを励まし、たった一人で部を立て直し、公演を実現にこぎつけた。二年生に役を振り直し、どうしても男子が足りなかったので男役を引き受け、愛着のあるパックは後輩に譲った。グリコの演出助手として見よう見まねで後輩の演技指導もし、毎晩部室に泊まり込んで大道具や小道具や照明作りに熱中した。一体どこからそんなエネルギーが湧いてくるのか、理緒は自分でもわけがわからなかった。それまで宝塚さえ見たことがなかったのだ。それはまったくの突然変異と言ってよかった。教師も友達も母親も、この子に何が起こったのかとあっけに取られて理緒を眺めていた。

公演は大成功だった。舞台でライトを浴びた瞬間、理緒は生まれて初めて自分自身になれたような気がした。学校には池田理緒のファンクラブまでできた。下駄箱に下級生の女の子からのラブレターが入るようになり、通学途中にたびたび後をつけ回された。でも理緒の恋い焦がれている女の子は何の興味も示さなかったので、理緒はストイックに孤高を守り、そんな女の子たちから逃げ回った。公演の狂熱が醒めると否応なしに静かな受験生生活に戻っていったが、体の奥で余熱が燻(くすぶ)り続けていることを理緒はいつも感じていた。もう一人の本当の自分を胸の奥深くしまいこんで飼い狎(な)らしながら、時折勉強の合間に輝いていた自分を取り出して眺めた。

いいことばかりでなく、悪いこともあった。

別れ話がこじれて家の中はぐちゃぐちゃになっていた。藤堂は寝室を追い出され、リビングのソファで寝るようになった。食事も作ってもらえなくなり、彼は自分で目玉焼きを作ったりカップラーメンを啜ったりしていた。洗濯もしてもらえなくなると、夜更けにキッチンの流し台でこっそり毛玉のついた靴下を洗うようになった。理緒が試験勉強をしている傍らで、藤堂が喜和子に包丁を突き付け、殺すの殺さないのとやっている光景が日常的なものになっていた。今にあの男に殺される、と喜和子は周囲に漏らすようになった。藤堂の人相は別人のように変わってしまった。痩せてやつれて、垢じみたシャツを着て、ベルトもしないで皺だらけのズボンをはき、無精髭を伸びるにまかせ、年老いた猫のように目ヤニが宿命的にこびりついていた。

どんなに尊厳を傷つけてもマンションを出て行こうとしない藤堂に業を煮やして、喜和子は強硬手段に訴えることにした。新しいパトロンに泣きついて、新しいマンションを用意してもらったのである。もちろん理緒の部屋もある。今度の「おじさん」は富田という水道設備会社の社長さんで、容貌はCだが経済力も家庭度も店への貢献度も特Aがついていた。全面的に面倒を見るから夜の仕事はやめてほしいとまで申し出てくれた。でも喜和子はお妾さんになる気はなかった。喜和子は水商売をこよなく愛していた。疲れた男たちにかりそめの夢を売るホステスという職業に誇りと喜びを感じてさえいた。年を取ったら小粋で渋いママさんになって若い女の子たちに男の騙し方を教えたい、いや婆さんになっても現役で男を騙し続けたい。喜和子は老後のことなど考えなかった。娘は早いうちに自分から離れていくだろうと覚悟していた。いずれ夜のネオンの下で野垂れ死にするだろうが、それはそれで自分にふさわしいのではないかと思っていた。

藤堂が喜和子と無理心中を図ったのは、年の瀬も押し詰まった底冷えのする日曜日のことだった。喜和子と理緒がマンションを出て行ったあとも、藤堂は毎晩のように喜和子の店にやって来ては喜和子の悪口を吹聴するという嫌がらせを続けた。富田はとうとう黙っていられなくなって手切れ金を差し出し、喜和子の前から消えてくれと言った。藤堂は旋盤工場で働きながら借金を少しずつ返していたが、富田から金を差し出された途端に逆上し、金を叩き返して富田を殴りつけ、喜和子を略奪して勤務先の工場に拉致してしまった。

深夜の誰もいない工場で、藤堂は鋼鉄を切断するカッターマシンの上に喜和子をうつ伏せに寝かせて縛りつけ、その隣のマシンに自分も横たわった。機械のスイッチを入れたとき、藤堂はこれまで見たことがないほど穏やかなやさしい温顔をしていたという。あいしてるよ、あいしてるよ、と言いながら藤堂は喜和子の目の前で自らの腹を切り裂いて死んだ。血と肉と脂の飛び散るなかで喜和子はゆっくりと失神した。

5

その事件があってから喜和子は重い鬱病にかかり、しばらくは働くこともできなかった。

そのうえ腎臓を患って倒れてしまい、店は辞めざるをえなくなった。富田が助けてくれなかったら理緒は高校進学を断念しなければならなかったかもしれない。富田のおかげで理緒は高校へかようことができたし、喜和子は自宅療養に専念することができた。喜和子の望むことではなかったとはいえ、結局は富田に囲われる形になってしまった。藤堂は育ちのよいボンボンだったが、富田は苦労人で、金の有り難みもおそろしさも知り尽くしている男だった。やはり幼少の頃に母親と生き別れになったことがあるらしく、母と子はどんなことをしても一緒に暮らすべきだと考えていた。

富田は火曜日と金曜日にやって来て、三人で夕食をともにし、泊まらずに自分の家庭に帰っていった。セックスは理緒のいない昼間にしているようだった。富田は藤堂と違って理緒の前で喜和子に膝まくらをさせたり、口移しでものを食べたりというようなことは決してしなかった。節度を守り、威厳を示し、家長として君臨したがった。富田はもうひとつの家族を作ろうとしていた。富田が来る日は理緒も喜和子も緊張した。一瞬も気が抜けなかった。

「保護者の職業を書く欄があるんだけど、うちは何て書けばいいの？　二号さん？」

「そういうわけにもいかないから、おじさんの会社でも書いておきなさい」

「じゃあ事務員って言えばいいの？」

「そういうことにしておきなさい」

小学校のときも、中学校のときも、学校に提出する書類には悲しい嘘を書いてきた。友達にきかれても夜の仕事だとは言えなかった。父親のことをきかれると、離婚しちゃったと答えたが、本当は籍はまだ入っている。もう何年も行方不明なのに、戸籍の上では二人はまだ夫婦なのである。

「うちみたいなケースって、何年かたつと申請すれば離婚が認められるらしいよ」

と理緒がどこからか聞いてきても、

「いいの。面倒くさいから」

と喜和子は何もしようとしなかった。

「もしかして、パパのこと忘れられないわけ？」

「まさか。あいつとの結婚は今でも人生最大の失敗だったと思ってるわ。でもママの都合で勝手にそんなことしていいのかって気もするの。こういうことは合意がないとね」

「だって、もう死んでるかもしれないんだよ」

「死んでたら何かしら知らせが来るでしょうよ。まだ妻なんだから」

「じゃあ、まだ生きてると思う?」

「生きてるだろうけど、刑務所に入ってるのがオチだわね」

理緒と喜和子は時々こんなふうに薫の噂話をすることがあった。

でも藤堂の思い出話だけはしなかった。彼の夢を見ないように喜和子は強い薬を飲んで眠るようになった。肉類が一切食べられなくなった。髪の毛の半分が一気に白髪になってしまった。


理緒は高校でも演劇部に入り、芝居の面白さに目覚めていった。

体を柔らかくするためにクラシックバレエを習いはじめた。劇場や映画館にも足を運んだ。図書館にある古今東西の戯曲を片っ端から読んでいった。二年生になるとオリジナルの戯曲を書くようになり、演出も手がけた。

先輩の男子部員に交際を申し込まれたが、からかわれたと思って相手にしなかった。理緒は相変わらずせつない片思いに身を焦がし、いまだキスの味も知らず、ストイックに生きていた。何とも思っていない女の子からたまに手紙をもらうことはあっても、理緒が好きになる女の子は決して理緒のことを好きになったりはしないのだ。好きになる子は毎年替わった。彼女たちに理緒がさりげなく注ぐ眼差しや賛美の言葉を、それが恋とも気づかぬままに、彼女たちは厚い友情として享受した。視線に温度があることを、さしのべる手に痛みが宿っていることを、くちびるに悲しみが寄り添っていることを、彼女たちはついに気づかなかった。薔薇の葉うらに潜む青虫の孤独など、薔薇にとっては知ったことではなかったのだ。

バレエ教室で理緒は初めてホモセクシュアルのインストラクターと知り合った。彼は一目で理緒が同類であることを見抜いたようだった。

「理緒ちゃんは男よりも女の子にもてるんじゃなあい？」

と言われて、理緒は思わず赤くなった。

「いえ、男にも女にももてませんね」

「ふうん、性格悪いからじゃないの？」

理緒ははっとした。恋愛に対しても人間関係に対しても素直になれない頑なさを一言で言い当てられてしまったようにばつが悪かった。

「新宿には同性愛者の集まる店がたくさんあるんだってよ。いいよねえ」

と彼は言った。

この言葉は理緒の頭にインプットされた。理緒が卒業したら東京の大学へ進みたいと思うようになったのは、この言葉にも多少の原因があるのかもしれない。どんなに人を好きになっても一生報われずに終わるのかという徒労感が理緒のなかで澱(おり)のように溜まっていた。一度でいいから自分と同じ人間と語り合ってみたかった。恋の悩みを打ち明ける相手がいるだけでもどんなに救われることだろう。理緒はこれまで友人たちからさまざまな恋愛相談を受けてきたけれど、自分の相談をしたことは一度もない。

もちろんそれだけではなく、東京で本格的に演劇の勉強がしたかった。そして名古屋から、喜和子から離れたかった。小学生のときには失敗に終わった家出を、やっと大っぴらに実行できる年になったのだ。進路を決める三者面談を翌日に控えた夜、理緒は富田の前で畳に手をつき、かしこまって頭を下げた。

「一生のお願いです。東京の大学へ行かせてください」

晩酌中だった富田は黙って盃を置いて理緒を見据えた。志望校を尋ねると、演劇博物館のある有名私立大学の名前が返ってきた。努力次第では合格圏内と言われたという。

「演劇の勉強なら、名古屋でもできるんじゃないのか？　母ひとり子ひとりの二人っきりの家族なのに、おまえはお母さんを独りぼっちにするつもりなのか？」

「でも、ママにはおじさんがいるじゃないですか」

「おじさんはいつも一緒にいてあげられるわけじゃない。無論いつまでも大事にはするが、しょせんは他人なんだよ。健康なときならともかく、いつまた倒れるかわからない。いざというときには血のつながった娘が一番なんだよ」

すると喜和子が理緒の隣に来て一緒に手をついた。

「あたしからもお願いします。この子は一度言い出したらきかない子で、どうかこの子の望むようにしてやってくれませんか」

思いがけない援軍に、理緒は感動して母親を眺めた。富田はしばらく親子を交互に見比べながら盃を舐めていたが、困ったような嬉しいようなどっちつかずの笑みを浮かべて降参した。

「負けたよ。喜和さんがそれでいいなら、いいともさ。ただし条件がある。東京へ勉強しに行くからには中途半端はしないこと。学費だけは出してやるから生活費はアルバイトして自分で稼ぐこと。盆と正月には必ず帰ってくること」

富田は大学を出ていなかった。自分の娘も地元の短大しか許さなかった。東京の私立大学など本当は分不相応の贅沢だと彼は考えていた。それでも、女房子供には苦労や我慢をさせたとしても、愛人とその子供には分不相応の贅沢をさせるのが男の甲斐性だと思いたかった。喜和子が妻より美しく、理緒がわが子よりはるかに成績が良くても、彼には二人のほうが不憫でならなかった。このよるべのない親子が頼れるのは自分しかいないのだと思うと、どんなことでもしてやりたいと思うのだった。

理緒は志望校に合格し、卒業と同時に上京した。

娘に触発されて、喜和子はまた夜の勤めに出るようになった。富田に全面的に頼るのではなく、生活費も少しは仕送りしてやりたかったし、富田の会社だっていつまでも安泰だとは限らない。せっかく入った大学をお金のために中退させることだけは忍びない。合格を一番喜んだのは喜和子だった。それというのも、薫の父親が理緒と同じ大学の出身だと昔聞いたことがあるからだ。一度も会ったことはなかったが、理緒にとっては祖父である。もし知っていたら喜んでくれたのではないだろうか。これでやっと池田の家に対して面目が立つような気がした。喜和子は薫と別れてから初めて薫に会いたいと思った。会って娘の自慢話をしたかった。波瀾万丈の子供時代をくぐり抜けて、よくぞここまで大きくなってくれたものだと、二人でしみじみ酒を酌み交わしてみたかった。そんなことをしてみたい相手は理緒の父親しかいない。富田がどんなにいい人でも分かち合えないことがある。

理緒は大学の学生課で六畳一間のアパートを見つけ、一人暮らしをはじめた。風呂はなかったが小さいキッチンとトイレがついていたし、大学までは二駅しか離れていなかった。学生生活を送るにはまずまずの環境といってよかった。アルバイトも学生課で見つけることができた。理緒は家庭教師の口を二つかけもちし、生活費が足りなくなると印刷工場で日払いの梱包のアルバイトをした。家庭教師へ行くと必ずおやつと晩ご飯を出してくれるので、理緒はずいぶん助かった。きれいなお母さん方が作ってくれる食事は手のこんだビーフストロガノフや茶碗蒸しや炊き込みご飯などの正統的な家庭料理で、喜和子の作るいいかげんな料理を何年も食べさせられていた理緒には実に嬉しいおまけであった。

入学式の翌日から早速理緒は新入生の勧誘でかまびすしいキャンパスを歩き回り、自分に合う劇団を探した。学生劇団は驚くほどたくさんあった。アングラのテントが雨後の筍のように建っている一画に足を踏み入れると、スキンヘッドに白塗りをした赤い褌姿の男優が発声練習をしていたり、帝国陸軍の軍帽を被って真っ赤な長襦袢を着た女優がくねくねとダンスの練習をしていたりした。カセットデッキからは森進一とオッフェンバックが無秩序に流れ、満州国だとか胎内回帰だとかいうセリフが飛び交っていた。

チェーホフやシェイクスピアやせいぜい別役実しか知らなかった理緒は激しいカルチャーショックに打ちのめされ、拒絶反応を起こした。新入生勧誘のための上演会のあとに行われた説明会では、大学生と呼ぶには少々老けすぎた牢名主のような男に、「劇研に入ったからには四年で卒業できるなんてゆめゆめ思わないで下さいね。講義に出る暇なんてまずないと思って下さい。稽古とバイトに明け暮れるのが正しい劇研生活です」

　といきなり宣言され、来るところを間違えたと思って理緒は早々に退散した。テントから外に出た途端、一緒に抜け出してきた女の子が話しかけるともなく話しかけてきた。

「あー、あたし、こういうの駄目だわ」

「わたしも。ちょっとついていけない」

　二人はそのまま喫茶店に入り、芝居の話をしているうちにたちまち意気投合し、友達になった。彼女は法学部の岩崎環（たまき）だと名乗った。

「りおって、どんな字を書くの？」

「理性の理に、情緒の緒」

「それはとてもあなたらしい名前ね」

　二人は毎日同じ喫茶店で待ち合わせ、それぞれに見学した演劇サークルの情報を教え合い、どこがよさそうかを話し合った。東京出身の環は中学生の頃から大小さまざまの劇場に出入りしていたらしく、いろんな種類の芝居に精通していた。何日もかけて比較検討した結果、入りたい劇団はどこにもない、ということで二人の意見は一致した。ないのなら自分たちで作ってしまおうということになった。理緒が高校時代に書いていた戯曲を見せると、環はおもしろいと言ってくれた。とりあえず人材を集めることにした。あちこちの劇団にも顔を出すことにした。るために妥協できる線の劇団に落ち着きながら、あちこちの劇団にも顔を出すことにした。

環はとてもエネルギッシュな女の子だった。目標を定めるとまっすぐに迷うことなく突き進んでいく。有名なビール会社の重役の娘だということを理緒はずいぶんあとになってから知った。それくらい普段は地道で控えめな雰囲気があったが、芝居のことになると一歩もひかなかった。環は役者よりも裏方志望で、製作的なことに関心があった。いずれは海外のカンパニーを招聘したり、異分野からの才能を集めて新しいステージを模索するプロデューサーのような仕事に就きたいという明確なビジョンをもっていた。

「理緒も将来的には芝居で食べていくつもりなの？」

そんなふうにきかれても理緒はうまく答えられなかった。将来のことなんて考えたこともない。この世界でプロになるということがどういうことなのか、具体的にイメージが湧かないのだ。卒業しても就職せず、バイトしながら芝居を続けている先輩はたくさんいる。それでも食えなくて、そんな生活に疲れ果てて、やがてきっぱりと足を洗って就職していくパターンが一般的のようだった。もっとひどいのは売れない芝居にしがみついて一生を棒に振ってしまうことだ。

理緒にはそうなる予感があった。どうせ人生はギャンブルなのだ。サイコロを振って遊んでいた三つの頃から、理緒の体には無常感がしみついている。自分の中には破滅した男と、男を破滅させる女の血が流れている。不良少年と不良少女の血が自分を作ったのだ。理緒はいつもどこかでそう思っていた。ことさらに優等生で通したのはその反動だったのである。でもどうやら自分もまた負のカードを持たされているらしい。理緒は環のような人間を見ているとなおさらそんなふうに思った。ひねくれる余地もないほどかなわないと思うのだった。

理緒が初めて新宿二丁目に足を踏み入れたのは、大学に入って最初の夏休みのことである。劇団ＯＢの先輩の公演を見に行った帰り、みんなで三丁目の居酒屋で飲んでいるとき、隣のテーブルに座っていた中年の婦人が理緒にだけ声をかけてきた。他のメンバーもいたのにまるで理緒しか見えないというように。そのへんにいるごく普通の主婦のように見えた。いいところへ連れてってあげるわ。彼女はそう言って含み笑いを浮かべた。理緒は吸い寄せられるように彼女についていった。みんなはトイレにでも行ったのだろうと思っていた。十分ほど歩くと、男同士が絡み合ってキスをしている公園に出た。公園の前の路地を入っていくと、そこには色とりどりのお花畑があった。

婦人に導かれて理緒は一軒の花園に入った。いらっしゃいませ、とスーツに身を固めた男装の女たちが一斉に声を張り上げた。婦人は理緒の表情を注意深く観察し、あまりお好みではないとわかると、その店を出てまた別の店の扉を開けた。いらっしゃーい、と着物姿の年増女がくわえ煙草でハスキーなしゃがれ声を出した。理緒は少しほほ笑んだが、婦人はなおもその隣のビルへ足を伸ばした。二十代後半と思われる、長いソバージュをなびかせた色っぽいおねえさんが何も言わずにほほ笑んだ。ここでやっと理緒の目が輝いたのを見て、二人はスツールに腰を下ろした。

こういうとこ初めて？　とおねえさんがカクテルを出しながら理緒の目を覗きこんだ。理緒は見とれながら頷いた。かわいいわ。理緒もおねえさんをかわいいと思った。婦人はここの常連らしく、おねえさんのことをルルちゃんと呼んでいた。ルルちゃんは今募集中なのよね。ラブラブの彼女と別れてしまったのよね。理緒はルルちゃんから目が離せなくなった。ルルちゃんも婦人の相手をしながら理緒に流し目を送ってくる。そのたび理緒は腰から下が溶けそうになった。ああこの人と寝たい。理緒ははっきりと欲情した。それは恋心とは少し違うものだった。この人を裸にし、胸を吸いたい。婦人がトイレに立ったとき、理緒はかすれた声で懇願した。もしよかったら散歩しませんか。ルルちゃんは楽しそうに笑って、そんな目で口説かれたら散歩でも何でもしちゃうわ、と言った。

婦人はあっさりと理緒をルルちゃんに譲って、あるいはルルちゃんを理緒に譲って、一足先に帰っていった。閉店後に一緒に店を出ると、ルルちゃんのほうから腕を絡ませてきた。公園のブランコの上でキスをした。初めてのキスはジントニックの味がした。それからしばらく散歩して、ホテルに入った。女同士でも入れるんですか、と理緒がきくと、ルルちゃんはまた楽しそうに笑った。

理緒はまったく手出しができなかった。一から十までルルちゃんがリードしてくれた。愛撫があまりに気持ちよくて、理緒は生まれたての赤ん坊みたいに大きな声を出した。有史以来、人類がなぜセックスをしてきたのか、人間がなぜセックスをしないではいられないのか、理緒はようやく理解した。かわいいわ。かわいいわ。かわいいわ。ルルちゃんは百回も叫び、理緒は乳首を口に含んだまま溶けて流れて眠りの淵に落ちていった。

6

翌朝目覚めると、ルルちゃんはもういなかった。

ゆうべのことは夢だったのだろうかと思いかけたが、体の上を嵐が通過していったかのようにキスマークが残されていた。理緒は全裸になって鏡の前に立ち、キスマークを数えてみた。三十三個あった。長い時間をかけて熱いシャワーを使っても、それらの刻印と二日酔いの頭痛と胃のむかむかは消えなかった。ホテルを出ると、夏の朝の太陽に焼かれて路上から生ゴミの匂いがした。勤め人の群れに弾かれるようにしてふらふらと新宿駅まで歩いた。それはいつもの街ではなく、白茶けたカーテンのようなフィルターがかかっているように理緒には見えた。駅に着いた途端気分が悪くなり、トイレで大量の胃液を吐いた。

もうルルちゃんの顔は思い出せなかった。そんな女が実在していたのかどうかも確信がもてなかった。ベッドでいろんな話をしたはずなのに、断片しか覚えていない。ルルなんて風邪薬みたいでしょ。年がら年じゅう風邪ひいてるからなの。真夏でも寒けがして熱があるのよ。ほら触ってごらん。……でもルルちゃんのあそこはとても熱かった。マグマのように燃えていた。理緒は意気地がなくて指をひっこめてしまった。

ちゃんと入れてあげればよかった。三十三個もキスマークをつけずにはいられないほどあの人は寂しかったのだ。何かとんでもない不作法をしたようで、理緒は性的に未熟だった自分を恥ずかしく思った。それきりルルちゃんに会うことはなかった。

理緒の性の扉は開かれてしまった。自分はセックスが好きなのだと、三度のめしより好きなのだと、理緒にはわかってしまったのである。好きなものに関して未熟であることは理緒には耐えられなかった。好きである以上は上達したい。百人の女と寝たい、と理緒は思った。その日から二丁目にかよいはじめた。

理緒は大学の授業も劇団もほっぽり出して、女の子をナンパすることに血道をあげた。年上の色っぽい女が理緒の好みだった。そのうちに理緒は、自分が年上の女たちにかわいがられる才能を身につけていることに気がついた。ビアンの女たちばかりではない。家庭教師の教え子のお母さんたちにも、バイト先のおばちゃんたちにも、理緒はいつもかわいがられてきた。理緒は若い女の子よりも成熟した大人の女が好きだった。太っていても、結婚していても、子供がいても平気だった。向こうから声をかけられると理緒は決して断らなかった。理緒はどんな女でも喜ばせることができた。

ある日、クンニリングスをしているあいだに眠り込んでしまい、名前も知らない女の股ぐらに挟まれて目覚めた夜明けにふと気がついた。父親と同じことをしている。あの女たらしのろくでなしとまったく同じ道を歩んでいるではないか、と。これほどまでに女好きなのは父親の血を受け継いでいるからなのだ、と。理緒はおかしくてくすくす笑った。女の中心部の深い闇は睡眠中でもひくひくと震えて理緒の舌を誘っている。悪魔がおいでおいでをしている声を理緒はその穴のとば口ではっきりと聞いた。堕ちろ、堕ちろ、業火でその身を灼き尽くせ。なぜか涙がこぼれてきた。百人の女を抱いたら死のうと思った。


「一体どうしちゃったの？　劇団にも来ないで毎日毎日どこほっつき歩いてるの？」

環が心配して理緒のアパートを訪ねてきたとき、理緒はゆうべ拾った女の子とベッドにいた。慌ててベッドにもぐりこんだ相手を環は男だと思い込んだ。

「あ、そういうことだったの。理緒にもやっと男ができたか」

「ねえ環、正直に答えて。わたしの顔は卑しくなったかな？」

「ううん、全然。ちょっと疲れてるみたいだけど、すっきりしたいい顔してるよ。きっといい恋をしてるのね」

そのとき微妙にふるえた環の背中を理緒は見てしまった。背中には秘めているものが透けて見える瞬間がある。たくさんの女の子と寝たおかげで理緒は以前よりも観察力と洞察力がするどくなっていた。理緒は友を抱きしめてやりたい衝動に駆られた。

「帰るわ。邪魔してごめんね。そのうち劇団に顔出してね」

「恋なんかしてない。名前も知らない」

なぜムキになって弁解なんかしているのだろう。女の子には悪いと思ったが、もう二度と会わないゆきずりの相手より親友のほうが大事だった。理緒は環を引き留めなければならないと思った。このまま帰したら取り返しのつかないことになるような気がした。

「あ、あたし帰りますから。ありがと楽しかった。お芝居やってるなら見に行くからチラシ送ってね。名前は忘れちゃったかもしれないけど思い出したらまたお店に来てね。いつでもいるから」

女の子はてきぱきと身支度をして、顔も洗わずに脱兎のごとく走り去っていった。理緒がごめん、と投げかけた声も聞こえなかっただろう。環はあっけに取られてその様子を眺めていた。なんで？　と全身で訴えかけていた。

「とりあえず、とびきりおいしい珈琲をいれてあげるね」

女の子が出ていってしまうと理緒はシャツだけを羽織って湯を沸かし、豆を挽いた。深煎りのフレンチマンデリンの豊かな香りが狭い六畳間にひろがって、情事の残り香を消してくれた。珈琲を手渡すと、理緒は環の目に触れないようにそそくさとティッシュの山をかき集めて屑籠に捨てた。

「どうして名前も知らない女の子と寝るの？」

環の声は怒りと悲しみを孕んでふるえていた。わからない、と理緒は正直に答えた。

「自分でもどうかしてると思う。ごめん」

「どうしてあたしに謝るの？」

理緒はまたわからない、と言った。心臓がキュンと縮んでいきそうだった。

「本当に好きな人と寝たことあるの？」

ないと思う。そう言ったとき、環の瞳に涙が浮かんでいるのが見えた。なぜ泣くの何のために泣くのその涙にはどんな意味があるの。涙は見る見る盛り上がり、頬をつたってカーペットにこぼれ落ちた。続いて落ちようとする滴を理緒はつめたい唇で止めた。

親友とのキスは苦かった。両手であたためていたひな鳥がふいに飛び立つように環は身を翻して部屋を出て行った。環の唇の感触が一日中理緒の舌の先に残っていた。そのとき理緒は自分がどんなにこの親友に惚れているかに気がついたのだった。

翌日劇団の部室で顔を合わせると、環はきのうのことなど何もなかったかのように微笑して理緒を迎え入れた。ぎこちなく緊張していたのは理緒のほうだった。

「わたしのことを変態だと思う？」

その日の稽古を終えて帰る道すがら、理緒は思い切って尋ねてみた。

「全然、思わないわ。テネシー・ウィリアムズもジャン・コクトオも三島由紀夫もゲイだった。そんなの異常でも何でもないよ。一種の才能だと思えばいいんじゃない？」


ノン気の女の子にそんなことを言われたのは初めてだった。こういうセリフはなかなか言えるものではない。理緒は胸がいっぱいになって思わず環の手を握りしめた。

「これからうちへ来ない？　もう泣かせたりしないから」

「やめとくわ」


環はできるだけやさしく、しかし毅然として言った。

「理緒のこともものすごく好きだけど、あたしはセックスは男の人とする。どんな男の人よりもたぶん理緒のほうが好きだけど、理緒とは寝たくない。あたしはあなたの女にはならない。親友だから。あたしは凡庸なヘテロセクシュアルで、凡庸に結婚して子供を産んで凡庸に人生を終えるの。あたしはそれでオーケーなの。だからあたしには手を出さないで。たったひとりの親友を失わせないで」


理緒は打ちのめされて天を仰いだ。そして万物の創造主がもしいるとしたらそいつに向かって呪詛の言葉を投げつけた。またしても、永遠に続く片恋地獄！　どうせなら嫌いだからと言ってほしかった。あんなにきれいな涙を見せないでほしかった。昏を奪わせないでほしかった。死ぬまで友情と勘違いさせてほしかった。

理緒が握りしめたままの手が蒼白く変色して朽ち果てていくのを環は目を逸らさずに見届けた。今度は環が握りしめる番だった。

「あなたにはわからないかもしれないけれど、そんなにも何かに飢えて何かを求めずにはいられない人間は、そうでない人間よりもずっと表現者になる資格があるんだと思う。理緒は時々、痛々しくて見ていられない。ちゃんと自分を愛しなよ。それから人を愛しなよ。あたしが理緒にしてあげられることはひとつしかないよ。ただ祈るだけ。どうかあなたが愛する人とめぐり会って、その人といつまでも幸せになるように。それがあたしの願いだから」

理緒はこれほど美しい祈りの言葉を聞いたことがなかった。理緒はその言葉を一生忘れなかった。長く苦しい孤独に苛まれるたび、高田馬場の路上で親友から贈られたその宝石のようなお祈りを心のポケットから取り出して呪文のように唱えたものだ。どうかあなたが愛する人とめぐり会い、いつまでも幸せになるように。それを心から願ってくれる他人を親友と呼ぶのなら、片恋の痛みなど乗り越えられないはずがない。

二人の友情は危ういところで危機を脱した。理緒はこれ以降、ノン気の女の子に近づくことを固く自らのタブーとした。そして百人に遠く及ばぬまま、狂ったような女遊びの季節に終止符を打った。

二十歳の春に二人はようやく自分たちの劇団を立ち上げた。理緒が主宰になったから、カーシャレのつもりで劇団名はカーニバルと名付けた。理緒が作・演出を担当し、環が制作を受け持った。環の制作としての能力はすばらしいものだった。役者とスタッフをまとめ、資金をかき集め、チケットを売り、マスコミ戦略を練る。観客動員数は少しずつ着実に増えていった。卒業が近づいても誰も就職する気配がなかった。みんなはこのまま続けるつもりでいた。

ところが環が急にイギリスへ行くと言い出した。演劇プロデューサーを養成する学校に留学したいという。行けば二年は帰ってこない。なぜ今でなければならないのか、数年先では駄目なのか、とみんなが引き留めた。でも理緒は止めなかった。そしてあっさりと劇団の解散を宣言した。

劇団員はばらばらになった。他の劇団に移って芝居を続ける者もいれば、芝居をやめて就職する者もいた。就職しながらアマチュア劇団で趣味として芝居を楽しむ者もいた。理緒は環がいなくなったら芝居への情熱もなくなって、小さな編集プロダクションに就職した。それでも戯曲だけは細々と書きためていたが、一番最初に読んでもらいたい人がいなくなってはそれも長続きしなかった。環の不在がもたらした喪失感はあまりにも大きく、理緒は航海の座標軸を見失ったような無力感に包まれた。

その編集プロダクションでは結婚情報誌や旅行情報誌やブランド名鑑などの編集を請け負っていた。理緒は結婚式場へ取材に行ったり、日帰りバスツアーの比較記事を書いたり、宝飾メーカーがこの秋に発表する新作指輪の紹介記事を書いたりしながら忙しく毎日を過ごした。はじめのうちは面白かったが、次第に理緒は自分が水のないところで泳がされている魚になったような気がしてきた。毎朝同じ時間に起きることも、殺人的な満員電車に乗って通勤することも、いやな上司も、果てしなく続く残業も、安すぎる給料も、どれだけやっても達成感の得られない仕事も、何もかもが息苦しくて、ゆっくりと干からびていくようだった。

ある朝、いつものように地下鉄の改札を出た瞬間、足が一歩も動かなくなった。空気が急激に薄くなっていき、理緒は立ったままその場で数秒間意識を失った。戻ってきたとき、理緒は全身にびっしょり汗をかいていた。その日のうちに会社を辞めた。

二十五歳になっていた。環は三年たってもイギリスから戻ってこなかった。手紙には好きな男ができてこちらで結婚するつもりだと書いてあった。

それから理緒はフリーランスになった。とはいっても来る仕事は会社員だった頃と似たようなものだった。グルメの記事を書き、温泉巡りの取材をし、万年筆のコピーを書いた。理緒は来る仕事はどんなものでも引き受けた。政党のパンフレットも書いたし、ラジオドラマの台本も書いた。少しずつお金もたまり、理緒は学生時代から住んでいたアパートを引き払って風呂つきのアパートに引っ越した。エアコンも全自動洗濯機も電子レンジも買った。ファックスとワープロは二度ずつ買い替えた。何人かの女の子とつきあったが、長続きしなかった。どの相手とも数ヵ月しかもたなかった。

ある大物政治家の自叙伝のゴーストライターをしたこともある。数ヵ月は働かなくても生活してゆけるだけのギャラが口座に振り込まれた。ちょうどまた空気が薄くなっていた時期だった。厄介な恋愛を抱えていて、けりをつけたい頃でもあった。女は別れたら死ぬと言って理緒を脅した。ストーカーのようにつけ回され、毎日五十回も無言電話をかけられ、目の前で手首を切られ、理緒は仕事ができなくなった。ノイローゼになり、女性不信に陥った。理緒は仕事を整理し、このギャラと貯金を全額引き出してドル建てのトラベラーズ・チェックに替え、旅に出た。ヨーロッパ、中東、インド、東南アジア。三十歳の誕生日はメコン川を渡る船の上で迎えた。

旅先のロンドンで環と再会した。人材コンサルタント会社を経営する英国人の夫と二人の息子たちに囲まれて、環は匂い立つように幸福そうだった。まるで生まれたときからクインズ・イングリッシュをしゃべっているような落ち着いた奥様になっていた。まだそれほど有名ではない若手やマイノリティの劇作家の作品を見つけてきて、日本に翻訳・紹介する仕事もマイペースで続けていた。

「理緒はあの頃と少しも変わらないねえ。相変わらず童顔で、難民の子供みたいに瘦せてるところも。ちゃんと食べてるの？」

理緒は苦笑した。ちゃんと食べてるの、というのは昔から環の口癖だったからだ。

「だいじょうぶ。ちゃんと食べてる」

「本当に、どうしてそんなに若々しいのかしら」

環はしみじみと理緒の手を握りしめた。どうしてそんなに痛々しいのかしら、というように理緒には聞こえた。変わらないと言われることがいいことなのかどうか、理緒にはわからなかった。いつまでも好きなだけ滞在して骨休めをしてくれていいと言ってくれたので、理緒は戯曲の下訳を手伝ったり子守りを引き受けたりしながら三週間ほど世話になった。そのあいだ幾度となく評判の舞台を見に行こうと誘われたが、理緒は一度も劇場へは足を運ばなかった。

ロンドンを離れる前日、環が餞別だといって、閉館間際の美術館のショップで動物の牙で作られたペンダントを買ってくれた。これはアフリカのある部族のおまじないで、これを肌身離さず身につけていると前世からの宿命の恋人とめぐり会えるんだって。あたしもこれのおかげでリチャードと会えたのよ。理緒はそのペンダントを首からぶらさげて再び旅を続けた。

日本から持ってきた何冊かの詩集が旅の道連れだった。そのとき理緒はパリ・リヨン駅の構内のカフェでサルバトーレ・クワジーモドというイタリアの現代詩人の詩集をぱらぱらと拾い読みしながら南へ向かう夜行列車を待っていた。夜と群がる星の波動、という詩句が、ふいに理緒の目の端っこに引っかかり、胸の真ん中に飛び込んできた。なぜか子供の頃に父親に置き去りにされた夏の夜の遊園地を思い出した。夜そのもののようだった母親の美しく化粧を施された横顔と赤い爪を思い出した。母に群がっていたさまざまな「おじさん」たちを一人ずつ懐かしく思い出した。夜と星たちの織り成す波動のただなかで育った子供時代の自分を思い出していた。あのときの子供はすっかり大人になって、ずいぶん遠くまで来てしまった。

それから理緒は、自分の肌の上を通り抜けていった女たちのことを一人ずつ懐かしく思い出した。名前は忘れてしまっても体の細部は覚えている。癒し難い飢えの感覚が理緒の喉の奥でふくれあがり、さすらいへの意志を強くする。前世からの宿命の恋人とめぐり会うために、この世の果てまで行ってもいい。ホームに列車が入ってきた。理緒はペンダントを落とさないように気をつけながらリュックを背負い、夜の底を走り抜けていく流星のような銀色の列車に乗り込んだ。

7

ほぼ一年ぶりに日本に帰ってくると、仕事がなくなっていた。

フリーランスのライターが長く日本を離れれば仕事がなくなるのは当然のことである。理緒は以前につきあいのあったプロダクションや編集者に少しずつ電話をかけて営業活動を行わなくてはならなかった。それでもすぐには仕事は来ないから、アルバイトをして食いつなぐ必要があった。理緒はしばらくのあいだ深夜のファミリーレストランでウエイトレスをして働いた。夜中のほうが時給が高かったし、家族連れが来なかったからだ。

食えないならこんな仕事があるんだが、とかつて一緒に仕事をしたことのあるカメラマンから電話がかかってきた。ギャラは安いんだけど理緒ちゃんなら興味のあるテーマだと思ってさ。何ですか何でもやりますよ。理緒は思わず卑屈な声を出していた。性の揺らぎっていうテーマなんだけどね。現代のさまざまな愛の形を浮き彫りにするノンフィクションの企画でね。ホモセクシュアルとレズビアンとバイセクシュアルのカップルを十組ずつ取材してレポートを書く仕事なんだけど、やってみる?

やります、と理緒は勢いこんで即答した。井筒というカメラマンはしきりにギャラの安さを恐縮している。しかも経費は出ないのだという。理緒ちゃんみたいなキャリアのあるライターにこんな安い仕事紹介して申し訳ないんだけどさあ。足元を見られた、と思ったが、それよりもテーマに惹かれて一も二もなく引き受けていた。ホモセクシュアルとバイセクシュアルのパートはすでにやる人が決まっており、レズビアンのパートだけをやってくれればいいから、と井筒は言った。

理緒は自分のセクシュアリティを公表していたわけではなかったが、何度か一緒に仕事をして個人的に飲みに行ったりもする間柄の人間に対してはあえて隠し立てもしなかった。彼氏いないのときかれれば、彼女がいるんですよと堂々と答える。うるさく口説いてくる見当はずれの男にもそれは実に有効なのである。理緒は自分のセクシュアリティをまったく恥じていなかった。ひとかけらの引け目も感じなかった。台風一過の青空のように突き抜けていた。もちろんそうなるまでには長い葛藤の時間があった。でもとにかく、今や台風は去ったのだ。

実際にはじめてみると、思ったより大変な仕事であることがわかった。まず十組のカップルを探すことからはじめなければならなかった。取材対象のピックアップはできているものと思っていた理緒は一年間も現場を離れていた自分の甘さを思い知らされた。こんなことはよくあることだった。足元を見られたうえに、自分の属していた世界の人間関係を切り売りする覚悟で取材対象を見つけ出すことが求められていたのだ。理緒は時差ボケ放浪ボケで忘れていたが、売文業というものはなかなかに非情の世界だったのである。

担当の編集者は甘糟（あまかす）という理緒と同年代の男で、非情の世界の住人にしては珍しくおっとりとした雰囲気をもっていた。体型と同様ふっくらとした顔には実に見事な福耳（ふくみみ）がついていた。野暮ったい銀縁メガネをかけ、学生のようななりをして、いつ見てもにこにこほほ笑んでいた。口調はソフトでやわらかく、語尾がしばしば女性的になった。ただでさえホモ疑惑があるのに、こんな企画を通してしまったから噂は決定的になってしまった。

名古屋出身の甘糟は、理緒が同郷だとわかるとだんだん人懐っこくなっていった。急に近づいてくるのではなく、少しずつ距離を縮めていき、気がついたらいつのまにか寄り添っているような繊細な接し方をした。彼は決して人を不愉快にさせない男だった。天稟ともいうべき深いやさしさでどんな相手でも包み込んでしまう男だった。彼は理緒が仕事の傍ら深夜のファミレスでバイトしていることを知ると、取材の経費だけでも落ちるように何とか便宜を図ってくれた。そして自腹を切って昼飯や晩飯をふるまってくれた。

ある日打ち合わせのために理緒が編集部に出向くと、甘糟が腰を痛めて救急車で運ばれたという。理緒はその足で病院へ駆けつけた。

「いやあ、昔からの持病なんですよ。ヘルニアなの。入院はこれでもう三回目」

心配そうな理緒を見て彼はのんびりと言ったが、理緒がすぐに飛んできてくれたことは思いもかけなかったことらしく、ものすごく嬉しそうだった。彼は丸二週間動けなかった。理緒は毎日病院に顔を出しては仕事の指示を仰ぎ、雑談をして彼の無聊を慰めた。井筒もよく見舞いにやって来たが、理緒がいるとわざわざ席をはずすようになった。この二週間のあいだに甘糟と理緒の距離は急速に縮まった。

「池田さんは、やっぱり男は駄目ですかねえ」

退院後、お祝いと打ち合わせを兼ねて飲みに行ったとき、甘糟に突然そんなことを言われて、ついでにため息までつかれて、理緒はすぐに返事ができなかった。彼が立場を越えて自分に好意をもってくれていることに理緒はうすうす気づいていたが、あるいはそれは彼一流のサービスかもしれず、どんな仕事相手に対しても同じように親切で好意的なのかもしれないという気もした。

「どうしても女性じゃないと駄目なの？」

「さあ、あまり考えたことないもので」

「たとえば僕と……どうこうなったら……やっぱりいや？」

「ああ、笑っちゃうかもしれない」

こういうときは笑ってしまうに限る。ややこしいことにはなりたくない。

「あはは、笑っちゃいましょう」

男の人に口説かれているのに、少しも不快ではないのが不思議だった。甘糟があまり男を感じさせないからだろうと理緒は思った。メガネをはずしてもう少し痩せれば意外とハンサムであることも理緒は知っていた。そのとき理緒に好きな女がいたら彼のことなど気にもかけなかっただろう。でも理緒はまったくの独りだった。来る日も来る日も鉄橋の下で眠っているような夜に倦み疲れ果てていた。理緒はふと、このぬいぐるみのように柔らかく暖かそうな男の胸に倒れかかりたくなった。

「終電なくなっちゃったからうちに来る?」

そのとき二人は吉祥寺で飲んでいて、甘糟は井の頭公園のそばに住んでいた。彼にそう言われたとき、理緒は躊躇しなかった。それはまったく自然なことのように思われた。いつもは女の子に対して言っているセリフを今自分が男から言われていることにもさほど違和感は覚えなかった。もし他の男だったら吹き出していたろうが、あの二週間の連帯と彼の類い稀なる個性のおかげで理緒は素直に自分を解放することができた。

甘糟の自転車に二人乗りをして彼の部屋へ行った。ちょうど桜が満開の頃で、途中公園を横切るとき、彼が一番見栄えのいい樹の下で自転車をとめてキスをした。男の人でもちゃんとムードを大切にするんだと理緒は妙に感心した。彼の部屋にはロバート・メイプルソープが撮影したパティ・スミスの肖像写真が唯一の飾りとしてかかっていて、それも理緒の気に入った。そこまではよかったのだが、いざセックスする段になると最初からうまくはいかなかった。学生時代に理緒は純粋な好奇心から劇団の先輩とセックスまがいのことをしたことがある。あのときは痛くて挿入できなかった。あまりに痛がるので先輩は挿入をあきらめ、おとなしく添い寝してくれた。理緒が男性器を見るのはだからこれで二度目だった。ひとくちにペニスといってもさまざまな形態があるものだと思って理緒はしみじみとそれを眺めた。

裸になっても甘糟はぬいぐるみみたいだった。体毛が多く、ぷよぷよしている。体型は快獣ブースカを連想させた。それが理緒をリラックスさせたが、やはり今回も激痛が走ってとても挿入どころではない。自分は特別に狭いのかもしれない、と理緒は思った。彼もまた無理強いはしなかった。ペッティングだけで我慢してくれた。

それから本格的につきあいはじめた。甘糟は決してあきらめず、驚くべき忍耐強さで日ごと夜ごと理緒への挿入を試みた。その真摯な姿勢には胸を打つものがあった。壊されてもいいから彼とちゃんと繋がりたい、と理緒も思うようになっていった。これほど愛情深い男を理緒は見たことがなかった。処女膜だけではなく、彼は理緒が自分を守るために外界に対して頑なに張りめぐらしている目に見えないバリヤを果敢にも崩しにかかってきた最初の人間であった。彼は理緒の体から生えている鋭い棘をおそれずに理緒を抱きしめた。彼のぬいぐるみのような厚い皮膚は棘を受け止め、血を吸収してくれた。理緒は生まれて初めて男を愛した。ある日、まぐれのように理緒の膣が彼のペニスを受け入れた。

「よかったね。ちゃんとできて、よかったね」

と、彼は心から嬉しそうに言った。

『特集 性の揺らぎ』は月刊誌の連載という形で発表され、毎月一組ずつのカップルを取り上げることになっていた。理緒は取材対象のカップルに会ってなれそめや二人のライフスタイル、性愛観や将来設計などについて二時間ほど話を聞き、レポートにまとめて提出した。写真掲載が原則なので、それに快く応じてくれるカップルを探し出すことが一番難しい仕事だった。新宿二丁目に行ってつかまえるのが最も手軽な方法だったが、ビアンなら誰でもいいというわけではない。クオリティの高い原稿を書くためには魅力的な取材対象を見つけ出すことも必要なのである。

ビアンにもさまざまな愛の形がある。タチとかネコとかの単純な区分けではおさまりがつかないほど多様化している。おなべ、性同一性障害、トランスジェンダー、レズビアンマザー。理緒は口コミで情報を集め、毎月何組かのカップルと会って話を聞き、アンテナにひっかかるものだけ原稿にした。回を重ねるごとに少しずつ反響も来るようになり、あっちから取材してくれといって売り込みに来ることもあった。編集部には全国からビアンたちの手紙が届くようになった。理緒は地方へも積極的に出向いて話を聞きに行った。

もう駄目になりかかっているカップルに当たったときなど、あとになって電話がかかってきてそれとなく口説かれることもあったが、理緒はあくまでも取材の一線は越えないようにした。いちいち越えていたら職業上の信用が失われてしまうからだし、甘糟といる限り満たされていて、女性の体に対するあの癒し難い飢えはなりをひそめていたのである。

甘糟は嫉妬とは無縁の男だった。理緒が取材でその手の女たちに会ってきても、気持ちが動いてしまうのではないかなんて微塵も思わないようだった。

「しばらく一緒に暮らしてみて、うまくいったら結婚しない？」

と彼は言った。

結婚という言葉が我が身に降りかかってくるとは一度も想像したことがなかったので、理緒は一度は断った。でももちろん彼はあきらめなかった。都内をくまなく歩き回って二人で住むための家を見つけ、敷金・礼金を全面的に負担し、理緒を迎え入れる準備を整えた。二人は同じ日に引っ越した。もう深夜のアルバイトはやめるように、と彼は言った。家賃と光熱費は彼が負担し、理緒は食費だけ稼げばよくなった。理緒はやっと本来の仕事に専念することができるようになった。

甘糟とのセックスは女の子とするセックスとはまったく別のものだった。気持ちはいいけれど、エロスはない。それは一種のスポーツのようなものだった。

「おっぱいがあればいいのに」

彼と抱き合うたび、理緒はいつも残念そうに言った。

「おちんちんでガマンしなさい」

しかし理緒はおちんちんを好きにはなれなかった。勃起しなければセックスはできず、射精してしまえば終わってしまう。まことに散文的な代物だと言わざるをえない。セックスのたびに避妊に気を遣わなければならないのも理緒には初めての経験で、ひどく面倒な気がした。好きな男の精液を気持ち悪いとは思わなかったが、どちらかといえばあまり触れたくはないというのが正直なところだった。でもフェラチオをしてあげるのはそれほどいやではなかったので、やはり愛していたのだろう。

ではは理緒が本当はバイセクシュアルであったかといえば、理緒にはそうは思えなかった。男ともセックスできるようにはなったが、理緒はやはり女のほうが好きだった。甘糟は極めて例外的なケースなのである。前世からの宿命の恋人が男だとは、理緒にはどうしても思えなかった。甘糟は恋人というよりは家族とか親友に近かった。それでも彼はまぎれもなく理緒を幸福にした。彼が生まれながらに持っている性質の美しさは理緒の心の凝りをほぐし、凍えを溶かし、やさしい光であたためてくれた。理緒が彼からもらったものはたくさんある。それらはすべて慈雨のように理緒の体にしみこんでいる。

でも二人のあいだにはどうしても越えられない壁があった。

「お正月は一緒に名古屋に帰らない？　うちの両親も理緒ちゃんに会いたがってるし、僕も理緒ちゃんのお母さんに会ってみたい。どうせいつかは結婚するんだから、いいでしょ」

理緒はしばらく黙りこくったあとで言った。

「そういうことをしなくちゃいけないのが結婚なら、わたしは結婚はしたくない。あなたの親に会うのはかまわないけれど、うちの親には会ってほしくない。住む世界が違いすぎるんだよ。申し訳ないけど名古屋へは一人で帰って」

この言葉に彼はとてもショックを受けた。彼は両親に大切に育てられた長男で、彼もまた両親を誰よりも大切に考えていた。どこまでいってもこの言葉が二人の限界となるに違いない、と彼は思った。籍など入れても入れなくてもどうでもいいが、双方の親と親戚づきあいができないのはあまりにも寂しすぎる。とても自分の親にそんなことは言えない。

彼は理緒との結婚はあきらめざるをえなかった。この頃から二人のあいだに少しずつ隙間風が吹きはじめた。理緒ちゃんさえいれば僕はいいから、と彼が言ってくれるのを理緒はひそかに望んでいたが、甘糟は家族を捨てるような男ではなかった。皮肉にもその情の深さにこそ理緒は惚れていたのである。

『特集　性の揺らぎ』は好評で、十回分の連載予定が十五回に延び、さらに二十回に延びた。取材対象は尽きることがなく、レズビアンもホモセクシュアルもバイセクシュアルも日本中に驚くほどたくさんいるということだった。十人に一人の確率でゲイが生まれるという学説があるくらいだから、十組に一組と言われる子供のできない夫婦と同じくらいいても当然なのである。

二十回の連載が終了すると、各パートに分けて一冊ずつムック本として出版しようという話になった。一冊にまとめるにあたってカップルたちのその後を追跡取材し、さらに新規に五組のカップルを加えて内容の充実を図ることになった。

理緒はそのムック本の印税が入ったら甘糟の家を出ることにした。一緒に暮らせば暮らすほど彼の中の結婚願望の強さを思い知らされ、これ以上二人が一緒にいてももうどこへも行けないということがわかってしまったからだった。アパートを探しはじめた理緒を見ても彼はもう何も言わなかった。そのうちにセックスもしなくなってしまった。

追跡取材は困難を極めた。取材した当時は熱愛中だったのにあっけなく別れてしまっているカップルがあまりにも多かったのだ。別れた彼女とは連絡がつかなくなっているのが常で、どちらかが行方をくらませてしまうと片方の近況しか辿れず、もう片方を探し出すために時には刑事のような真似もしなくてはならなかった。

その日も理緒は主婦同士のカップルのその後を調べていて、厄介なケースにぶつかった。片方の家庭が崩壊して一家離散状態となり、そのヤマモトという主婦の行方がわからなくなってしまったのだ。片割れの女は言った。

「あたしにはそんな気はなかったんだけど、彼女はあたしと暮らしたがって、旦那も子供も捨てるからあたしにも離婚してくれって言ったの。そんな度胸あるわけないって思ってたら本当に家出しちゃった。あたしには離婚する理由なんてないんだから、そんなことされたら別れるしかないじゃない。それっきり。友達の少ない人だったから共通の友人なんていないわねえ。実家も知らないし。子供の幼稚園くらいしかわかんないわ」

この女の話を聞いているうちに理緒は胸がむかむかして一発殴りたくなったが、もちろんそんなことはしなかった。この女は理緒に昔つきあっていた主婦を思い出させた。計算高くていやな女だった。生活のためだけに旦那と一緒にいて、理緒がのめりこんで離婚を迫ると、旦那と同じだけ稼げるようになったら離婚してあげると言ってのけた。そのくせ理緒が離れていくとストーカーのように付け回して嫌がらせをした女だった。あれ以来、理緒は主婦という人種が苦手になった。

女から聞いた幼稚園は千葉にあり、理緒は早速訪ねてみた。子供はもうこの幼稚園にかよってはいなかったが、ヤマモトが一人だけ親しくしていたお母さん仲間を保母さんに教えてもらうことができた。ちょうどお迎えの時間帯だからもうじきこちらにいらっしゃいますよ、と保母さんが言うので理緒はそのまま待つことにした。

「あの赤い車の方です。水沢さんですよ」

保母さんに教えられ、理緒は車まで歩いていった。園児がひとり、ママ、ママと言いながら同じ車に駆け寄っていく。れいちゃん走らないで、とその人は娘に小さく声をかけて手を振った。

理緒が会釈して声をかけると、水沢那智は娘を抱き上げながらゆっくりと理緒を振り向いた。理緒の鎖骨に牙のペンダントが光っていた。二人は同時に見つめあった。

第三章　ブルーライト・ヨコハマ

1

理緒が名刺を手渡し、用件を切り出すと、那智は少しほほ笑んだように見えた。

どこかでゆっくりお話を伺いたいのですが、と理緒は申し出た。那智は快く応じてくれて、二人は翌日の午後に喫茶店で待ち合わせをした。理緒は再び千葉まで出向くつもりでいたが、どうせ明日はフランス語を習いに都心に出るからと那智が言うので、渋谷の喫茶店で会うことにした。仕事とはいえ、理緒は何となく気が重かった。子供を私立の幼稚園にかよわせ、外車に乗って、趣味でフランス語を習っているような優雅な奥様の、恰好の暇つぶしにされるような気がしたのだ。

翌日は雨だった。水沢那智は先に来ていて窓の外を眺めながらぼんやりと珈琲を飲んでいた。きちんとしたジャケットを着て、きのうよりは気の張った服装をしている。それでも理緒にはきのうの普段着姿のほうがエレガントに見えた。那智は理緒を認めると、照れたような笑みを浮かべた。

「ヤマモトさんのことでしたよね。あまりお役には立てないかもしれません。急にお迎えに来なくなったと思ったら、お子さんも幼稚園をやめてしまって。ご一家で引っ越されたそうですけど、あたしには何も言ってくれませんでしたから」

「ヤマモトさんが離婚されたことはご存じですか？」

「ええ、それは」

「離婚の理由も？」

「つきあってる方がいたみたいですね」

「お相手のことは？」

「女の人だということしか知らないんです。親しくしていたといっても、時々ランチしながらおしゃべりするとか、その程度でしたから。お役に立てなくてごめんなさい」

無駄足になるような予感はあった。だったらあの場で断ってくれてもよかったのに、なぜわざわざ会う約束をしたのだろう。理緒はヤマモトの追跡取材をもうあきらめる気持ちになっていた。このケースは主婦同士の恋愛ごっこのなれの果ての暴走としか思えなかったし、どう見てもヤマモトはもう片方の主婦に遊ばれただけなのだ。そんなヤマモトのような主婦の破滅を追っていくことはライターとしてやりがいのある仕事なのかもしれなかったが、下手をすれば読者に同性愛というものへの偏見を不用意に植え付けてしまうことにもなりかねない。

「お忙しいところすみませんでした」

理緒が早々に話を切り上げようと思ったとき、那智はまだ何か話したそうに珈琲のお代わりを注文した。

那智はライターという仕事について尋ね、理緒は那智の家庭生活についていてきいた。意外にも那智は専業主婦ではなかった。一級建築士の資格をもっていると聞いて理緒は驚いた。でも子供がまだ小さいから仕事は制限しているんですよ、と那智は少し寂しそうに言った。水沢那智は誰かの妻のようにも、母のようにも、建築士のようにも見えなかった。ただのひとりの、寂しい少女のようだった。

それから二人は世間話から一歩踏み込んで、映画の話や建築の話、恋愛観などをとりとめなく話した。もしあのことを那智が話さなかったら、これきり会うこともなかっただろう。数え切れない取材の無駄足の一つとしてしか理緒の記憶には残らずに、すぐに忘れてしまったことだろう。那智は自分でも不思議でならなかった。なぜ会ったばかりの人間に生い立ちの話などしてしまったのか。それは理緒が自分と同じ目をして同じ匂いをさせていたからに違いない。うすい茶色の目に吸い込まれるようにして那智はすべてを話したい衝動に駆られた。見知らぬ他人にこんなことを話したのは初めてのことだった。

すると理緒はまったく動じることなく、自分も同じだと言った。自分も父親の顔を知らない、母親とも縁が切れている、あなたほどではないけれど似たようなものだ。
理緒はそう言って、悲しみに濡れたような目を那智に向けた。その目を見たとき、深い井戸の底の暗闇に連れて行かれるようなめまいを覚えた。これほど激しく他人に惹かれたのも那智には初めてのことだった。

しかしながら、二人はたちまち恋に落ちたわけではなかった。

それはゆっくりとやって来た。長い冬のあとに春が足音を忍ばせてゆっくりと近づいてくるように、ひそやかに、夢のように儚く、恋のかけらが二人のなかで育っていった。それはあまりにもピュアで水のように澄み切っていたために、はじめのうちは恋とは気づかぬほどだった。理緒も、那智も、同じ境遇の友として、離れがたいものを感じていた。

理緒と出会ったとき、那智は三十三歳で、一級建築士の資格を取ってから二年目になるところだった。娘のれいはまだ四歳なので早出や残業のない職場しか許してもらえず、正社員ではなく契約社員という形で働いていた。夫の耕一（こういち）は妻が休日出勤することも許さなかった。那智は娘を幼稚園に送って行ったあとで会社に出かけ、五時半には退社して買い物をすませ、七時までには食事の支度を終えていなければならない。耕一は七時には帰ってくるからだ。幼稚園のお迎えは姑の富枝に頼んでいたが、富枝に用事のあるときは昼休みに会社を抜け出して迎えに行かなくてはならなかった。どうしても勤務時間内で終わらない仕事は家に持って帰り、夫と子供が寝たあとでやった。仕事が立て込んでいるときには徹夜することもよくあった。それでも朝六時には起きて朝食を作らなければならない。

「せめてれいが中学生になるまでは仕事をやめたらどうなんだ。俺の稼ぎだけで充分にやっていけるんだから、無理して働くことなんかないよ」

と耕一には言われるのだが、仕事をやめたら自分自身のアイデンティティが失われるような気がして、子供が三歳になると契約社員の仕事を見つけた。耕一が独立して作った会社はうまく軌道に乗り、二人の年収は合せて一千万円を越えていた。夫婦はそれぞれ専用の外車を持ち、毎年海外旅行と贅沢な国内旅行を楽しんだ。子供を幼稚園から大学まで一貫教育の私立に入れた。夫婦仲も悪くなかった。耕一はあれ以来二度と浮気をしなかったし、セックスも週に二回は求めてくる。れいは利発で良い子だった。水沢の両親との同居も表面上はうまくいっていた。那智の結婚生活には何の問題もないはずだった。

だが変調は肉体にあらわれた。那智の顔に原因不明の湿疹ができはじめた。はじめはただの吹き出物だと思っていた。赤いブツブツは日を追うごとに増えていき、たちまち顔一面を覆い尽くした。やがてそれは首すじにまで広がった。那智はあらゆる薬を試し、皮膚科を渡り歩いたが、赤いブツブツは消えなかった。藁にも縋る気持ちで怪しげな通信販売にまで手を出して、成分にサメの精液だか鯨の髄液だかが入っているいかがわしい美容液を使ってみたらこれが奇跡的に効いて、爛れた皮膚は終息に向かった。

その次に深刻な不眠症がやって来た。子供を寝かせ、夫を寝かせ、自分の仕事を終えたあとで、那智は必ず音楽を聴いたりビデオを見たりしながら酒を飲む時間を作るようにしていた。一人の時間を作らなければもちこたえられないほどストレスを感じていたのかもしれない。那智はほとんど毎日一時間か二時間しか眠れなくなった。どんなに体がきつくても、睡眠よりも一人で飲む酒を切実に必要としていた。

「ママ、またお酒のんでるの？」

時々、夜中にトイレに起きてきた娘に心配そうに覗き込まれる。

「あんまり飲みすぎちゃだめだよ。早くねてね」

パパの口癖を真似して大人ぶっているのがいとおしくてたまらない。

「だいじょうぶ。もうじき寝るからね」

れいは隣で一緒に眠りたいのだろう、それもわかっている。でももう一杯だけ。もう一曲だけ。まっさらの自分自身を取り戻すにはまだ足りないのだ。

那智はそんな夜によく理緒のことを考えるようになった。あの日の雨の匂い、珈琲の香り、あのひとのジャケットからかすかに漂っていた樟脳の気配。あのひとの茶色の目。シャーロット・ランプリングのような濡れて狂った妖しい瞳。あのひとの声。低く落ち着いたよく通る声。喫茶店を出て別れるとき、なぜかあのひとと手をつなぎたくてたまらなかった。これまでたくさんの男とつきあってきたけれど、手をつなぎたいなんて思ったことは一度もないのに。まるでうぶな中学生みたい、と那智は思い、でも自分の中学時代は決してうぶではなかったと思い直した。

生い立ちを話しても同情しなかったのは理緒が初めてだ。理緒はただ共感してくれた。あのとき自分たちは一瞬にしてわかりあえた、と那智は思う。そしてもっと深くわかりあいたい、と今は思っている。ヤマモトさんの消息について何かわかったら電話をください、と理緒は言った。那智はヤマモトさんからの連絡を心待ちにしていた。そうすれば理緒に電話をかける理由ができるから。

この幼稚園は好きじゃない。那智は毎日娘を送って行くたび、ひんやりとした居心地の悪さを感じてしまう。暇と金を持て余した専業主婦のお母さんたちも苦手だった。そのミニチュアコピーのような子供たちにも違和感を覚えた。ヤマモトさんも、あるいは同じように感じていたのかもしれない。家が近いせいもあって、自然と口をきくようになった。そのうちに好きな人がいると打ち明けられた。相手がインターネットで知り合った主婦なのだと聞かされたとき那智がそれほど驚かなかったのは、かつて専門学校生だった頃にルミコさんとのことがあったからだろうが、それだけではない。一年ほど前に娘を連れて行ったリトミック教室でルミコさんに面影の似た主婦と知り合い、心が乱れた。よく見れば顔はそんなには似ていなかったはずだが、髪をかきあげる仕草や煙草の吸い方がそっくりだった。何かの拍子で彼女と手が触れたとき、自分でも驚くほど赤くなってしまったのを覚えている。親しく口をきくような間柄ではなかったが、しばらくのあいだ那智はリトミック教室へ行くことが何よりの楽しみになった。積極的に仲良くなりたいとは思わず、ただ遠くから眺めているだけでよかった。どうやら那智は男性に対してはいくらでも大胆になれるのに、女性に対してはうぶな中学生になってしまうものらしい。那智にとって女性は特別な存在なのかもしれない。彼女がリトミック教室をやめてしまうと、那智もやめた。胸に開いた小さな穴を、那智は見ないふりをした。

ヤマモトさんから恋の顚末を聞かされるたび、那智はしばしば不愉快な思いにとらわれた。男女の不倫と何ら変わらない生々しい色恋沙汰が繰り広げられていたからである。ヤマモトさんは結婚して子供を産んでから初めて女性とつきあい、深みにはまってしまった。ヤマモトさんによれば結構たくさんいるという。そういう主婦はヤマモトさんにはまってしまった。那智は若い頃の免疫があるからそんなふうにはならないと思っていた。夫はともかく子供を捨ててまで彼女と一緒になりたいなんて、那智には理解できないことだった。

　でも、失踪したくなる気持ちはわからなくもなかった。ヤマモトさんも確か姑と同居だったはずである。自分はまだ仕事を持っているから気もまぎれるが、彼女は専業主婦だった。どんなに息苦しかったことだろう。不倫相手が女性であることは夫にも姑にも口が裂けても言わないつもりだと彼女は言っていた。だからヤマモト家では奥さんの家出の原因はいまだに男だと思われている。ヤマモトさんのご主人にそれとなく相手のことをきかれたが、那智は何も言わなかった。言ったところで彼を混乱させるだけだろう。

　ヤマモトさんの携帯電話の番号を何度かプッシュしてみたが、もう使われていなかった。自分以外にも彼女に友達がいてくれることを那智は祈るしかなかった。


　結局、ヤマモトの追跡取材は諦めざるをえなかった。それでもどうにか理緒は原稿を完成させ、ムック本は出版され、印税が振り込まれた。理緒はあらかじめ目星をつけておいた三鷹のアパートを借り、甘糟と暮らした家を出た。引っ越しは甘糟が手伝ってくれた。近くに住んでももう会うことはないことを彼も理緒もよく知っていた。別れたあとでも笑って友達づきあいのできるような恋愛をこれまで理緒はしたことがなかった。別れたら二度と会わない。もうこの世にいないものだと思って生きていく。

それが理緒のやり方だった。

「これからは本腰入れてノンフィクションの仕事をやってみたらどうかな。ゴーストライターやゴシップ記事で空しい小銭を稼ぐんじゃなくてさ。僕はいつでも応援するから」

それが彼の最後の言葉だった。理緒は一瞬、別れるのをやめようかと思ったほどだった。泣いて別れたくないと言えば、彼はもう一度引っ越しを手伝ってくれたかもしれない。でもそんなことができるくらいなら三十五歳になるまで胸に白夜を隠し持ってはいないだろう。自分のなかの白夜が水沢那智の何かを照らし出し、数奇な生い立ちを話させてしまったのだろう。

理緒は那智のことを思うと、鏡を見ているような気持ちになった。もうひとりの不完全な自分と向き合っているような気がした。こうしてひとりになってみると、なぜかよく那智のことを思い出した。会いたくなったり、もう会わないほうがいいと思ったりした。那智の顔がまったく思い出せない夜もあれば、細部の陰影までくっきりと浮かぶときもある。とりわけ印象的なのは目だ。那智の目は一度見たら忘れられない目だった。純度の高いダイヤモンドが二つ嵌め込まれているようだ。それは自在に色と光を変え、冬の湖になったり、春の海になったりする。あの目を思い出すと、理緒はわけもわからず悲しくなった。よくよく考えてみると、彼女が人妻だから悲しいのだった。

甘糟と別れた喪失感よりも、人妻に惹かれはじめている苦しみのほうが大きいということに、理緒はある日ふいに気づいた。胸の白夜に凍えながら、スティングの『フラジャイル』をエンドレスで聴き続けていたときだった。その夜に限ってベースの音だけが際立って耳について離れない。時々そういうことがある。振り払っても振り払っても寄り添ってくる影のように、大地の震動のような舞踏の靴音のような心臓の軋みのようなベースの音がどこまでも頭の中を追いかけてくる。那智が語りかけてくるように懐かしい音だった。那智は今この瞬間にも自分に向かって語りかけているに違いない、ひくく、するどく、自分だけに聞こえる声で。理緒はそう確信した。まさにそのとき電話が鳴った。

「水沢です。夜分にすみません」

受話器を取る前からわかっていた。魂が呼びあうとは、こういうことか。

「こんばんは。ずいぶん遅くまで起きているんですね」

午前二時を過ぎていた。理緒は夜型なのでまだ宵の口だが、家庭の主婦がかけてくるにしては遅すぎる。ふと、何かあったのではないかと心配になる。

「いつも明け方まで眠れなくて。理緒さんなら夜型だって言ってたから起きてると思ったんです。このあいだは本をありがとうございました」

理緒は取材に協力してくれたお礼に例のムック本を那智に送っていた。お礼というよりも、自分の仕事を見てほしいという気持ちもあった。

「仕事中じゃないですか？ すこしお話してもいいですか？」

「もちろん。眠れないなら、眠れるまで話しましょうか」

理緒さんと呼ばれただけで、どうしてこんなに嬉しいのだろう。深夜に電話線を伝って聞こえてくる那智の声は、どうしてこんなに懐かしいのだろう。

「今ひとりなんですか？ そばで恋人が眠っていたりしません？」

「恋人なんていません。ひとりです」

理緒は那智に向かって堂々とこの言葉を言えることが嬉しかった。今この瞬間にこの返事をするために、自分は孤高を守ってきたような気さえした。

「ひとりで寂しくないですか」

「時にはね。でもいざというときのために空き家にしておくことにしたんです。前世からの宿命の恋人にめぐり会ったときのために」

「すごい。ロマンティックすぎる」

「那智さんはそういうの信じない？」

「信じたい。でもあたしはもう結婚しちゃったから」

理緒は急に無力感に襲われた。この人も旦那と子供と川の字になって寝るのだろうか。そのあたたかい寝床を抜け出して、何が不足でこの人は深夜の長電話などするのだろう。

「旦那さんは違うの？　宿命の恋人だと思ったから結婚したんじゃないの？」

「そんなんじゃないの。彼には悪いけれど」

　那智は話題を変えようとして、本の話に水を向けた。なぜビアンの人達のことを書いたのか、ときかれて、理緒は正直に答えた。それが自分にとって切実な問題だからだ、と。

「たぶんそんな気がしてた。自分のこと書いてるんだって。だから胸を打つんですよね」

　思いがけず褒められて、無力感が吹っ飛んだ。それからしばらくのあいだ、那智は黙り込んだままだった。言葉を探しているのかと思い、待ってみたが、どれだけ待っても何も言わない。理緒が名前を呼びかけると、眠そうな声が返ってきた。

「ああ、理緒さんの声聞いてたら眠くなっちゃって、今寝てました。ごめんなさい」

「相当やばいね。その家で眠れないんだったら、うちに寝においでよ。ここは静かだし、わたししかいないから」

　何か呟いたかと思うと今度はふっつりと電話が切れた。理緒は微笑して受話器を置いた。

2

うちへ昼寝にいらっしゃい。

那智にとってそれはどんなに魅惑的なフレーズに聞こえたことだろう。不眠症はいよいよ深刻な事態になりつつあった。車で信号待ちをしているあいだにすうっと眠り込んでしまう。打ち合わせの最中にうたた寝してしまう。食事中でも入浴中でも睡魔は突然に襲ってくる。それなのに夜中には眠れない。あの家では眠ることができない。無理にでもまとめて睡眠を取らなければおかしくなってしまいそうだった。那智は理緒の申し出に甘えることにした。あの声には心地よく眠らせてくれる磁力があるのだ。

よほど仕事が立て込んでいない限り那智は週四日だけ会社に出ており、週末と水曜日はオフにしていた。週末は家族とともに過ごすので、水曜日だけが自分のために使える休日だった。午前中はお茶の水までフランス語を習いに行き、午後は映画を見たり美術展に行ったりショッピングを楽しんだりする。友達と会うこともあるが、たいていは一人でどこへでも出かけた。那智はフランス語の授業のあとでお茶の水から三鷹に出て、理緒のアパートに寄ることにした。

「いらっしゃい。なるほど疲れた顔をしているね」

理緒は駅まで迎えに来てくれた。駅前からバスに乗り、二十分ほど揺られていくと、そこかしこに点在する武蔵野の緑の鮮やかさが那智の心にしみこんできた。千葉の緑とは色合いが違う。理緒のアパートは寺院の裏手に建っており、鬱蒼とした樹影に囲まれて森閑と静まり返っていた。一階の一番奥の角部屋が理緒の住まいだった。玄関を入ってすぐに小さいキッチンと風呂とトイレがあり、その奥に四畳半と六畳の和室があった。

「古いけど、静かなのが気に入ってる。隣のお寺がほとんど森みたいでしょう。昼間なんか鳥の声しか聞こえない。今とびきりおいしい珈琲をいれてあげるね」

理緒は手挽きのミルで豆を挽き、ていねいに珈琲をいれてくれた。パリの蚤の市で見つけ、一時間以上もかけて値切り倒してようやく手に入れたというミルはかなり使い込まれた年代物で、実用よりは鑑賞用に向いていそうだったが、ごりごりと武骨な音を立てて煎りたての柔らかい豆が擦り潰されていくさまは目にも耳にも鼻にも実に心地のいいものだった。ミルに限らず、この部屋には古いけれど味わいのある品物がいくつもあって、持ち主の人柄を彷彿とさせた。理緒のいれてくれた珈琲は本当においしくて、那智はもう一杯おかわりした。

「わたしは仕事をするから、どうぞ好きなだけ眠っていってね」

「ありがとう。三時になったら起こしてくれる?」

「わかった。ゆっくりおやすみなさい」

理緒は六畳間を仕事場兼寝室として使っていたから、大きな仕事机の脇にシングルベッドがあった。ほかには何もなかった。四畳半には書棚や洋服ダンスやCDラックやテーブルがあったが、六畳間にはそれだけだった。よぶんなものの一切ない、ぎりぎりまでそぎ落とされた空間のなかで寝たり書いたりしている理緒の孤独を那智は思った。目を閉じて横になっていると、理緒のたたくワープロのかたかたという乾いた音が心地良いリズムで聞こえてきた。その合間に鳥の声がした。

「ワープロの音、うるさくない？　隣の部屋に移ろうか？」

理緒が気遣って声をかけてくれたが、那智は大きく首を振った。

「いいの。そこにいて。とてもいい音。何だかすごく落ち着くの」

その音はまるで子守歌のようだった。その音は那智のこわばった神経を解きほぐし、体をすみずみまでリラックスさせ、深い眠りへと導いていった。この音をいつまでも聞いていたい、と思いながら那智はゆっくりと意識を失って生温かい泥の海へ落ちていった。

珈琲の深い香りで目が覚めた。

理緒がベッドのはじに腰掛けて、穏やかにほほ笑んで那智を見ている。那智が目を開けると、おはようと言ってコーヒーカップを手渡してくれる。そのとき那智は激しいデジャ・ヴュに襲われた。いつかこの光景を見たことがある。生まれてくるずっと前から、いつもこうしていたような気がする。那智は理緒に抱きついてキスしたい衝動に駆られた。夢の覚め際があとわずかずれていたら、無意識のうちにそうしていたかもしれない。

「よく眠れた？」

「うん。たった二時間しか寝ていないのに、体が軽くなったみたい」

「何か夢を見た？」

「見なかったと思うけれど、あたし寝言でも言ってた？」

「ううん。小動物みたいにかわいい鼾をかいてた」

「うるさかった？」

「全然。とてもいい音だった。気持ちが落ち着いて、仕事がはかどった」

那智は珈琲を飲み干すと、化粧を直して帰りのバスに乗った。またいつでも眠りにおいで、とバス停で理緒は言った。

バスの中で那智はさっきの衝動について考えた。三鷹からの中央線の中では今夜のメニューについて考えた。お茶の水で乗り換えて電車が千葉県に入る頃には、娘のことを考えた。家に帰って夕食の支度をしながら、再び理緒のことを考えていた。

「今日はフランス語のあと何をしてたの？」

娘を寝かせたあとで耕一が腰を抱いてきた。彼はいつも水曜日の行動を知りたがる。

「渋谷に出てタワーレコードでCD見て、パルコで服を見て、公園通りで雑貨見てた」

「何も買わなかったの？」

「いいのなかったもの。でもおいしい紅茶の店を見つけたわ」

「へえ。何て店？」

「えーと、何だっけ。フランス語っぽいの。忘れちゃった」

いくらでも嘘が出てきた。耕一がメガネをはずして那智のパジャマを脱がせ、キャミソールの胸元に顔を埋める。今日はそんな気分になれない。耕一が那智のパンティを剝ぎ取り、慣れた手つきで愛撫をはじめる。目を閉じると理緒の顔が浮かんできた。耕一に抱かれながら理緒のことを考えた。理緒に抱かれているような気がして激しく濡れた。耕一は喜んで、いつもより激しくなった。理緒さん。理緒さん。理緒さん。理緒さん。那智は心の中で何度も理緒の名前を呼んだ。

那智は水曜日になると時々理緒の部屋に眠りに来るようになった。

それ以外の曜日にはたびたび深夜に電話がかかってきた。おしゃべりは電話ですませ、会っているときはひたすら眠っているというつきあいが続いた。那智は自分の家では眠れないくせに、理緒のベッドに横になった途端にことりと眠ってしまうのだ。それはまったく無防備なほどの深い眠りだった。理緒が起こしてあげるまで一度も目を覚まさない。那智は理緒のたたくワープロの音を聞きながら眠りに落ち、理緒は那智の立てる小動物のようなかるい鼾を聞きながら仕事をした。しばしば理緒は仕事の手を休めて那智の寝顔を眺めずにはいられなかった。

その寝顔はやはり、三十三歳の幸福な人妻のようには見えなかった。三歳くらいの傷ついた子供のようにしか見えなかった。おそらく寝顔というものは誰の寝顔でもいくらかは痛々しいものだけれど、これほど透明な悲しみを具現化した無垢な寝顔はそうざらに晒せるものではない。その顔を見て、そのつつましい鼾を聞いていると、理緒はこのひとをどこにも帰したくないと思うのだった。彼女がほかに安心して眠れる場所を持っていたのなら、そのくちびるには永遠に触れることなく友達でいられたかもしれない。彼女がもう少しだけでも幸福そうな顔で眠っていたら、その髪を撫でることなど思いつきもしなかっただろう。

そっと、起こさないようにそっと、理緒は那智の隣に横たわり、くちびるを指でなぞり、髪の毛を撫でた。那智はそれでも目覚めなかった。今度はくちびるにくちびるを当ててみた。那智がかすかに口をひらいた。舌を差し込んで、ゆっくりと抜いた。

首すじの匂いを嗅いで、くちびるを這わせた。胸に手を当てたところで、那智が静かに目を開けた。

「理緒さん、こんなことしたかったの?」

那智の声はすこしも怒っていなかった。理緒は悪びれもせずまっすぐに那智を見つめた。那智は目を開けるとちゃんと三十三歳の人妻の顔をしていた。幸福であるかどうかはともかくとして。このくちびるも、胸も、髪の毛も、よその男のものなのだ。理緒は急にやりきれなくなって体を離した。自分の出る幕ではない。このひとには守ってくれる男がいるではないか。そして守るべき幼な子も。

「ごめんごめん。きれいな女の人が寝てるとつい習慣で襲いたくなっちゃう。いかんいかん。彼女でもまた作りますかね」

理緒はわざと明るい声を出して空気を変えようとした。

「ううん、あたしがいけなかったのね。理緒さんのセクシュアリティを知っていながら、理緒さんのベッドで寝てるんだもの。理緒さんやさしいから、いつのまにか甘えちゃってた。ごめんなさい」

「そんなふうに謝られると、いたたまれないよ」

「あたしは理緒さんの気持ちには応えてあげられない。あたしは結婚してるし、ビアンじゃないから。だからもうここには来ない」

那智は起き上がって帰り支度をはじめた。その言葉に理緒は理不尽な怒りがこみあげてきて、思わず噛みついていた。

「一度きこうと思ってたんだけど、あなたみたいな育ち方をした人間がどうして結婚なんかしたのかなあ。わたしは結婚なんて考えられなかった。一度だけ男を好きになって一緒に暮らしたこともあったけど、自分の生い立ちにコンプレックスがあるから結婚だけは受け入れられなかった。あなたは平気だったの？」

那智は明らかにショックを受けているようだった。自分の言っていることが筋違いのヒステリーであることはよくわかっていた。でも理緒はとまらなかった。自分から離れていこうとしている那智を思いきり傷つけたいという衝動を抑えることができなかった。

「あたしが結婚したのは、自分の居場所がほしかったからだと思う」

那智はふるえる声で答えた。理緒はさらに追い打ちをかけるように言った。

「愛してもいないのに？」

「そう。彼に強く求められたから」

「じゃあ、どうして子供を産んだの？　親から捨てられた人間であるあなたが、子供を産むなんてこわくなかったの？　わたしには死んでもできないよ。自分のおぞましい血を受け継ぐ子孫を残すなんて」

　自分でもひどいことを言っていると思ったが、理緒にはどうすることもできなかった。よく切れるナイフのような言葉を手当たり次第に投げつけずにはいられなかった。

「あたしが子供を産んだのは、自分を捨てた母親の気持ちが知りたかったから」

「わたしも歪んでるけど、あなたも相当歪んでる」

那智はそのナイフをよけきれずに真っ正面から突き刺さってしまった。那智が瀕死の白鳥のように青ざめているのを見て、理緒は激しい自己嫌悪に陥った。やさしくしてあげたいのに。ただやさしくしてあげたいだけなのに。それなのに理緒はとどめの一撃を振り下ろしてしまった。

「自分を捨てた母親に会いたいと思ったことは？」

「ないわ」

「わたしなら探すだろうね」

「そんなことして何になるの？」

「なんで捨てたか聞くためにだよ。聞いてから唾を吐きかけるためにだよ。あなたは知りたくないの？　自分を産んだ母親がどんな顔してるか見たくないの？」

「そんなこと聞きたくないし、顔なんて見たくもないわ。なんでそんなことを言うの？」

「自分の生い立ちからは一生逃げられないんだよ。あなたはこれまでその問題とちゃんと向き合って考えたことある？　このまま一生目をそむけて生きていけると思ってるの？」

「もうやめて……理緒さんにはわからないよ」

「……そうだね。ごめん」

理緒はもうかけるべき言葉を思いつかなかった。それでも那智はちぎれた花びらのような悲痛な笑顔を精一杯に見せてから、理緒の部屋を出て行った。ドアが閉まったとき、理緒の胸は後悔と哀惜のために文字通り潰れてしまった。追いかけて抱きしめなければと思ったが、それが正しいことなのかどうか理緒にはわからなかった。那智はフラジャイル、デリケートなこわれものなのだ。無理やりに抱きしめればたちまち壊れてしまうだろう。ていねいにていねいに、柔らかい布でくるむように那智の硬い心をほぐし、かさぶたを取り除いて、そっと抱きしめてやらなければならないのだ。

帰りのバスの中でも、電車の中でも、家に帰り着いてからも、那智はふるえがとまらなかった。あんなことを言われたのは初めてだった。理緒が必死に何かを訴えようとしているのはよくわかった。理緒が自分の思っている以上に自分を求めていることもわかった。そして自分もまた理緒を強く求めていながら、理緒を受け入れることができなかった。自分の気持ちが友情だけではないことに那智はとっくに気づいていたが、恋として自覚してしまえば決して後戻りできないこともわかっていた。理緒もそれを見抜いていて、お互いこんなにも恋い焦がれあっているのに拒絶してしまったから、あんなにも怒ったのだ。

那智は激しく混乱し、自分自身を見失いそうになった。もうあなたとは二度と会わないという手紙を書いた直後に、今すぐあなたに会わなければ死んでしまうだろうと書き送った。自分には家庭がある、帰る場所がある、それでもいいのかと書いたあとで、自分は娘を愛している、あの子を傷つけることはしたくない、だからやはりもう会うべきではないと結論した。それから身も世もなく嘆き悲しんで、酒浸りになった。

再三にわたる混乱の手紙が一通り落ち着いたあとで、理緒から長い返事がきた。

「いやな思いをさせてしまって許してください。あなたの家族はあなたの人生そのものです。あなたの人生に口出しする権利なんてわたしにはない。あなたの家庭を壊すつもりはありません。子供を不幸にすることはわたしにとっても耐え難いことです」

「あなたに会えばわたしはあなたを求めずにはいられないでしょう。わたしは歪んだ育ち方をしたためか、友情とかプラトニックラブが信じられず、人間の肌のぬくもりしか信じることができません。まるでそれだけが生きるあかしのように、女性の体を求めてしまいます。でも一方通行なら意味がない。セックスとは与え合うものです。喜びや、生きている実感を分かち合うことです。魂は肉体のなかにあるのです」

「でもあなたがどうしても女性を肉体的に受け入れられないというのなら、この手紙のことは忘れてください。そしてやはりわたしたちはもう会わないほうがいいでしょう」

　そのような文面の最後に、親のことが言及してあった。

「あなたはいつか、自分の生みの親に正面からぶつからなければならないときが来ると思います。一生涯、目をつぶったまま生きてゆくことはできないはずです。自分を捨てた親なんかいくらでも憎めばいい。でも子供を生んで育てている以上、いつかゆるさなくてはならない。よけいなことかもしれないけれど、あなたがいつか、穏やかに自らの出生の苦しみを乗り越えられることを祈っています。そのときにもしわたしが必要なら、いつでも連絡してきてください。喜んであなたの力になりたい。十年後か、二十年後でもかまいません」

「あなたと今後どうなるにせよ、あなたと出会えてよかった。人生はとても短い。愛せる人にめぐり会うのは奇跡のようなものだ。心を開いて、前を向いて、自分に正直に、生きていってください」

　那智はその手紙を五十回くらい読んだ。そしてそのたび涙を流した。これほど気持ちを揺り動かされる手紙を貰ったのは初めてだった。放ってはおけない、と那智は思った。理緒から離れることなどできないのだということを那智はようやく思い知ったのだ。

次の水曜日に、理緒に会いに行った。あんな手紙を書いたくせに、理緒は緊張してもじもじしていた。那智はいつものようにベッドに横たわり、隣に来て、と言った。

「あたしでよければ、それで理緒さんの気がすむんだったら、あたしはかまわない。女の人がほしいんだったら、あたしがここにいるから」

「女がほしいんじゃない。あなたがほしいんだよ」

理緒が朝露のような初々しいキスをすると、那智も同じものを返した。理緒は那智の顔じゅうにキスの雨を降らせ、絞り出すような声で囁いた。ずっとこうしたかったの。那智もまったく同じことを言った。あたしも、ずっとこうしたかった。ずっと。ずっと。いつまでも。

3

二人はまったくうりふたつの肉体をもっていた。

身長一五六センチ。体重四十五キロ。骨格も、肉付きも、乳房の位置も、腰のくびれ方も、肌の質感も、猫背気味の姿勢も、肩甲骨の形まで、何から何までそっくりだった。那智は子供を産んだあともほとんど体型の崩れはなかったし、理緒は甘糟との安定した生活のあいだに体重が三キロも増えていた。若い頃には二人とももっとがりがりに痩せていたが、年齢はほどよい肉付きを二人に与え、女ざかりにふさわしい色香がそれぞれの肌の隙間から匂い立つようだった。

乳房のみならず、臍の位置も、性器の位置も、寸分違わず同じところについていた。繁みの濃さまでもが似つかわしく、指先に触れる互いの体の何もかもが慕わしく、ぴったりと重なりあえばその完璧な交合の何と狂おしく甘美だったことだろう。二人は体温までも同じだった。指を沈める鞘の熱さも、その奥にひろがる宇宙の膨らみも、そこに内包された熱情の分量も一致していた。それぞれが通過してきた経験値は違っても、求める相手がここにいるという絶対的な確信を二人は瞬時に分かち合った。

「気持ちいい？」

理緒がリードしながら那智の反応をうかがうと、那智は理緒の体にしがみついて、
「うん。だってこれ、あたしの体だもん」
と言った。

那智が理緒から受け取っているものは快楽ではなかった。それはまぎれもなく幸福というものの片鱗だった。そして理緒が那智の体から掘り起こしているものは前世に愛し合ったかもしれない記憶のかけらだった。二人は互いの体に沈潜すればするほど、まるで自分自身のなかへ深く入り込んでいって、その癒しがたい孤独を癒し、その触れがたい魂に触れ、赦（ゆる）しがたい自らの生を赦しあい抱きしめあっているような気持になった。

「今度はあたしにもさせて」

那智が返礼をしようとすると、理緒は照れ臭そうに身を捩った。

「無理しなくていいよ。抱くだけでいってしまうから」
「されるのは嫌いなの？」
「大好きだけど、抵抗があるんじゃないかと思って」
「だいじょうぶ。してあげたいの」

かつてルミコさんに抱かれたことはあったが、那智が女性を抱くのは初めてだった。でもまったく違和感を感じなかったのは、他人を抱いているという感覚がほとんどな

かったせいだろう。おずおずと指を挿し入れると、そこがどんなにあたたかく懐かしい場所であるかを初めて知った。このなかの温度もきっとあたしと同じなんだわ、と那智は思った。気がつくと理緒が泣いていた。

「どうしたの？　痛かった？　慣れてないからごめんね」

「ううん、このまま死んでもいいくらい気持ちいいよ」

「じゃあ、どうして泣いてるの？」

「たぶん、あなたが帰ってしまうから」

理緒は子供のようにしゃくり上げて、言った。こんなふうに感情がこみあげてしまうのはめったにないことだった。セックスの最中に泣いてしまうなんて生まれて初めてだ。

「あなたが結婚する前に出会いたかった。人妻にだけは惚れたくなかった」

「もう出会ってしまったものは仕方がないじゃない。惚れてしまったものはどうしようもないじゃない。結婚しててもあたしはあたしなの。理緒さんが結婚していたとしてもあたしはやっぱり惹かれてたと思う。どんな状況で出会ってても惚れちゃったと思う」

那智はとても冷静だった。事実を述べるように淡々と言った。

「でも、今日はもう帰らなきゃ」

那智は時計を見てため息をついた。理緒は気が狂いそうになったが、歯を食いしばって笑顔を作り、那智を送り出した。

「来週もまた会えるね？」

「だいじょうぶ。必ず会いに来るから」

帰りのバスの中で那智はさっきのセックスについて考えた。中央線の中でもまだ理緒の匂いを噛みしめていた。お茶の水で千代田線に乗り換えたときから少しずつ家庭の主婦に戻っていった。電車が江戸川を越えて千葉県に入ると今夜のメニューについて考え、娘のことを考えた。夫にではなく、娘に対して申し訳ないことをしたような気がした。玄関を開けると娘が飛び出してきて、ママおかえりと言った。気のせいか娘の顔が不安そうに見えて胸が痛んだ。慌ただしく夕食を作り、三人で食卓を囲みながら、ひりひりと灼けつくように理緒の肌が恋しかった。夫に求められたが、気分が悪いと言って断った。夫は不機嫌そうに舌打ちをした。

「今日は何をしてた？」

「新宿に出て、伊勢丹をぶらぶら」

「来週の水曜はおふくろ出かけるってさ」

「わかった。フランス語のあとまっすぐ帰るわ」

来週は理緒に会えない。そう思った途端、那智は自分でも意外なほどの無力感にとらわれた。子供のように泣きじゃくっていた理緒の顔が浮かんできて消えない。理緒はどんなにがっかりすることだろう。体を交わしたばかりの恋人たちにとって、二週間も会えないことはどんなに耐え難い拷問であることだろう。

そのころ理緒は三鷹のアパートで細長い吐息を吐きながら、あと一週間も会えない苦しみに耐えていた。那智とすべてを通じ合ってしまった以上、一日たりとも離れ離れでいたくない。理緒は運命だと思っていた。だとしたら那智は間違った結婚をしたのである。いま那智のそばにいるのは間違った伴侶なのである。理緒は今すぐ那智に電話をかけて、そう言ってやりたかった。そしてこんなふうに啖呵を切ってみたかった。

「あなたを奪うために生きていく」

でも那智の家にこちらから電話をかけることはできなかった。夫が出るかもしれない。姑が出るかもしれない。電話はいつも那智のほうからかけるのが暗黙のルールになっていた。だから不倫はいやなんだ。だから人妻はいやなんだ。理緒は絶望に打ちひしがれて泣いた。那智が夫に抱かれているところを何度も何度も思い描いた。そのたび那智が自分の名前を呼んでいるのを理緒ははっきりと聞くことができた。

最初のときはあまり解放されていないように感じられた那智の体も、二回目三回目と肌が馴染んでいくにしたがってリラックスし、感度が良くなっていくようだった。那智は快感を受け取るだけでなく、与えることにも積極的になった。はじめのうちは八対二くらいの割合で理緒が抱くほうが多かったのだが、やがて七対三になり、六対四になり、五分五分になるのにそれほど時間はかからなかった。

那智は理緒と抱き合うことによって、与える喜びを初めて知った。それはルミコさんとの一方的に抱かれるだけのセックスとはまったく別のものだった。理緒を歓ばせれば歓ばせるほど自分の喜びも深くなり、激しく濡れるというメカニズムに那智は気づいた。性器に触れられてもいないのに、相手を抱いて声を聞いているだけでいってしまうということがある。理緒がいつも言っているその言葉の意味を那智の体は自然と理解できるようになった。那智が理緒の上で指を動かしていると、理緒の太腿は那智の繁みから滴るものでびしょびしょになってしまうほどだった。

「先に抱くほうが那智は濡れるんだね」

「あたし、わかった。理緒さんが感じてないとダメみたい」

さんざん抱いたあとで、充分すぎるほど充分に濡れそぼったなかへ理緒の指を迎え入れるときの快感の強さはまた格別のものだった。理緒の指はしなやかで逞しく、快感の波を察知するセンサーでも埋め込まれているかのように自在に泳ぎ回り、かきまぜて、那智を絶頂へと導いた。那智はこれまでなかなか達しにくい体質だったが、理緒を抱いたあとで抱かれると、必ず達するようになった。

ルミコさんのときに感じていた同性愛の後ろめたさや違和感も、感じることはなかった。抱き合うことは生理にかなった当然の欲求であり、何よりも精神的な営みであることを那智は知った。

「男とするときもこんなに濡れてた?」

「ううん。だってこんなに気持ちよくなかったもの」

理緒を抱くことは、男を気持ちよくさせてあげる奉仕的なセックスともまるで違うものだった。ペニスを口に含むことには一種の屈辱感が伴うのに、理緒のクリトリスを舐めることにはひとかけらの抵抗も感じないどころか、おいしくて食べてしまいたくなる。

そして理緒に抱かれることは、一回ごとに神秘的な体験だった。ペニスをもたない理緒は思いもかけないやり方で那智を攻め、何時間でも同じテンションで抱いてくれる。その真摯(しんし)な情熱と創意工夫の巧みさに那智はいつも感動を覚えた。耕一はセックスの上手なほうだったが、理緒の指と舌と肌に比べたら耕一の仕掛けてくるテクニックなどマニュアル通りのうすっぺらいものに思えてしまう。

とりこになったのは理緒のほうでも同じだった。那智はセックスのとき、相手を貪(むさぼ)

るというよりも相手に尽くすタイプの女だと理緒は思った。相手の望んでいることを的確に理解し、惜しみなく与え、必ず満足させることができる。そして相手をいかせたあとで、こまやかな愛情深い仕草で相手の心を鷲摑みにする。

「理緒さんて、してる最中はすごくいやらしい目をしてるのに、終わったあとは目が澄んでいるのね」

「それはきっと那智のやさしさに包まれて、安らいでいるからだよ。那智のおっぱいを吸いながら、子供に戻っていってるのかもしれないね」

「あたしのおっぱいを吸うと安心するの？」

「うん。とても幸福な気持ちになる。癒されて、満ち足りる。こんなすばらしいセックスは初めて」

今日も那智が指を動かしているまさにその最中に、理緒は幸福のあまり泣き出してしまった。なぜだか急に、

「やだ、やだ、もういやだよ」

と叫びながら泣いてしまったのだ。那智はびっくりして、

「えっ、何がいやなの？　今の気持ちよくなかったの？」

と指を抜いたが、そうではない。この快感が終わるのがいやなのであり、この関係が終わるのがいやだったのだ。

体を交わすたび、喪失の予感は常につきまとった。家庭の主婦はいつか必ず家庭に帰っていく。理緒は経験上そのことをよく知っていた。那智がビアンではなくノン気であることもわかっていた。理緒さんが男でも同じことだった、恋に落ちてた、男だから女だからとかは関係ない、理緒さんは特別な存在なのだ、と那智は言った。それでも理緒は子供と天秤にかけられたらとても勝ち目はないだろうと思っていた。

那智にとって子供の存在がどれほど重くかけがえのないものか、理緒はわかっているつもりだった。この世で唯一の血のつながった人間なのである。どんなことがあっても手放せるはずがない。自分が母親から受けた仕打ちをそっくり娘に返すことなんて絶対にできるわけがない。だから那智に家庭を捨てることはできないのだ。

だがこれがただの不倫ではないこともわかっていた。理緒はもう那智なしでは生きられなかったし、それは那智のほうでも同じことだった。理緒は那智の家庭を壊さないように懸命の自制をする一方で、ひそかに熱望することがあった。

那智と駆け落ちしたい。二人だけで世界の果てへ逃げて行きたい。那智と死にたい。那智と会った日は、いとおしさと苦しみがこらえきれなくなり、明け方にベッドに入ってからしばらく泣いた。理緒はよく泣くようになった。なぜこれほどまでに泣けてくるのか、自分でもわからなかった。

子供時代の彼女の悲しみのために？

それとも、不可能な愛のために？

理緒と体を重ねるにつれて、那智は夫とのセックスが苦痛でたまらなくなった。耕一は結婚七年目になっても減退を知らず、週に二回はしたがった。本当は毎日でもしたいくらいなんだと言って、那智が断ると暴力をふるうこともあった。那智の顔に原因不明のひどい発疹ができたあたりから、少しずつ不協和音が忍び寄っていた。

水沢の両親と田川の両親とのあいだの長年の確執は決定的なまでにこじれていて、那智の心労の種になっていた。富枝はれいの前でも平気で田川の両親の悪口を言うようになり、那智の生い立ちについてもあからさまに皮肉を言うことがあった。那智は何を言われても耕一や田川の親には一切愚痴を言わなかった。自分ひとりの胸におさめ、自分だけが我慢すればいいのだと思っていた。両家がこれほどまでに憎み合うことになった背景には、初めての顔合わせのとき那智が養女であることを田川の親が一言も言わなかったのが水沢家の逆鱗に触れたという事情がある。那智は耕一を通じてきちんと話してはいたのだが、親の口から何の説明もなかったことが体面を気にする彼らの沽券に関わることだったらしい。

水沢家ではすべてにおいて世間体が何よりも重要視された。嫁の実家を無教養で下品な職人の家と蔑み、嫁の出生については憐憫を隠さなかった。こんなかわいそうな女をもらってやったのだという態度がすみずみにまで滲み出ていた。そんな水沢家のなかで那智は孤独とストレスを募らせ、発疹をつくり、不眠症になった。

たまりかねて両親との別居を耕一に申し出たとき、彼は事もなげに言ってのけた。おまえ何考えてるんだ。この家のローンはどうするんだよ。さらにこのうえ家賃を払えるわけないだろう。耕一の会社は建築不況の影響をもろに受けて、厳しい状況になりつつあった。耕一は富枝にとってはいくつになってもかわいい耕ちゃんで、今さら別居などできるはずもない。那智だけがこの家の中で他人なのである。那智がこの家で暮らす理由は、れいがいるからだった。れいは父親にも母親にも同じように懐き、祖父母のことも大好きなのだ。やはり自分だけが我慢すればいいのだ、と那智はこのときも思いを腹に閉じ込めた。

理緒を知ってからは、なおさらこの家がよそよそしく感じられた。理緒の家からの帰り道、このままふらりとどこかへ消えてしまいたい衝動が抑えがたいほど強く襲ってくる。それでもここに帰ってくるのは、れいがいるからだ。れいはおそろしく敏感な子供で、理緒と会って帰ってくると不安そうに那智のあとにつきまとって離れなくなった。食事の支度をしているときでもずっと目で那智の姿を追うようになった。そんな娘を見ていると那智は罪悪感で胸が潰れそうになるのだった。

何かを敏感に感じ取っていたのは耕一も同じだった。理緒と抱き合うようになってから、なぜか耕一の求め方が執拗になった。毎晩のように誘い、断られると不機嫌になったり那智の機嫌を取ったりしてどうにかセックスに持ち込もうとする。那智のなかのいかなる変化が彼の欲情をかきたてるのか、那智にはわからない。生まれて初めて自分から愛した人と精神的にも肉体的にも結びつくという体験をしたことが、女としての艶を増幅させ、生まれながらにもっている美しさにくわえて那智を内面からも輝かせていたのかもしれない。

実際理緒に抱かれると、これまで自分がしてきたセックスは一体何だったのだろうと思うほど、充足感がまったく違う。男の欲望を読むことには自信もあったし、満足させるテクニックも身につけていたが、それは那智にはゲームのようなものに過ぎなかった。男を喜ばせれば男は自分にやさしくしてくれた。だから愛してもいない男といくらでも寝ることができたのだ。気持ちが伴っていたのは南くんだけだったかもしれない。でも愛という言葉を那智が口にしたのは、おそらく理緒が初めてだった。

何回か続けて断っていたら、耕一がたまりかねて爆発した。那智をひきずり倒して蹴りを入れ、髪の毛をつかんでパジャマのボタンを引きちぎった。

「いいかげんにしろよッ。もう何日してないと思ってんだ！」

まだ二週間も空いていないのだが、彼はもう限界に達している。目が血走って、顔つきが変わっている。耕一は四十歳になっても、しばらくしないでいると夢精してしまうほど精力の強い男だった。世間のセックスレス夫婦が那智はうらやましいくらいだった。どうしても気分の乗らないときは、那智が手や口で処理してやらなければならない。妻がいるのに自慰をするなんて、みじめなことだと彼は思っていた。

これ以上は断りきれないと観念した那智は、耕一のパジャマのズボンを下ろし、トランクスを脱がせて、ペニスを口に含んだ。理緒のことは考えないようにした。機械になればいいのだ。石になればいいのだ。那智は少しでも早く終わるように無心に集中した。耕一は低く呻いて那智の胸の谷間に射精した。理緒に吸われた同じ胸を夫に穢されたような気がして、こんなことを続けていたら自分は気が狂ってしまうだろうと那智は思った。

「旦那と寝なかった？」

会うたびに理緒は必ずこの質問をしないではいられない。那智はこういうことに関しては嘘のつけない女だった。正直に、寝なかったけれど手でしてあげたと答える。すると理緒は激怒して、それは寝ることと同じだと言った。

「どうしてそんなことができるの？　そんなの娼婦と同じじゃない」

「しないと殴られるから」

理緒はそれを聞いて言葉に詰まった。でもゆるすことはできなかった。

「そんな家にいてほしくない。出て、うちへおいでよ」

「子供がいるのに、そんなことはできない」

「れいちゃんも連れてくればいい。三人で暮らそうよ」

「無理よ。彼が絶対に手放さないわ。溺愛してるもの」

一人で家を出ろとは言えなかった。母と子を引き離すことだけは絶対にできない。子供時代の那智のためにも。子供時代の自分のためにも。そして今子供であるれいのためにも。

「とにかく娼婦みたいな真似はしないで。そんなこと我慢できないよ」

すると那智は裸のままひどく疲れた声で言った。

「あたしは母親の血を引いているから、家族と理緒さんとで板挟みになって、どちらかを選択することができないかもしれない。どっちも捨てて失踪しちゃうんじゃないかって、自分がこわい」

「お願いだから、一生のお願いだから、それだけはやめて」

理緒は本気で懇願した。那智ならやりかねないような気がしたのだ。

「れいちゃんだけは捨てちゃ駄目だよ。失踪なんかしたらゆるさない。そんなことをするくらいなら、わたしが身を引く。いいね？」

那智は疲れた顔でほほ笑んだだけだった。

4

家庭を壊さずに愛し合うことなんかできない。

那智はすぐにそのことに気づいた。恋愛と家庭を両立できるほど、自分は器用な人間ではない。子供がいなければすぐに水沢家を出ていただろう。那智はようやくヤマモトさんの気持ちを理解することができた。でも彼女のように簡単に子供をあきらめることはできなかった。理緒は潔癖な人間である。那智が夫に触れられることすらいやがった。もしこれからも夫に性的接触をゆるすことが続けば、自分から離れていくだろう。すぐに離婚は無理でもせめて別居してほしいと言うようになった。だが家を出れば二度と子供に会えなくなるだろうこともわかっていた。耕一はそういう男なのだ。妻に裏切られたとわかれば、妻の一番大事なものを取り上げて復讐するような男なのだ。

夫とは別れたい。でも子供を失うことは耐えられない。理緒を失うことも耐えられない。那智はノイローゼになりそうだった。いずれ何らかの決断をしなければならないことはわかっていた。跳ぶか、とどまるか。那智は自分を捨てた母親のことをよく考えるようになった。いつか理緒から言われたことが頭の片隅から消えなかった。

「あたし、考えてることがあるの」

ある日、那智はあらたまった声で理緒に言った。

「最近よく母親のことを考えるの。今までは考えることも拒否してた。でもあなたとこうなってから、考えないわけにはいかなくなったの。なぜあたしを産んだその日に産院に置き去りにしたんだろう。あたしにも納得できるよほどの事情があったんだろうって。もしその事情がわかれば、あたしは母親のことをゆるせると思うの。そこには一体どんな事情があったんだってわかりさえすれば、あたしは母親のことをゆるせると思うの。そして自分でも、あることを決心することができるような気がするの」

「それは水沢家を出るということ？」

理緒は静かに問いかけた。

「こんな状態をいつまでも続けることはできないし、あたしは思いきって跳ぶための踏み切り台がほしいんだと思う。もう結婚生活は続けられない。理緒さんとも別れられない。たぶんもうとっくに答えは出ているのよ」

ちょっと待って、と理緒が遮った。

「子供を置いて出るつもりなの？」

「連れて出ることは無理だと思う」

「あなたにそんなことができるの？」

「だからそのために母親を探すの」

理緒は大きなため息をついて、しばらくじっと那智を見つめた。

「那智、よく聞いて。お母さんを探すことはとてもいいことだと思うよ。どんなことでも協力するし、一緒に探そう。でもお母さんにもし会えたとして、事情がわかって那智が納得できたとしても、それが子供を手放す理由にはならないよ。そんなことしたら那智は一生後悔するよ。そしてわたしを恨むようになる」

「あたしは理緒さんを恨んだりしない」

いいから聞いて、と理緒は根気よく那智を制した。

「どうして子供を手放さずに家を出る方法を考えないのかな。子供だけは絶対にあきらめちゃ駄目だよ。時間をかけて話していけば彼だってきっとわかってくれるよ」

那智は混乱しきって情緒不安定になっていた。目に光がなくなっている。気丈にふるまってはいるけれど、今にもポキンと折れてしまいそうだ。那智を追い詰めてこんなふうにしてしまったのは自分の責任だ、と理緒は思った。

「わかった。もう少し考えてみる」

と那智は言ったが、その目には感情が宿っていなかった。初めて渋谷の喫茶店で話したときも時々こんな目をしていたことを理緒は思い出していた。ひんやりとして他人を寄せつけない、おそるべき虚無を抱え込んだ、さびしい少女のようだった目。感情を殺す訓練をして生きてきたのだとすぐにわかった。

二人は親に捨てられた子供であったという共通の闇をもっていたが、理緒の場合は那智とは逆にありあまる感情を迸(ほとばし)らせて生きてきた。感情を殺すのではなく、増幅させ発散させる演劇という装置をわざと選んで生きてきた。よく泣きよく怒りよく恋をして、豊かすぎる喜怒哀楽を持て余しながら生きてきた。そのほうが傷つくことも多いけれど、石になるよりはましだと理緒は思っていた。二人はうりふたつの肉体をもってはいたが、感情の育て方はまるで正反対だったのである。

「あなたには感情教育が必要みたいだね」

と理緒は言った。

「感情教育？　あたしには情緒が足りないってこと？」

「もっともっと、狂ったようにわたしを愛してほしい。もっともっと、ばかみたいにれいちゃんを愛してほしい。もっともっと、全面的にわたしを信じてほしい」

那智は少し笑った。理緒は時々、芝居がかった物言いをするときがある。そしてこの人は本当によく泣く。セックスの最中も、帰り際も、電話しながらでも、那智が恋しいと言って泣く。理緒の泣き方はれいの泣き方にどこかしら似ている。無防備で、計算がなくて、びしょびしょになりながら全身で泣くのだ。こんな泣き方をする大人は見たことがない。とても三十五歳には見えない。普段はクールなのに、いったん崩れるとぼろぼろになってしまう。理緒は爆弾みたいだった。

そんな理緒が急に大人ぶって説教したりするから、那智はひとたまりもなく参ってしまうのだ。大人と子供のあいだを行ったり来たりしながら全力で自分を愛してくれる理緒の容赦のない求愛を浴びていると、那智は生命力をふんだんに降り注がれているような気がして、何度でも惚れ直した。赤ちゃんのようにこの乳を吸っている同じ口で、感情教育だなんて。那智はもう一度笑った。なんて素敵な言葉だろう。なんて素敵なひとだろう。


那智の母親を探すことから、理緒の感情教育ははじまった。

だが三十年以上も前に産院から失踪した女を探すのは二人が想像していた以上に困難を極めることになった。手掛かりは名前しかないのだ。女の取った行動を考えてみると、それが本名であるかどうかも疑わしい。でもたったひとつでも手掛かりがあるだけましだった。もし那智がコインロッカーに捨てられていた赤ん坊だったとしたら、親の名前さえわからずに、どうすることもできなかったのだから。

那智はまず戸籍謄本を取りに市役所へ行った。謄本には父母の名前と養父母の名前が並んで書かれていたが、父母の住所まではわからなかった。本籍のある横浜へ行って謄本を取るか、管轄の区に交付申請書を請求すればいいのだと窓口の人が教えてくれた。使用目的をきかれたとき、情けないほど声がふるえた。闇の中を手探りで歩いていくようでとても不安だったが、那智はそのたび理緒を思って自分は独りではないと言い聞かせた。

那智はファックスで理緒に謄本を送った。それを見て理緒は驚きの声を上げた。母親の名前が「喜和子」となっている。自分の母親の名前と同じではないか。しかも字までまったく同じだ。喜和子というのはそんなにありふれた名前ではない。その夜那智から電話がかかってきたとき、理緒は嬉しそうに断言した。

「これはやっぱり運命だよ。よりにもよって、母親の名前が同じだなんて」

「理緒さんのお母さんも喜和子さんなの？」

「同一人物だったりしてね。ハッハッハ」

でもそんなことはありえない。池田喜和子は一度も名古屋から出たことがないのだ。理緒が上京してからも東京にさえ来なかった。今どき珍しい化石のような女なのである。

次に那智は父親である国吉一郎の名前で横浜市中区に除籍謄本を請求してみた。該当者なし、という返事が来た。中区には国吉一郎の記録はなかった。中区役所の戸籍課に電話してざっと事情を説明し相談すると、戸籍課の担当者が詳しい話をうかがいたいので一度こちらへ来て下さいと言ってくれた。那智は次の水曜日に早速横浜に足を運んだ。それからたびたびこの区役所を訪れることになろうとは、そのときは那智は思ってもいなかった。国吉喜和子はすぐに見つかるだろうと思っていたのだ。

那智は戸籍課の窓口で縁もゆかりもない戸籍係の男にこれまでの数奇な半生を語り、自分を産院に置き去りにした母親をどうしても探したいのだと訴えた。相馬という四十代後半の戸籍係は公僕らしく顔色ひとつ変えずに那智の話を聞いていたが、劇的な運命を呪いも嘆きもせず、小さな声で淡々とありのままの事実を述べるこの美しい女に心を動かされないわけにはいかなかった。何とか力になってやりたいと思った。国吉那智の除籍謄本を取ってみると、本籍地は横浜市中区C町×丁目×番地×とあり、次のように記されていた。

昭和三十八年十二月二日中区C町×丁目×番地で出生、雨宮雄三届出、昭和三十九年五月十八日受付入籍。

昭和三十九年五月十八日親権を行う者がないため後見開始、昭和四十六年十一月十六日横浜市旭区×町×丁目×番地鎌田源二郎後見人に就職、同年十二月十三日届出。

昭和四十六年十二月十三日田川菊男同人妻千代の養子となる縁組届出（養子の代諾者後見人鎌田源二郎）千葉県佐倉市×町×丁目×番地田川菊男戸籍に入籍につき除籍。

「出生届を出した雨宮雄三と、後見人の鎌田源二郎。この二人から追っていくしかなさそうですね」

と相馬は言った。その二人の名前は那智の戸籍謄本にも載っていた。相馬は積極的に動いてくれ、雨宮のことはわからなかったものの、鎌田源二郎の謄本と住民票を取って電話帳で電話番号まで調べてくれた。

那智がどきどきしながら電話をかけてみると源二郎の奥さんが出て、主人は昭和六十三年に亡くなりました、と言った。那智は最初の一歩からつまずいた。奥さんはかなりの高齢のようだったがシャキシャキしており、那智の話を親身に聞いてくれた。源二郎は児童相談所の所長を務めていて、那智だけではなく身寄りのない子供の後見人を何件も引き受けていたという。お役に立てなくてごめんなさいね、と奥さんは気の毒そうに言った。なんということだ。たった二つしかない手掛かりのうち、一つがあっけなく消えてしまった。那智は三十年という年月の重さを思い知らされ、暗然とした気持ちになった。

翌日相馬から那智のところに電話がかかってきて、新たにわかったことがあるのでもう一度お越し願いたい、という。那智は会社を早退して横浜に出向いた。今度は窓口ではなく別室に通された。母親が見つかったのかと思って、那智は心臓が破裂しそうだった。

「あれからこちらでも調べてみたんですが、本籍地になっている中区C町のこの番地はですね、産院のあった場所だったんです。雨宮雄三はそこの院長でした。院長の義務として、出生から半年たっても親権者があらわれなかった場合には出生届を出さなくてはならなかったんです」

「その産院は今でもあるんでしょうか？　あるなら行ってみたいのですが」

「残念ながら現在は閉鎖されています。昭和六十年頃までは開業していたらしいんですが。これ以上のことはわかりませんでした。役所では戸籍関係の詳しい資料は二十七年間しか保管しないことになってるんですよ。もう少し早くおいでになっていれば、あるいは何か当時のことがわかったかもしれませんね」

相馬は心から申し訳なさそうに言った。その表情を見て、那智は自分がどれほどショックを受けた顔をしているかを知った。

「お気持ちはお察しします。あとはですね、家庭裁判所に行ってみたらどうでしょうか。あなたの後見人を選ぶ際に家庭裁判所で審判が行われたはずですから、そのときの資料がもしかしたら残っているかもしれない」

相馬は横浜家庭裁判所の案内図をコピーしてくれた。区役所とは目と鼻の先だった。かすかな希望をつないで那智は裁判所へも足を延ばしたが、やはり資料の保管期間が過ぎていて何もわからなかった。もっと早く動いていればと那智はまたしても思わされた。

那智は再び区役所へ行った。裁判所が駄目なら児童相談所はどうかと相馬は言って、電話番号を調べてくれた。これも同じことだった。資料の保管期間が過ぎていたのである。

遅すぎた。親を探しはじめるのが遅すぎた。理緒に出会うのが遅すぎたのだ、と那智は思った。

ここまでの経過を報告して、那智は初めて理緒の前で苦しいと言って泣いた。といっても、理緒の胸で泣いたのではなく、一人でじっとして静かに涙を流しただけだった。理緒は黙って涙をなめてやることしかできなかった。恋人の胸で泣くこともできない那智は不憫だったが、少なくとも涙を見せてくれただけでも心を開いている証拠なのだからこれは進歩には違いないと理緒は思った。

「まだ道はあるよ。今度は施設から当たってみようよ。可能性はうすいと思うけど、どんな小さな手掛かりでも拾っていけば何かにぶち当たるかもしれない」

理緒が励ますと、那智は寂しそうにほほ笑んだ。

「国吉喜和子は生きてると思う？」

「うん、何となく生きてるような気がする。那智のこと一日も忘れたことはないんじゃないかな。どこかで不幸にまみれてつらい人生を送ってるよ、きっと」

「あたしもね、何だか生きてるような気がするの。昔のことは全部忘れて、完全に生まれ変わって、意外と幸せに暮らしてるかもしれない」

「不幸でいてほしい？　幸せでいてほしい？」

「わからない。でももしどこかで再婚して幸せな家庭を築いていたら、ゆるせないって思うかもね」

「当然だよ。わたしだって自分の父親が野垂れ死にしていればいいって思うもの」

その日は那智が心配で、バス停で別れることができずに理緒は一緒にバスに飛び乗り、三鷹まで送っていった。三鷹でもまだ別れられず、ずるずると中央線に乗ってしまった。

「このまま那智のおうちまでついて行く」

「それでどうするつもりなの？」

「旦那さんに土下座して、那智を下さいって言う」

「そんなことしたらただではすまないわ」

「殺されてもかまわない。あなたをさらっていきたい」

「理緒さんとつきあうには耐熱ガラスのような人でないと無理ね。理緒さんの熱さをまるごと受け止められるような」

那智はわざとはぐらかすようなことを言って理緒をお茶の水で引き返させた。

親捜しをはじめてから、水沢家に帰るのがなおさら苦痛になってきた。施設の件で千代と連絡を取り合う必要があったが、水沢家にいると田川の家に電話をかけるのも憚られるような空気があるのだ。郵便受けは一つなので、郵便物はそれとなく富枝にチェックされてしまう。ハガキはまず読まれている。千代から手紙が来れば不愉快そうに内容をきかれた。

千代に親捜しのことを相談してみると、何でも協力すると言ってくれた。那智は千代が何か知っていることがあるかもしれないと思ったが、施設に来る前のことはまったく何も知らないらしい。でも昔の手紙があったはずだと思い出して、那智に送ってくれた。菊男と千代は那智を引き取った直後に施設に寄付をしており、そのお礼の手紙が施設の理事長からきていたというのだ。

千代からの速達郵便を見て富枝は何事かと那智を問い詰めた。おかげで那智は親捜しのことを水沢の両親や夫に話さざるをえなくなってしまった。いずれにせよ本格的に探すことになればたびたび横浜へ出向くことにもなり、中区役所の相馬からも電話がかかってくるので、隠し通すことは不可能だと思っていた。

「今さらそんなことして何になるの。今さら会ってどうしようっていうの。悪いこと言わないからやめときなさい。あんたが傷つくだけだわよ」

と富枝は言った。修平は何も言わなかった。耕一はそれでおまえの気がすむのなら探してみればいいじゃないかと言った。

「ただし家庭のことはおろそかにするな。帰りが遅くなったり、家事に差し障りがあったりしなければ別にかまわないよ」

耕一は、那智が最近セックスをしたがらないのは親捜しのことで頭がいっぱいだからだと思ったようだった。

千代が送ってくれた手紙には施設の住所が書かれていた。電話番号を調べてかけてみると、施設は十二年前に移転していたことがわかった。事情を説明したら、当時の資料が残っているかもしれないので一度おいで下さいと言ってくれた。

「一人で行くのは少しこわいの。理緒さん、一緒に行ってくれますか?」

こうして二人は、那智が育った施設を訪れることになった。

春と呼ぶにはまだ寒すぎる三月のはじめの土曜日のことだった。

5

二人は東京駅で落ち合い、横浜へ向かった。

那智は施設へ行くことをずっとおそれていた。一度だけ中学生のときに近くまで行ったことはあるが、結局坂道は登れなかった。でも今回は理緒がいてくれる。理緒とならどこまででも、たとえあの坂道のてっぺんのチャペルへでも、自分が産み落とされて捨てられた産院へでも、この世の果ての行き止まりへでも行けるような気がした。自分はもう、ひとりではないのだ。最愛の娘と、最愛の恋人がいる。親捜しという目的もあるにはあったが、それよりも那智は自分が子供を産み、理緒と出会ったことによって、自分のルーツをしっかりと見つめ直したいという気持ちになっていた。それは那智がこれまで一番後回しにしてきた自己愛というものにようやく目覚め、人を愛するという感情を育みはじめた最初の一歩であった。

東京駅の名店街で手土産のカステラを買い、電車に乗り込んだときから、理緒は那智がかなり緊張していることがわかった。ほとんど口をきかず、青ざめて、何かに耐えているようだ。理緒は人目に触れないようにバッグで隠してから、そっと那智の手を握った。その手は血のかよっていない透き通るオブジェのようだった。もし男と女だったら電車の中でも人目なんか気にしないで堂々と抱きしめてやれるのに。理緒は那智のつめたい指を一本一本撫でさすりながら、血液と勇気を送り続けた。バッグの下で互いの細長い指を絡ませあっていると、子供だった頃の寒くてたよりない那智と自分が身を寄せあってあたためあっているように理緒には見えた。

電車とバスを乗り継いで、何人かに道を尋ねながら、二人はようやく施設にたどり着いた。現在地に移転したときに新築したらしく、建物はそれほど古びていなかった。そこには那智の記憶に訴えるものは何もなかった。花壇もあるにはあったが、そこからは海は見えなかった。すべてのものが清潔に整理整頓され、一般の幼稚園とあまり変わらないように見えた。あらかじめ電話をしてあったので、園長が出迎えてくれた。二人は応接室に通され、うすいお茶が出された。五十代半ばと思われる女性の園長は那智の差し出す手土産に恐縮し、那智の名刺を見て感嘆の声を上げた。

「一級建築士ですか。すごいですねえ。ご立派になられて」

「いえ、子供が小さいので思いきり仕事はできないんですよ」

「まあ、ご結婚もされてお子さんまでいらっしゃるの。本当によかったですねえ。じゃあ今はお幸せなご家庭を築かれているんですね」

「ええ、まあ」

那智は隣にいる理緒を気にしながら適当に頷いた。

「みなさんこうして立派になられてから結構訪ねてきてくださるんですよ。自分も幸せな家庭をもちましたって、奥さんや旦那さん連れて。お子さんを連れてくる方もいらっしゃいますよ。そういうときはこちらも本当に嬉しくなりますよ」

園長は本当に嬉しそうに胸を張った。理緒は居心地が悪かった。那智は困ったような顔をして一瞬ちらりと理緒を見たが、理緒はにこにこして世間というものに耐えていた。一通りの外交辞令をすませると、園長は顔つきを曇らせて本題に入った。

「せっかくおいで頂いたんですが、あいにく当時の資料は残っていませんでした。何しろ三十年も前のことですのでね。当時の理事長も事務長も亡くなっておりますし、移転のときに古い書類はまとめて処分してしまったんじゃないかと思うんです。わたくしも着任してからまだ二年しかたっていないんですよ。本当に、何とかお力になりたかったんですが、残念なことでした」

那智はたぶんこう言われるだろうと覚悟していた。当時の牧師先生のことやめぐみさんのことを尋ねてみたが、何もわからないということだった。それでも那智は失望した顔を見せないように努力して礼を述べた。わざわざ手間を取らせたことと、三十年前にここで面倒を見てもらったことに感謝して深々と頭を下げた。

「今では捨て子はほとんどいなくて、家庭の事情で一時的に親と一緒に暮らせない子供たちをおもにお預かりしています。胸の痛いことですが、実の親に虐待されて、ここで保護せざるをえない子供たちも年々増えているんです。親が面倒を見られない子供の養子縁組も斡旋してますが、身元がはっきりしているケースが多いですね。戦後の混乱期ほどではないにしても、水沢さんの頃は時代も時代だったんでしょうね」

　那智は駐也のことも尋ねようとして、口を噤んだ。言うだけ無駄だと思ったのだ。

　それから園長の案内で館内を見学させてもらった。プレイルームでは子供たちが保母さんたちと遊んでいた。奥の調理室では栄養士がおやつの支度を整えている。みんなに溶け込めずに一人で積み木遊びをしている三歳くらいの女の子が那智の目をとらえた。その子に寄っていく那智の後ろ姿を理緒はやさしい目で見守っていた。そのとき、園長が大きな声でみんなに那智を紹介した。

「みなさーん、ここの卒業生の水沢那智さんが遊びに来てくれました。水沢さんは三歳までここでみなさんと同じように過ごしました。今では結婚されてお幸せに暮らしていらっしゃいます。お子さんもいて、建築のお仕事も立派にされておられます。みなさん、水沢さんに元気な声でご挨拶しましょう」

　那智は身が縮みそうになったが、役割期待に応えるべく無理をして笑顔をふりまいた。子供たちと保母さんたちが一斉に、こんにちは、と叫んだ。那智は元気よく、理緒はムニャムニャと、こんにちは、と返した。那智は立派立派と何度も言われることがせつなかった。理緒は幸せな結婚幸せな家庭と何度も言われることがせつなかった。

二人は子供たちのどことなくゼリーを思わせる目がせつなかった。誇らしげに館内を誘導しながらリノリウムの廊下をペタペタと歩く園長のスリッパの音がやたらとせつなかった。

最後に教会をのぞくと、あの懐かしい古いオルガンはもうなくて、エレクトーンになっていた。オルガンとともにめぐみさんもこの世から消えてしまったような気がして、那智はそのことが一番せつなかった。

「昔のこと、思い出した？」

帰り道で理緒がきくと、

「ううん。何もかも変わっちゃってたから」

と那智は言った。

「またしても無駄足だったねえ」

「でも、来てよかった。一言でもお礼が言えたから。ここでお世話になっていなければあたしは生きていなかったわけだから」

那智は本当にそう思っていた。こんなふうに思えるようになったのもつい最近のことだ。ここから生き延びて、れいと理緒に出会えたことに素直に感謝したい気持ちになれた。生き延びてきたことは無駄ではなかったと、那智はあの子供たちに言ってやりたいような気がした。特にみんなから離れて一人で積み木遊びをしていた、かつての自分自身のようなあの女の子に。

「あなたをこのまま水沢家に帰したくない。鎌倉まで足をのばして海を見に行かない？」

「あたしもちょうど海が見たいと思っていたの。どうしてわかったの？」

「わたしはあなただから」

　と理緒は言った。


　二人は鎌倉から江ノ電に乗って海のそばで降り、すっかり暗くなってしまうまで海を眺めた。理緒はもう人目なんか気にしなかった。青白く、かすかにふるえている那智を抱きしめてキスして耳元で何度でも愛してると囁いた。でも那智は何も言ってくれなかった。美しい二個のダイヤは虚無の影で覆われ、何も映していなかった。理緒は死ぬほど心細くて、どうしていいかわからず、那智の手をひいて海の中へ入っていきたい衝動が突き上げた。那智は今にも理緒の前から消えてしまいそうだった。

　那智は何も言うことができなかったのだ。理緒を愛すれば愛するほど、理緒と生きていきたい気持ちが強くなる。だがそれは娘と離れなければならないことを意味する。耕一と争って娘を手に入れることができたとしても、それが娘にとっていいことなのかどうか、那智には確信がもてないのだ。れいにとってはパパもママもジィジもバァバも愛情の量はみな同等なのである。子供は母親と暮らすのが一番だからといって娘を連れて出るのは母親のエゴではないかと思うのだ。そう思うこと自体、自分は母親失格なのだろうかと那智は思う。だからといって娘と離れることも理緒と離れることもできはしない。

自分にとってかけがえなく大切なものが二つあり、二者択一を迫られたとき、どちらかを選ぶなんて那智にはできそうにない。ならば、いっそ両方をあきらめて、完全にひとりになって、白紙の状態で生きていくことも潔いのではないか。国吉喜和子はあるいはそんなふうに自分を捨てて失踪したのではなかったか。両方を取るのではなく、両方をあきらめることを考えてしまうところが、那智の弱さでもあり、美質でもあった。

右にも行けず、左にも行けず、目の前には夜の海がひろがっている。

二人は同じことを考えていた。

「ひとつだけ覚えておいてほしい。いつでも那智が死にたくなったとき、わたしは一緒に死ぬ覚悟ができているから」

「どうしてそんなことを言うの？」

「死のうって言ってるんじゃないよ。生きているあいだは那智と一緒に生き抜くってことだよ。何があっても二人の魂は離れないってことだよ」

「あたしは、だいじょうぶだから。れいと理緒さんが生きてる限り、死なないから」

そのとき二人が見ていたのは死の海だった。靴の中に砂と一緒にざらざらとした絶望が入り込んでくる。潮の香りとともに死臭が肌にしみこんでくる。波が岩を洗う音が骨を洗う音に聞こえる。理緒はここから生還するために、今すぐ那智を抱かなければならないと思った。とろけるようにやさしく抱いてやらなければならないと思った。愛とは互いの血を吸って生きることだ。魂は肉体のなかにあるのだ。

ホテルへ行こう、と呟くと、那智はこっくり頷いた。

理緒はタクシーを停めて、

「どこでもいいから一番近いホテルへ行ってください」

と運転手に言った。

「このあたりにホテルなんてあったかなあ。少し走ればいいとこ知ってますよ」

「じゃあそこに連れてって」

「かしこまりました」

理緒はしっかりと那智の肩を抱いていた。車は夜の海岸線に沿って緩やかに走り続けた。そのときカーラジオから懐かしい歌謡曲が流れてきた。いしだあゆみの『ブルーライト・ヨコハマ』が、まるで不意打ちのように二人の心にしみてきた。二人はそれぞれの思いで曲に耳を傾けた。理緒は母親の家で見た大晦日の紅白歌合戦を思い出していた。那智は千代とともに車の中で夜明かししながらラジオでこの曲を聞いていたことを思い出していた。二人は小さな声で『ブルーライト・ヨコハマ』を口ずさみ、歌い終わると同時に長い長いキスを交わした。運転手がミラーからちらちら窺っていたが、知ったことではなかった。

「あたしは横浜で生まれて三歳までいたから、ここに来ると懐かしいような気持ちになるの。いつか横浜に住んでみたい」

「いつか一緒に住めるといいね。三人で、横浜に」

「いつかそんな日が来るかなあ」

「もちろん。強く望みさえすれば」

やっと那智の頰に赤みが差してきた。三人で、と言われたとき、冷凍状態になりつつあった那智の心臓に熱い湯がかけられたのだ。連れていかれたのはギリシャ風のプチホテルだった。国籍も性別も不明の老人がおごそかに、女性器をかたどったキイを渡してくれた。

ゆっくりと氷を溶かすように、理緒は那智の体を熱いくちびると指でほぐしていった。氷が溶けきったとき、那智はホテル中に響き渡るほど大きな声を上げて理緒の体にしがみついた。お願いあたしをばらばらに壊してあたしの体を引き裂いてあたしのあそこに楔(くさび)を打ち込んであなたと片時も離さないで。那智は理緒の右手の中指を食い込ませ締め付けたまま狂ったように腰を動かし続け、理緒の左手の中指を噛み切りそうな勢いでしゃぶり続けた。指をもがれて子宮の内奥へ吸い込まれたとしてもかまわない、指を食いちぎられても悔いはない、と理緒は思った。那智の指が弾けるように理緒のなかに侵入してくると、二人は同時に叫び声を上げた。そして二人で貪るように互いの血を啜りあった。

二人で死の海を見てしまったこの夜から、二人で手に手を取って生還したこの夜から、すべてがはじまったのである。ぎりぎりの紙一重のところで、二人は転げ落ちていったのではなかった。二人は這い上がっていったのだ。すべてを捨てることからはじまる、至高の関係に向かって。

十時に東京駅で別れて、那智が家に帰り着いたのは夜の十一時を回っていた。玄関を開けると富枝が待ち構えていて、きつい口調で皮肉を言われた。家を出る前に家族の夕飯は作っておいたし、今夜は少し遅くなるかもしれないと耕一には言っておいたのだが、那智は素直にあやまった。耕一もこんなに遅くなるとは思っていなかったらしく、機嫌が悪かった。

「こんな時間まで施設にいたのか?」

「ううん、まっすぐ帰る気になれなくて、一人で海を見に行ったの」

「それで、何かわかったの？」

「収穫はゼロでした」

那智は一刻も早くれいの布団にもぐりこみたかったが、富枝と耕一は施設の話を聞きたがった。この人達には話したくない、と那智ははっきりと思った。ただの興味本位で聞いてほしくない。これからもいちいち経過を報告しなければならないのかと思うと、那智はうんざりした。

疲れてるからと断っても、夫は妙にしつこく那智を求めてきた。今夜の精神的負担を気遣って慰めてやりたいと思っているのだろうが、今夜だけは触れられたくない。彼の体にも触れたくない。理緒に娼婦と同じことだと言われてから、口や手での接触も断ってきた。そろそろ彼の我慢も限界に達している頃だった。キスをよけると、彼はひどく傷ついて、偽善の仮面をかなぐり捨てた。

「おまえも大変だろうと思ってずっと我慢してきたけど、もう駄目だ。この年になっても夢精するなんて、おれは自分が情けないよ。那智、たのむよ。今夜は断らないでくれよ」

「ゆるして。今夜だけはそっとしておいて」

「じゃあ明日ならいいのか？」

「……ごめんなさい。ゆるして」

耕一はテレビのリモコンを思いきり壁に投げつけた。

「おまえとしたくてしたくて気が狂いそうなんだよ！　一体いつまで待てばいいんだ？　最近のおまえは一体どうしちゃったんだよ？　いくら親捜しのことがあるからって、それがセックスレスの理由になるのかよ？　これ以上おれとセックスできないって言うんなら、親なんか探すなッ！　家庭が崩壊してもいいのか？」

ヒステリックに叫ぶ耕一に、那智は静かなひんやりとした声で言った。

「何と言われてもあたしは親を探さなくてはならないし、あなたとはセックスできない。申し訳ないけれど」

「だからどうしてセックスできないのか、言ってみろッ！」

好きな人がいるからという言葉を、那智は喉元で飲み込んだ。れいの顔が浮かんだからだ。いつか言わなくてはならないことはわかっていた。でももう少し猶予がほしかった。

「言えない」

「どういう意味だ？」

「お願いだからあたしを追い詰めないで。あなたに追い詰められたらあたしはこの家を出て行くしかないの。いつかちゃんと話すから、もうしばらくそっとしておいてよ」

耕一は妻のこのような顔を初めて見た。まったく知らない女がそこにいた。妻の裏切りを確信したのはこのときだった。でもその疑惑を自分から口にする度胸はまだ持ち合わせていなかった。家を出るという言葉が単なる脅しではなく明確な選択肢のひとつであることを彼は直感的に感じ取っていた。

「わかったよ。話す気になったらおまえから話してくれ」

「ごめんなさい」

「いいからもう寝なさい。たのむから早く寝てくれよ。体を壊すぞ」

耕一は那智がいつも明け方まで寝室に入ってこないことを知っていた。ほとんど毎日のように誰かと長電話していることも、深酒をしていることも知っていた。長電話の相手をつきとめようと思って翌朝リダイヤルボタンを押してみたこともある。でも注意深く痕跡は消されていて、いつも天気予報や時報が流れてくるのだ。これで浮気を疑わないようならよほどの鈍感というべきだろう。

それよりも耕一は、七年間も馴染んでいる妻の体があるときから急に色っぽくなったのを見過ごすような男ではなかった。妻が自分以外の誰かに発しているフェロモンを彼は敏感に嗅ぎ分けていた。七年目の浮気ですむ軽い問題ではないかもしれない、と彼はひそかに危機感を募らせていた。

6

那智の親捜しの旅は幾度も暗礁に乗り上げたが、まだあきらめるわけにはいかなかった。残る手掛かりは雨宮雄三だけだった。雨宮は那智を取り上げた医師であり、当然のことながら喜和子とも顔を合わせているはずだ。何らかの事情を知っている可能性は充分にありそうだった。それに彼が出生届を出したのだから、那智の名前をつけてくれたのはこの男かもしれないのである。那智は何としても雨宮雄三を探し出したかった。理緒もそれが一番確実に国吉喜和子につながる道だと信じていた。

だが産院はもうなくなっている。雨宮も生きているかどうかわからない。那智は雨宮の足取りを追うために、中区の保健所を当たってみた。C町産婦人科医院は昭和六十年に院長が高齢のため閉院、ということしかわからなかった。後継者がいなかったのでしょう、と保健所の管理係の人が言った。

「院長の雨宮先生の個人的な住所か電話番号を調べる方法はないでしょうか？」

管理係の人に相談すると、

「医師会に問い合わせてみたらいかがですか」

と電話番号を教えてくれた。

那智は早速横浜市医師会に電話して雨宮雄三のことを問い合わせてみた。ところが驚くべきことに雨宮は医師会には入っていなかったのである。医師会に入らない医者がいるなんて、那智には信じがたいことだった。

「雨宮先生はもぐりだったんでしょうか？」

「いえ、医師会というのは別に入ることが義務づけられているわけじゃないんです。入る入らないは個人の自由でして、入らない方もいらっしゃいますよ」

那智はいよいよ途方にくれた。これでまるっきり手掛かりが失われてしまった。

嘆き落ち込む那智を理緒は根気よく励まし続けた。

「こんなにも手掛かりがないなんて、母親を探さないほうがいいってことなのかな」

「そんなことないよ。時間はかかるかもしれないけど、焦らないで」

「これ以上どうやって探せばいいのよ」

「手間暇かけずに探したいんだったら興信所に頼むか、テレビに出るという方法があるけど」

するとと那智はきっぱりと拒絶した。

「親捜しのことで夫の世話にはなりたくないし、テレビには死んでも出たくない」

理緒はたちまち後悔してその案を取り下げた。

「ごめん。そうだよね」

膠着状態なのは親捜しだけでなく、夫婦関係についても同じことだった。耕一とは一触即発の状態が続いていた。那智は一刻も早く明確な答えを出したかった。耕一と子供のことを冷静に話し合えるような精神状態を早く自分の中につくりたかった。

「あたし、一年後に家を出ようと思うの」

那智はいつものように理緒に抱かれて泣かれたあとで、理緒の涙を拭きながら言った。

「一年のあいだにお金をためて、夫を説得するわ。れいを連れて出られるように、何度でもあの人に頼んでみるわ。だから、一年だけ待ってほしい。あたしを信じて、待っててほしい」

「何年でも待つよ。親のことも子供のことも、わたしたちにはとにかく時間が必要みたい」

「何年も待たせたりしない。あたしがもたない」

那智のほうがつらいのだから泣いてはいけないと思うのだけれど、セックスのあとで那智のキャミソール姿を見ると、理緒はどうしようもなく泣けてくるのだ。帰すのが悲しいというよりも、ただ純粋にいとおしさに胸を引きちぎられて。人妻を奪う苦しみというよりは、この女の孤独な魂のあまりの触れられなさに胸がふるえて。夜の海を乗り越えてきたあとではなおいっそう離れ離れでいることが不自然に思えた。前世ではぐれてしまった半身にやっとめぐりあったというのに、一晩たりとも一緒に眠ることがゆるされないのだ。

一晩でいい、那智と眠りたい。理緒は焦がれるように熱望した。その熱望の激しさといったら、自分でも壊れそうになるほどだった。

産院の跡地を見に行こう、と言い出したのは理緒だった。

雨宮先生のことを知っている人が近所に住んでいるかもしれない。その場所へ行ってみて、古い家を一軒一軒聞いて回ろうというのだ。そういう気の遠くなるような地道なことをしなければ、もう手立てが残っていないのだった。それに理緒は那智の生まれた土地を見ておきたいという気持ちもあった。

もう何度も足を運んだ中区役所の戸籍課を、那智は初めて理緒とともに訪れた。相馬は親切に地図で場所を調べて拡大コピーを取ってくれた。待っているあいだ、理緒はふと思いついて横浜市の電話帳をめくってみた。もしかしたら万が一、国吉一郎か国吉喜和子の名前が載っているかもしれないと思ったのだ。横浜という街は住みやすくて独特の魅力があり、一度住んだら離れられないという人が多いのだと理緒は聞いたことがあった。中区にはいないとしても、国吉喜和子はまだ横浜のどこかでひっそりと暮らしているのではないか。理緒は希望をこめてそう思ったのだった。

「あった？」

あるわけないと笑ったわりには、那智は理緒がページを繰る指先を食い入るように見つめている。

「……ないね」

那智ががっかりしてため息をつく。電話帳を返しに行こうとする那智を引き留めて理緒は言った。

「ついでにもう一人、雨宮雄三も見てみよう」

「あるわけないって」

相馬が那智の名を呼んだ。赤鉛筆で産院の跡地に印をつけてくれて、ここからそんなに遠くないですよ、と教えてくれた。丁重に礼を述べてロビーに戻ると、理緒の顔つきが変わっていた。

「あったよ」

「ええっ？」

「ほら、ここに二人載ってる」

理緒の指さしたページには、確かに雨宮雄三の名前が二つ並んで載っていた。一人は金沢区で、一人は栄区だった。

「ただの同姓同名かもしれない」

「ダメもとで電話かけてごらんよ」

「そうね、そうする」

　那智はその場ではやる胸を抑えながら電話をかけてみた。理緒が背後に立って見守った。

「大変失礼ですが、そちらは三十年ほど前に中区のC町で産婦人科をしておられた雨宮さんでしょうか？」

　金沢区の男は別人だった。栄区のほうにかけてみると、品のいい老婦人が出て、それは確かにうちの主人ですと言った。那智は思わず理緒の手を握りしめていた。まったく何ということか。なぜもっと早く電話帳で調べることを思いつかなかったのだろうか。

　思ってもいなかった展開に那智は話をどこから切り出せばいいか混乱したが、深呼吸してゆっくりと老婦人に事情を説明した。自分は三十三年前に雨宮先生の産院で生まれたが、母親がその日のうちに失踪してしまったこと。雨宮先生が出生届を役所に提出してくれたこと。その後施設で育ち、養父母に貰われていったこと。この年になって生みの母を探す気になったこと。手掛かりは雨宮先生しかないこと。老婦人は最後まで黙って耳を傾けていた。

「ぜひ先生にお目にかかって当時のお話を伺いたいのですが、先生にお取り次ぎ願えませんでしょうか?」

「ご事情はよくわかりました。大変な人生を送ってこられたんですねえ」

「はあ、あの、先生はご存命でいらっしゃるんでしょうか?」

「はい、生きております」

　那智は心からほっとした。現役を引退してから十年以上たっているのだ。かなりの高齢のはずで、那智は亡くなっていることだけがこわかった。

「生きてはおりますが、ぼけております」

「は?」

「アルツハイマーなんですの。長いこと入院していましてね。もうほとんどこの世の人じゃないんですのよ。ですから昔のことを聞かれても、何も覚えていないでしょうねえ」

　那智は目の前が暗くなって、その場に崩れ落ちた。

　理緒が支えていなかったら、しばらく立ち上がることができなかったかもしれない。

　区役所を出るとき、玄関脇に「法律相談」の看板が出ているのを理緒は目にとめた。最後の望みであった雨宮雄三の記憶の扉が閉ざされてしまった今、二人にできることはもうほとんど残っていなかった。素人には思いつかない人探しの方法があるのなら、藁にでも縋りたい気分だった。法律相談とは違うかもしれないが、少なくともそこには弁護士がいて、市民に知恵を授けてくれるのだろう。ジャングルで道に迷ったら銀行員よりも自衛隊員に頼りたくなるものだが、運悪く自衛隊員がいない場合にはアウトドアショップの店長でもいいから頼ろうとするのが人情ではないか。

「ここで相談してみようか?」

理緒が那智の袖を引っ張ると、那智は困惑の表情を浮かべた。

「ちょっと違うんじゃないかな」

「料理ができなくてもレシピは知っているかもよ。レシピは知らなくても、レシピを調べる手立ては知っているかもよ。どこへ行けばいいのか、どんなやり方があるのかだけでも聞いてみようよ。一級建築士とフリーライターにはない種類の想像力が弁護士さんにはあるかもしれないじゃない」

二人が言い合っていたのはちょうど受付の真ん前だった。受付には中年の女性が二人座っていた。二人の深刻そうな顔を見て、一人が声をかけてきた。

「何かお探しですか?」

「あの法律相談は何時からですか?」

「今お昼休みですので、一時からですよ」

「ちょっと伺いたいのですが、たとえばこういう種類の相談にも乗ってくれるんでしようか。つまりですね、三十三年前に失踪した人物を探しているんですが」

理緒の顔は真剣そのものだった。那智も迷っている場合ではないと思った。

「実はあたしの母なんです」

ただならぬ雰囲気に引き込まれて受付の女性たちは身を乗り出した。那智はざっと経緯を説明した。産院の名前を出したとき、

「あら、あたしもそこで出産したのよ。ずいぶん昔だけど」

と一人が言った。那智と理緒は顔を見合わせた。まったく藁というものはどこに落ちているかわからない。

「そうなの、大変ねえ。昔あそこにいた婦長さんならわかるかもしれないわ。うちに帰って母子手帳を見て調べてあげるわ」

「ありがとうございます！　よろしくお願いします！」

那智は連絡先を書いたメモを渡して区役所をあとにした。

二人ともその頃には法律相談のことなどすっかり忘れていた。

かつて産院のあった場所には、大きなマンションが建っていた。

周囲はビルと駐車場と倉庫が立ち並ぶ一等地で、古い家屋や商店はほとんど見当たらなかった。そこに佇んでいても、三十年前の光景などひとかけらも立ちのぼっては

こなかった。何の匂いもしなければ、何の音も聞こえてこなかった。日本中の町という町が、このようにしてどこにでもある便利で清潔で無機的なコンビニのようになっていったのだ。

二人はできるだけ裏通りを歩いて、少しでも昔からありそうな喫茶店を探して入ってみた。厚化粧の年配の女がカウンターの奥でテレビのワイドショーを見ていて、酒に焼けた喉からダミ声を絞り出して、いらっしゃいませ、と言った。夜はスナックになるらしいその店は、油でギトギトのスパゲティナポリタンをキャベツの切れ端だけのミニサラダをつけて出し、煮詰めたようなおそろしくまずい珈琲とセットで八百五十円だった。シュガーポットの砂糖は凝り固まって容器にへばりついていた。テーブルはゲーム機のついた昔風のもので、ゲーム機のボタンにはうっすらと埃がたまっていた。懐かしいといえば懐かしい喫茶店だった。

理緒がスパゲティを半分も食べられずに残すと、那智が自分のエビピラフを半分くれた。客は常連らしい中年女が一人とサラリーマン風の男が一人しかいなかった。ダミ声の女が器を下げにきたとき、理緒はそれとなくきいてみた。

「ここは昔からあるお店なんですか?」

「ええ、そうですねえ」

「昔このへんにC町産婦人科ってあったのご存じですか?」

「さあ、どうだったかしら。産婦人科ねえ」

「そこの院長先生を探してるんですけど、ご存じないでしょうかねえ」

さすがに仕事柄こういうことには慣れているなと思って那智は理緒を眺めていた。

「うーん、ちょっとわかんないわねえ」

するとやり取りを聞いていた常連客の女が口をはさんだ。

「その病院なら知ってるよ。ほら、昔あったじゃん。なんか伊勢佐木町の水商売の人達がよく利用してたみたいだよ」

「そうですか」

理緒は那智をちらりと見た。少しショックを受けているようだった。

「ああ、そういえばあったような」

「うん、あったあった」

だが女は産院の人間のことを知っているわけではなかった。

「当時のことを知っている古いお宅をご存じないですか？」

「だったら地主の岡林さんかしら。ここを出て左へ行くと岡林産業って会社があるから、そこで聞いてごらんなさい」

理緒と那智は礼を述べて勘定を払い、店を出た。教えられた会社に行ってみると、社長は不在で社員には何もわからないということだった。

「ここをずっとまっすぐ行くとコンビニがありますから、そこのオーナーが町内会長さんだから古いと思いますよ」

教えられたコンビニへ行ってみると、アルバイトの店員しかいなくてオーナーに会うことはできなかった。理緒がオーナーの自宅を聞き出そうとするのを、那智が止めた。

「もういいよ。もうやめよう」

那智は疲れきった顔をしていた。今日はもうやめたほうがよさそうだった。

それから二人で大通り公園から伊勢佐木町のほうまでぶらぶら歩いた。すれ違う人波の中に国吉喜和子がいるのではないか、素知らぬ顔をして堂々と歩いているのではないかと、理緒はつい五十代の女性に目を向けずにはいられなかった。

「喜和子さんはきっと売れっ子のホステスさんでさあ、流れ者の一郎を好きになって結婚したんだけど、これがろくでもない男でさあ。あれ、これじゃうちの母親と一緒だよね」

理緒が笑うと、那智も少しだけ笑った。

「でも理緒さんのお母さんは理緒さんを捨てたりしなかった」

「でも自分で育てたわけでもなかった。似たようなものだよ」

「二人とも、きっと惚れた男が最悪だったんだよね」

「そうそう。全部男が悪いの」

「生まれてくる前に殺せばよかったのにね。そのほうがきっと楽なのに」

理緒はこの言葉を聞くと急に黙り込んでしまった。那智がどうしたの、とのぞき込むともう涙を浮かべている。

「わたしは国吉喜和子さんに会ったらお礼を言いたい。那智を生んでくれてありがとう、って。那智をこの世に送り出して、わたしと会わせてくれてありがとう、って」

那智は胸がつまった。目のゴミを取るふりをして、水滴を拭った。

7

区役所の受付の女性から電話がかかってきたのは、翌々日のことだった。

彼女はかつてあの産院で婦長だった人の電話番号を調べてくれた。那智が電話をしてみると、あいにく当時の婦長ではなかったが、古い助産婦さんを教えてくれた。大原という助産婦も当時よりあとの人だったが、古い事務長を知っていて、当時のカルテが残っているかどうか調べてくれた。その事務長も亡くなっていたが、息子に遺品を調べてもらうことにした。数日後に電話がかかってきて、残念ながらカルテは残っていないということだった。大原はとても親身になってくれ、八方塞がりだと知ると、

「あとはもう警察に行ってみたらどうかしらねえ。赤ん坊を置いて母親が消えたとなると、警察が事情聴取に来たはずよ。それにあなたのお母さんの家族が捜索願を出してるかもしれないじゃないの」

と言った。

この話を理緒にすると、自分も同じことを考えていたという。でも那智は警察へ行くのがこわかった。もし国吉喜和子が刑務所にいたら、と考えて、体がすくんでしまう。どうしても悪いほうへ悪いほうへと考えてしまうのだ。

「もし母親が刑務所にいたらどうしよう」

「そうしたら一緒に面会に行こう。那智が行きにくいなら、わたしが行く」

「あたしに犯罪者の血が流れてても平気なの？」

「わたしの父親だって刑務所にいるかもしれないんだよ。あるいは二人とも病院にいるかもしれない。もうあの世にいるかもしれない。こわがることないよ。喜和子さんが刑務所にいようが病院にいようが、那智を生んでくれたことには変わりないんだから。それだけで彼女の人生は価値があったと思うよ。たとえ人殺しでも、わたしなら赦す。那智だけは殺さずに生んでくれたんだから」

理緒はいつどんな時でもまっすぐに前を見ていて、ひたむきに那智を愛してくれる。那智が迷っているときも明確に進むべき道を指し示し、正しい方向に導いてくれる。理緒がそばにいてくれなければとてもこんなことはできなかっただろう。自分の分身のような恋人が那智の痛みを自分の痛みのように分かち合ってくれなかったら、ぬかるんだ闇を行進していくような真似はとてもできなかっただろう。理緒がつねにシュプレヒコールを送ってくれたからこそ、可能性がひとつずつ潰れていくたびに胸の潰れる思いをしながらもここまで来ることができたのだ、と那智は思った。

「わかった。警察に行ってみる」

「オーケー、いつでも都合はつけるから」

「いつもありがとう」

「それより、愛してるって言ってほしいな」

「電話じゃ言いにくい」

「いつも那智は言ってくれないんだ。わたしを愛してないの？」

「ばかね。そんな言葉じゃ足りないからよ。理緒さんにはもっと深い感情を感じるの。とても言葉じゃ説明できない。この気持ちをうまく説明できる言葉があるのかどうかもわからない。理緒さんは言葉のプロだろうけど、あたしはただの建築士だから」

愛という言葉では足りない。それは嘘ではなかった。これまで那智は多くの男たちとつきあってきたが、愛してると言われるたびに同じ言葉を返すことができなかった。それは愛するという感情が理解できなかったからであり、誰も自分からは愛したことがなかったからだ。夫に対しても同じだった。でも理緒への気持ちはまったく違うものだった。

「親捜しのけりがついたら、夫に手紙を書こうと思ってるの。どうしても離れられない人がいるから別れてほしい、って」

「暴力をふるう人なんでしょ？　とても心配だよ」

「一発くらいは仕方ないと思うけど」

「気をつけて。わたしは待てるから」

「わかってる。おやすみなさい」

電話を切ると、急にひとりになる。よそよそしい他人の家にいるような気がする。那智は引かなければならない図面の山と、アイロンをかけなければならない洗濯物の山を前にしてため息をついた。最近は娘ともあまり遊んでやっていない。親捜しの心労と、不倫の心痛とで、那智は心身のバランスを失っていた。

耕一の我慢はピークに達していた。文句を言われないように家事だけはきちんとこなしているが、セックスだけは応じられない。それでも耕一は毎晩誘ってくる。それは不気味なほどだった。男の執着のおそろしさは佐竹のときに知り尽くしている。れいという弱みを那智がもっているぶんだけ、耕一のほうがおそろしかった。

明け方に、いつものようにれいの寝顔を眺めてから布団に入った。すうっと眠りに落ちた途端、下半身にもぞもぞする気配を感じて目を覚ますと、耕一が勃起したペニスを挿入しようとしているところだった。那智は跳ね起きて抵抗した。耕一は容赦せず、無理やりに抱こうとした。

「お願い、やめて。れいが起きるから、やめて」

「じゃあ、こっちへ来いッ」

耕一は那智をリビングへ引きずっていった。二人ともパジャマの上しか着ていなかった。床の上に那智を組み伏せ、荒い息を吐きながら力ずくで挿入しようとする耕一に、那智は必死に抵抗した。殴られても、蹴られても、那智は毅然としてひるまなかった。彼の顔を引っ掻き、股間を蹴り返し、腕に噛みついた。彼は那智が涙を流しているのを見て、ようやく那智の体を解放した。

「なぜだ……なぜなんだ……」

「ごめんなさい……ゆるして」

「ちくしょう……那智……那智……那智……」

彼はせつなそうに妻の名前を呼びながら、妻の目の前でマスターベーションをはじめた。その姿はあまりにも痛ましくて、那智は思わず目をそむけた。

「見てろ……見ててくれ……那智ッ」

那智はその場を動くことができなかった。彼は妻の名前を叫びながら果てた。那智が後始末をしてやると、彼は泣いているようだった。

「なぜそんなにいやなのか、言ってくれ」

激情がおさまると、彼は静かな声できいた。

「ごめんなさい。好きな人がいるの」

ついに言ってしまった。逆上してまた殴られるかもしれないと思ったが、彼は意外に冷静だった。

「わかってたよ。相手は？」

「あなたの知らない人」

「どこのどういう男だ？　年はいくつで仕事は何してる？　そいつとどこで知り合った？」

「男の人じゃないの」

「何だって？」

「同じ境遇の女の人。それ以外は言えない」

「そいつと寝たのか？」

那智は彼の目を見て頷いた。

「おまえはいつからレズになったんだ？」

「レズになったんじゃなくて、その人のセクシュアリティがたまたまそうだったから、こうなっただけ。その人が男でもあたしは好きになっただろうし、その人がヘテロならあたしたちは友情で結ばれたと思う。でもたまたまその人は女性を愛する女性だったの。あたしは彼女以外の他の女性に性的魅力を感じることはないわ」

彼はとても悲しそうに那智を見ていたかと思うと、那智を抱きしめてとてつもなくやさしい声で言った。

「かわいそうに。おまえは病気なんだよ。明日、一緒に病院へ行こう。このところ親捜しのことやなんかでいろいろあって、精神的に参ってるだけなんだよ。頭がおかしくなるのも無理はないよ。しばらく仕事は休んでゆっくりしなさい。これは病気なんだから、病院へ行って治療すれば治るんだから」

「違うのよ、耕ちゃん。病気なんかじゃないの。あたしは彼女を愛しているの。もうあなたとは暮らせないの」

那智もまたやさしい声で、ゆっくりと噛んで含めるように言い聞かせた。

「どうするつもりだ？ この家を出て行くつもりなのか？」

「こうなった以上、ここにはいられない」

「そうか。でもれいを連れて行くことは絶対に許さないぞ。ここを出て行けば今後れいには二度と会わせない。それでよければ一人で出て行くんだな」

覚悟していたとはいえ、この言葉を聞くと那智は頭の中が真っ白になった。

「やっぱり、あなたはあたしからあの子を取り上げるのね。あたしの命を、あたしから奪うのね」

「行かせたくないからだよ。那智、こんなのは一時の気の迷いだよ。すぐに忘れる。れいのことも考えて、もう一度考え直してくれ。娘とその女とどっちが大事か、よく考えてみてくれ。今まで家族三人でやってきたことは何だったんだよ？ おれたちの七年間は一体何だったんだよ？ おれだっておまえを幸せにするためにがんばってきたんだよ。おまえの知らないあったかい家庭を与えてやろうと、おれなりに努力してきたつもりだよ。おまえは一体何が不満で……こんなことを……」

　耕一は感極まって言葉を詰まらせた。那智は彼の顔を見ることができなかった。家族三人でやってきたのではなかった、五人だった、この家の中であたしはとても孤独だったのだと那智は言いたい気がしたが、すべてを胸の内に呑みこんだ。

「とにかくもう一度よく考えてくれ。おれは待ってるから。おまえが考え直してくれるまで待つから。家庭だけは壊さないでほしい。れいだけは傷つけないでほしい」

「あたしだって、あの子だけは傷つけたくない」

「いいか、よく考えろ。あの子を置いて出て行ったら、おまえは自分の母親と同じことをすることになるんだぞ。そんなことしていいのか？」

　その通りだ、と那智は思った。そんなことをしていいはずがない。

「お願いだから、あの子と引き裂かないで。れいを連れて行かせて」

「だめだ。れいはおれにとっても大事な娘なんだ。絶対に渡さない。その女と三人で暮らすつもりだろう？　ふざけるな、そんなことさせるもんか。裁判で争ってもおまえに勝ち目なんかないんだぞ。裁判なんか起こして家庭の恥を世間に晒してみろ、ただじゃおかないぞ。一生涯、れいには会えないようにしてやるからな」

「裁判なんて考えてないわ。ただ、れいと引き裂かれたくないだけ」

「れいが大事ならこの家にいることだ。おれとのセックスがいやならしなくてもいいよ。女と無理に別れろとも言わない。気がすむまでつきあえばいいさ。だから出て行かないでくれ。ここにいてくれ。れいのためだけじゃなく、おれのためにも」

耕一は脅したり懇願したりしながら話し合いを終えて寝室に入った。

那智は朝まで一睡もできなかった。

次の日から、耕一の懸命なアプローチがはじまった。

まるで結婚前か新婚の頃に戻ったようだった。背中からふいに抱きしめられる。毎日のように花束やアクセサリーといったプレゼントを買って帰ってくる。一日に何度もキスをする。子供を両親に預けて外で食事をしようと言う。セックスも無理には誘わなくなった。親捜しも一緒にやらせてくれと言い出した。そして出勤前には必ず、

「今日も帰ってきてくれるよね？」

と不安そうにきいてくる。会社から帰ってくるなり那智の姿を探して、見つけると、

「ああ、よかった。帰ってきてくれて、うれしいよ」

と言って抱きしめるのだ。そのうちに娘までが、

「ねえママ、ママはどっか行っちゃうの？」

と心細げにきくようになった。

「どこにも行かないよ。どうして？」

「ずーっと、れいと一緒にいてくれるの？」

「ずーっと、ずーっと、れいと一緒だよ。心配なの？」

「ううん、きいてみただけ」

「心配しなくてもいいよ。ママはどこにも行かないから」

おそらく耕一の不安が伝わってしまうのだろう。れいは頭がよくて敏感な、普通の子供よりはるかに大人びたところのある子供だった。那智が沈み込んでいると、いつのまにかそばに寄ってきて手を握ってくれたり、じっと目をのぞき込んだり、ぎゅっと抱きしめてくれたりする。那智が何も言わなくても、

「ママだいじょうぶ？　ママだいじょうぶ？」

と絶えず語りかけてくれる。我が子ながら、こんなにしっかりして、こんなにやさしい子供はちょっといない。那智はいつもれいに励まされた。どっちが母親だかわからないくらいだと時々思うのだった。

「夫に全部話したよ」

那智から報告を受けたとき、思っていた時期よりも少しだけ早かったのと、那智の声があまりにも疲れて沈んでいたので、理緒は心配でたまらなくなった。

「殴られなかった？」

「ううん、やさしかった。おまえは病気だから病院へ行こうって。でも子供は絶対に渡さないって。出て行けば二度と会わせないって」

那智の苦しんでいる横顔を見ていると、理緒は身を引くことを考えないわけにはいかなかった。那智が理緒と別れて家庭に戻っていく選択をしたとしても、決して責めてはならないと理緒は思っていた。那智は何ものが考えられない様子で、無理やりに選択を迫ればどこかに消えてしまいそうだった。理緒も、旦那も、那智が自分で決断するときを待つしかないのだった。

そんなある日、理緒と那智は連れ立って神奈川県警へ出かけた。生活安全課というところで事情を説明し、家出人捜索願を出したいと申し出た。すると担当者が奥に引っ込んで代わりに上司らしい人物があらわれ、それは不可能だと言った。

「警察を動員して人を探そうと思ったら、具体的な事実が必要です。本籍地、写真、身体的特徴、血液型。このうちのどれか一つでもわからないと探しようがないんですよ」

鉄仮面の下に柔らかい物腰をもっていそうなその人は、

「警察としては協力することはできませんが、お母様と再会できることを祈っています」

と心から言ってくれた。那智はそれだけで無駄足ではなかったと思えた。

帰り道、理緒は肩を落としていたが、那智は胸をはっていた。なおも方策を考えようとする理緒に、那智はきっぱりとした声で言った。

「もういいの。やるだけのことはやったんだもの。これでふっきれた。今までは自分一人で生きてきたような気がしてたけど、そうじゃなかったのよね。いろんな人の手を経て今のあたしが存在してることもわかったし、いろんな人にお礼も言えた。これで充分よ」

「那智、本当にいいの？」

「なんかね、探してるあいだに怒りが消えて、気持ちが浄化されてきたような気がするの。母親には会えなかったけど、これでよかったんだと思う。理緒さんと一緒に探せただけでよかったの。何だか長い旅をしていたような気分じゃない？」

「そうだね。そういえば巡礼みたいだったね」

そうだ。確かにこれは巡礼だった。那智の生まれた産院跡を訪ね、那智の育った施設を訪ね、喜和子の人生に思いをめぐらし、なぜ自分は生まれてきてなぜ捨てられたのかを考え続けた。死の海も見たし、希望の歌も歌った。見ず知らずの人達に助けられながら、前へ前へ歩いた。そして赦した。喜和子の罪を赦し、自分の生を赦した。

もっとできることはあったのかもしれないが、ここで区切りをつけることで、二人とも納得することができた。巡礼を終えたその先には、さらに長く、さらに苛酷な、もうひとつの新たな巡礼の旅が待ち構えていたからである。

8

那智が家を出たのは、それからわずか一週間後のことだった。

いつものように理緒と長電話をしていた午前二時、耕一が起き出してきてノックもなく仕事部屋に入ってきた。那智は慌てて電話を切った。耕一はこれまでに見たことがないほどおそろしい顔をしていた。

「てめえ、おれが甘い顔してりゃいい気になりやがって。そいつにもう一度電話しろ。おれが直接話してやる。あんまり男をなめるんじゃないぞ。ほら、早く電話かけろよ。おれがリダイヤル押してやろうかッ」

リダイヤルボタンを押されないように那智は電話機をひったくり、あてずっぽうに番号を押しまくって証拠を消した。耕一は完全にきれていた。待っていると言ったわりには、待つことのできない男だった。妻が女と抱き合っているところを想像することは彼には耐え難いことだった。それは男としてのプライドを著しく傷つけることなのだ。これまでの七年間の結婚生活を根底から否定することなのだ。しかも妻は彼女を愛してると言った。自分に対して一度も使ったことのない言葉を、よりにもよって女に使ったのだ。それは一体どんな女なのか。どんな手を使って人の女房をたぶらかしたのか。耕一はその女を思いきり罵倒しなければ気がすまないところまで追い詰められていた。

「もういい……おまえなんかもういらない……出てけ……おれにはこんな生活耐えられないよ」

「あたしだって耐えられない」

「だったら出てけよ。そして二度とおれの前にあらわれるな」

「わかった。出ていきます」

もうここにはいられない、と那智は肚をくくった。こんなにも彼を傷つけて、こんなにも怒らせてしまったのだから、もう一日たりとも彼の家にいることはできないのだ。那智は涙がこぼれてきた。彼の前で泣くのは結婚以来初めてのような気がした。

「泣いてるのか？　……おまえでも泣くことがあるのか……なぜ泣くんだ？　何のために泣くんだ？」

「れいのために」

そういった途端、涙がとまらなくなった。自分が今から失おうとしているかけがえのないもののことを思うと、心臓に杭を打ち込まれていって少しずつ死んでゆくような気がした。

「れいにはママは死んだと言ってやる。おまえは母親失格だよ。おまえの愛情にはムラがあるんだよ。あんなにかわいい子供を置いて出て行くなんて、おれにはできないね。子供と風呂に入ったり添い寝したりすることなんて今しかできない贅沢なのに、おまえはその喜びよりも不倫を選ぶような女なんだよ」

那智は号泣した。泣き方のあまりの激しさに、耕一はたじろいだ。気が違ってしまったのではないかと思ったくらいだった。しかし彼もまたぎりぎりのところに立っていた。那智には子供のために流す涙はあっても、夫のために流す涙は一粒たりともないのだということを彼はよくわかっていた。こうなる前からそんなことはわかっていたのだ。

「おまえはおれのために泣いてくれたことなんて一度もなかったな。最初から最後まで冷たい女だったよな。なんでおれと結婚なんかしたんだよ？　愛してもいないのに、なんでおれの子供まで生んだんだ？　おれはおまえを赦さないよ。おまえはおれと子供に本当にひどいことをしたんだよ」

耕一も泣いていた。那智は号泣しながら荷物を詰めた。夜明けとともにここを出て行かなければならないと思った。

「もういいから。泣かなくていいから。おまえの好きにすればいいんだよ。行ってもいいんだよ。出て行ってもいいんだよ。おれにはもう止められない」

耕一は泣きながら那智の涙をふいてくれた。那智は錯乱のさなかにもまず理緒の手紙を詰め、理緒から贈られた本を詰め、それから当座の着替えを詰め込んだ。詰めるべきものを取捨選択している余地はなかった。子供の写真をアルバムから抜く暇もなかった。涙で目がかすんで、瞼が腫れて、ろくにものが見えなくなっていた。

ひととおり荷物を詰め終わると、始発電車の時間までれいの寝顔を眺めた。できることならこの胸に抱いてさらって行きたかったが、安心しきってぐっすりと眠り込んでいる子供を暖かい寝床から叩き起こして、明日をも知れぬ運命の中へ引きずり込むことはとても那智にはできなかった。起こさないように嗚咽をこらえながら子供の顔に見入っていると耕一がやって来て、キャッシュカードを差し出した。

「もっていきなさい。現金もないと困るだろう」

耕一は財布も差し出したが、どちらも那智は受け取らなかった。

「いりません」

「いいからもっていきなさい。落ち着いたら必ず連絡してほしい。いつでも帰ってきていいからね。待っているからね」

耕一が無理やりにカードを押し込んだことにも気づかないほど那智は憔悴していた。

明け方の五時過ぎに水沢家を出て、駅から理緒に電話をかけた。

「今、家を出たの」

と那智は言った。そんな時間でも理緒は何もきかず、一瞬の間のあとで、

「わかった。今から迎えに行く」
とだけ言った。

早朝のまだ人通りもまばらな三鷹駅の改札口で、理緒は那智が来るのを待っていた。あまりにも突然の展開だったが、いずれこんな日が来ることはわかっていたような気がするし、何かが動くときはこんなものかもしれないと理緒は思った。那智の声は普通ではなかった。途中で気が変わってどこかに消えてしまうのではないかと、理緒はそれだけをおそれていた。無事にここまでたどり着いたら、家に連れて帰ってとにかく眠らせなければならないと思った。

ずいぶん待って、ようやく那智が疵（きず）ついた蝶のような足取りでふらふらとあらわれた。全身から酒の匂いを漂わせ、精霊のように実体がなく、目はウサギのようだった。その顔を一目見たとき、理緒は那智が家を出たことをどれほど後悔しているかを思い知らされた。那智はずっと泣き続けていた。理緒を見ても何の感情も示さず、ただ自分の悲しみのなかに浸りきって、壊れた時計のように死んだ時間を垂れ流し続けていた。

理緒は今にも倒れそうな那智を抱きかかえるようにしてバス停まで歩き、バスに乗せ、アパートに連れて帰った。那智は一言も口をきかなかった。熱い珈琲をいれてやり、パンを焼き、温かい卵料理を作ってやっても、那智は珈琲に少し口をつけただけだった。ベッドに寝かせても目を開けたまま無言で泣き続けた。たまらなくなってセックスしようとすると、那智のほうからひどく激しく抱いてくれた。死ぬほど気持ちよかったが、死ぬほど悲しかった。那智は今目の前にいる恋人よりも、置いてきた子供のことしか考えていなかったからだ。理緒の入り込む隙間はまったくなかった。

「とにかく少し眠ったほうがいい」

「お酒がないと眠れないの」

理緒はふだん酒を飲む習慣がないので家の中には料理酒しかなかった。それでもいいからくれと那智は言ったが、理緒は近所のコンビニまで行ってブランデーを買ってきた。ブランデーを飲むと那智は少し落ち着いたようだった。

「しばらくはここで暮らして、それから二人で暮らす部屋を探そう。ここから会社にかよえるよね？」

那智はかすかに頷いた。

「少し時間はかかるかもしれないけど、れいちゃんのことはいつか必ず引き取れるようにしていこう。絶対にあきらめちゃ駄目だよ」

これまで何度も言い聞かせてきたその言葉を、これからも何度でも言い続けることになるだろう、と理緒は思った。一年かけて夫を説得して子供を連れて家を出るという当初の計画はあっけなく頓挫してしまった。那智は一年どころか一ヵ月しかもたなかった。那智の夫はもっと短気だった。妻に裏切りを告白されてから妻を追い出すまでに一週間しかもたなかった。彼がもう少し辛抱して那智を追い詰めていなかったらこんなことにはならなかっただろう。おそらく事態は最悪の結果になってしまった。

「明日はれいの誕生日なのに。何もしてあげられなかった。母親失格ね」

理緒は驚いた。那智も、夫も、なぜあと一日待てなかったのか。子供の誕生日の前日に母親が家出するなんて。二人ともそこまで差し迫っていたのだろうか。那智はそこまで針のムシロに耐えていたのか。那智は泣けば泣くほど透き通るように青白くなっていく。抱きしめても抱きしめても那智の体は石のように固く冷えきったままだった。那智とともに眠ることをあれほど夢見ていたのに、初めての褥(しとね)は少しも甘くない。二人は夕方までベッドにいたが、ほとんど眠ることはできなかった。那智は心も体も閉じていて、ただ目だけを開けていた。その夜から、那智の崩壊がはじまった。

夕方になると街に出て、那智の茶碗と箸と歯ブラシを買い、酒屋でアルゼンチンのワインを買った。理緒がパスタとサラダをつくり、那智はジャニス・ジョプリンを聴きながらひたすらワインを空けた。

そのうちにぼろぼろ崩れてきた。金箔が剝(は)がれていくように、那智を支えていた何かがこぼれて落ちていった。れいの声が耳について離れない、と言って絞り上げるように泣いた。死にたい、と言ってはまた泣いた。理緒はとても見てはいられなかった。酒瓶を取り上げると、お酒ちょうだい、と言って消え入るように泣いた。おねがいだから、お酒ちょうだい。おねがいだから、お酒ちょうだい。わめいて暴れるのではなく、小さな小さな声で何度も懇願するから、理緒も泣きながら瓶を渡さないわけにはいかなかった。まるで出口のない深い霧の中にいるようだった。

「子供と離れて自分がこんなふうになるなんて、思ってもいなかった。あたしはあの子の目を通して、自分の子供時代を取り戻していたような気がするの。自分には与えられなかった、愛情に恵まれたあるべき子供時代をもう一度生きるっていうのかな。きっと、あの子の目を通して、世界をもう一度見ていたんだよね」

「そんなにつらいなら、家に帰りなさい。今なら旦那も許してくれるよ。子供と離れて生きていけるわけないんだよ。わたしは、別れてもいいよ。別れてあげるから、子供のところに帰りなさい」

「もう遅いよ。あの家にはもう帰れない。彼ともやり直すことはできない」

「でも、そんなあなたを見てるのはつらいよ」

「つらくても、あなたには見る義務があるんじゃないの」

その言葉が理緒の胸に突き刺さった。これが不倫地獄というやつか。他人の妻を奪った修羅場がはじまるのか。それでもたとえどんな地獄でも理緒には引き受ける責任があると思った。那智が精神のバランスを崩して壊れていくさまを見届ける責任がある。よその家庭を壊した報いを受けなければならないのだ。

「わかったよ。一緒に壊れてもかまわない。一緒に死んでもかまわない」

「やっとわかったの。あの子の目と、あなたの目は、あたしの目と同じなの」

「だったら、もっと自分を大事にして。そんな飲み方をするな。アルゼンチンの農夫に感謝しろ。ジャニス・ジョプリンに感謝しろ。れいちゃんが生まれてきたことに感謝しろ」

那智はついに酔い潰れて、井戸に落ちるようにすとんと眠りに落ちた。

やっと那智を眠らせてくれたアルゼンチンの農夫に理緒は感謝しなければならなかった。

次の日からジェットコースターのような一週間がはじまった。

翌日は月曜日だったので那智は会社に出かけていった。姑の富枝がものすごく怒って会社に電話をかけてきて、子供は絶対に渡さないとわめき散らした。耕一からも何度も電話があり、もう一度会って話し合おうと言ってきた。駅前の喫茶店で会うことになった。彼は那智を見るなり体調を気遣ってくれたが、彼のほうこそ眠っていないのは明らかだった。

「れいは？　どうしてるの？」

「元気だよ。ママはお仕事で当分帰らないって言ってある」

　家を出たときより彼の態度は軟化しているように見えた。親とは別居するから三人でアパートを借りてやり直さないか、と彼は言った。おれとはセックスしなくてもいい、でも女とも別れてほしい。それが彼の要求だった。それはできないと那智が断ると、だったら子供には会わせないと言ってきた。その日はそれきり別れた。夜になるとまた子供の声が聞こえてきて、那智は一晩中体をふるわせていた。

　次の日も彼は駅前の喫茶店で待っていた。親には反対されたがあの家は売ることにした、三人でやり直そうとまた言ってきた。彼が親に反抗するのはよほどのことだった。返事は翌日することにして、帰ってから理緒の目を見たら、もう気持ちは決まっていた。理緒と生きていく。それ以外にどんな道があるというのだろう。

　水曜日になると彼の態度が激変していた。おまえは変態だ、やっぱりおまえとやり直すことはできない、すぐに離婚届を出そうと言ってきた。家を売ることを両親に猛反対されて説得されたことは明らかだった。那智はもうすっかり疲れてしまい、一人になって考えたいと言った。

　木曜日に那智はノイローゼになった。一人になって自分を立て直したい、しばらく離れよう、と理緒に言った。理緒は那智が本当に決断するまで待つしかなかった。二人で生きていくにせよ、別れるにせよ、那智の決めたことを受け入れるつもりだった。

金曜日。那智は子供と会えるようにならなければ離婚届に判は押さないと言い出した。

土曜日。耕一はまたしても前言をあっさり翻し、やはり三人でやり直そうと言ってきた。とりあえず冷却期間を置くために半年間別居しよう、と提案した。子供に会わせることもほのめかした。子供に会えると思うだけで那智はぐらぐらと気持ちが動いた。

日曜日に那智は耕一と会い、半年間の別居が決まった。子供は那智が引き取ることになった。そのあいだの家賃とアパートの敷金礼金は耕一が負担することになった。離婚するかしないかは半年後に決める。家は売り、彼も一人でアパートを借りる。そのあいだ子供には会わない。そのかわり那智も理緒とは会わない。那智は子供と二人で暮らせることに目が眩んで、その提案に同意してしまった。

「半年後に正式に離婚が成立するまでは理緒さんとは会えないの。だから半年間待ってほしい」

那智は思いつめた顔で理緒に言った。

「旦那はあなたとやり直すことを前提にしてるんだよ。半年後に離婚できる保証なんてどこにもないんだよ。もし離婚が成立しなかったらわたしたちはどうなるの？　このまま別れてしまうの？」

「離婚は必ず成立させるわ。たったの半年よ」

「半年も会えないなんて耐えられない」

「でも約束は約束だもの。あたしの性格からして約束は破れない」

「結局、子供と暮らしたいだけなんだよね。水沢の家から出られて、子供とも暮らせて、よかったねえ。わたしは捨て石か？　あなたの自由への翼の」

理緒は憎悪に燃える目で那智を睨みつけた。

「そんなんじゃない。ひどいこと言うのね」

「もし半年待てないと言ったら？」

「別れるしかないと思う」

その言葉に理緒は衝撃を受けた。そんなに簡単にその言葉を口にする那智を信じられない思いで見つめた。愛なんて幻想だったのか。どこまでいってもつながれないのか。

「本気で言ってるの？」

「理緒さんは何年でも待つと言ってくれたのに、半年も待ってくれないじゃない」

「それとこれとは意味が違うよ。どうして会うのを禁止されなくちゃいけないの？

あなたたち夫婦はトチ狂ってるよ。大体、あなたは何のために家を出たの？」

「それは、理緒さんとこういうことになって、あの家にはもういられなくなったから」

「それなのにどうして別れなくちゃいけないの？」

「子供を取り戻すためには仕方がないでしょう。彼の気持ちを考えたら、あたしが子供と暮らしてるところへ恋人がやって来たらいやに決まってるじゃない」

「あなたと別れて、わたしが生きていけると思ってるの？」

「でも子供と別れたらあたしは生きていけない。理緒さんと別れても生きていけない。一体どうすればいいの？」

「もういい」

子供のためになりふりかまわなくなっている恋人を見るのはつらいことだった。那智の言い分に納得もできなかった。子供と暮らすためのアパートを借りる費用にと夫から八十万円受け取っていることもショックだったし、彼とアパートを探しに不動産屋へ行く約束をしていたことも許せなかった。何が感情教育だ、と理緒は自分のおめでたさを呪った。運命の恋が聞いてあきれる。結局、ただの主婦の火遊びだったんじゃないのか。

「わかった。仕方がないよね」

「ごめんなさい」

那智の声はふるえていた。彼女を責め立てる資格なんかない、と理緒は思った。那智の決めたことに従うと決心していたのではなかったか。もはや理緒が那智にしてあげられることは、別れてやることだけだった。そのことによってたとえ自分自身が壊れてしまっても、那智が壊れてしまうよりましだった。

那智が黙って荷物を詰め込むのを理緒は背中で感じながら目を閉じていた。一度でも目を開けたらみじめに泣いて引き留めてしまいそうだった。ボストンバッグのチャックが閉まる音がして、部屋の合鍵がテーブルの上に置かれるカチリという音がした。那智が何か言おうとするのを理緒は背中で拒みきった。那智はしばらく理緒の背中を眺めているようだったが、やがて深い息を吐いて何も言わずに出て行った。

ドアの閉まる音を聞くと、体じゅうの骨が軋(きし)むような音を立てて一本ずつはずれていき、一斉に心臓に突き刺さった。理緒は何かからその心臓を護るかのように身をまるめてキッチンの床にうずくまった。那智の茶碗と歯ブラシが仲良く理緒のものと寄り添っているのが見えた。理緒は思いきって茶碗と歯ブラシをゴミ箱に捨てた。

這うようにして四畳半に逃れると、ドレッサーの片隅に那智の使っていた化粧水と乳液の小瓶が夢の残骸のように置き忘れられていた。ヘアブラシには理緒のものではない髪の毛が何本か絡まっていた。洗濯ハンガーには那智の下着が生乾きのままぶら下がっていた。わずか一週間でも、一緒に暮らした痕跡がそこかしこに残り、那智のいた気配が部屋じゅうの壁の隙間にしみこんでいる。理緒は深呼吸してその気配を胸に吸い込んだ。するとどうしても別れたくないという気持ちが全身を貫き、理緒はサンダル履きのまま鍵もかけずに部屋を飛び出してバス停に走った。

だがバスは出てしまったあとらしく、那智はもういなかった。枯れ葉が風に舞っているだけだった。理緒はしばらくそこに立ち尽くしたまま風に吹かれていた。一体どうすればよかったのだろう。身を引く以外、自分に何がしてやれただろう。これでよかったのだ、と理緒は思った。自分には那智を幸福にすることはできない。那智には自分だけでは足りないのだ。子供なしに那智の幸福はありえない。母と子はどんなことがあっても離れ離れになってはいけないのだ。

それから心ゆくまで泣くために部屋に戻り、ベッドにもぐりこんだ。枕に那智の髪の毛が一本落ちていた。那智の残していった下着を抱きしめて号泣しながら、理緒はもう絶対に人妻に恋なんかしないと固く誓った。

9

那智は理緒の部屋を出ると都心のビジネスホテルに投宿した。

部屋を一歩出た瞬間から那智は激しく後悔していた。あんなにも理不尽なほど強く惹かれあい、二人で地の底を這いずるように愛し合ってきたのに。愛という言葉では足りないほど深く求めあってきたのに。互いにわかりあえた初めての人だったのに。でも那智はあまりにも疲れていて判断力を失っていた。何かを積極的に考えるということができなくなっていた。

もしバスが来るまでのあいだに理緒が追いかけてきたら、耕一の申し出を断ろうと思った。そして二人だけで生きていこうと思った。いつもなら数十分は遅れて来るバスが、その日に限って時間通りにやって来た。たった今恋人と別れてきたという実感のないまま、那智はふらふらとバスに乗り込んだ。硬貨を探しているとき、運転士がじろじろと顔をのぞきこむので、那智は自分が泣いていることに初めて気づいたのだった。

月曜日に会社に出ると耕一からまた電話がかかってきた。一晩のうちに状況が変わっていて、やはり子供を引き取らせるわけにはいかない、こんな御時世に家なんか売れるわけないと業者にも言われたという。いつまでもこんなことをしていては埒があかないので、次の日曜日に水沢家で両家の親も交えて最終的な話し合いが行われることになった。ここまでこじれてしまった以上、どんな形を取ったとしても夫婦関係の修復などできるはずのないことは二人ともよくわかっていた。

「おれはおまえが子供を置いてこの家を出て行ったことがどうしても許せないんだ」

「あのときはああするしかなかった。でも捨てていったわけじゃない」

「れいに聞いてみたんだよ。ママと暮らしたいかって。うんと言った。でもそのかわりパパやジィジやバァバとは離れ離れになっちゃうんだよって言ったら、みんなと離れるのはいやだって泣くんだ。ママと二人で暮らすより、あの子はみんなで暮らしたいんだよ。れいがどうしてもママがいいって言ったらおれはあきらめるつもりだった。でも、れいが自分で選んだんだ。おれのエゴだけで言ってるんじゃない。だから、子供のことはあきらめてくれ」

那智は呼吸もできないほどショックを受けていた。まだ五歳になったばかりの子供にそんな選択をさせてしまった自分が許せない気持ちだった。この一週間のあいだにあの子をどれほど傷つけてしまったかを思うと、那智はいてもたってもいられなかった。ママはあなたを決して捨てていったのではないということを、れいに会って直接伝えなければならないと思った。

「おれの気持ちとしては、れいにはもう会ってほしくない。でもそれじゃ、れいがかわいそうだ。おまえのためじゃなく、れいのために、いずれは会わせてもいいと思っている。あの子から母親を取り上げることはできない。おやじとおふくろはカンカンに怒ってて、二度と会わせるなと言ってるけどね」

「いずれって、いつ？」

「そういうことも含めて日曜日に話し合おう。そのうえで離婚届にサインしてくれ」

「わかりました。それで結構です」

これでまた振り出しに戻ったとはいえ、今さら理緒のところに戻るわけにもいかず、那智は落ち着き先が決まるまで田川の家に厄介になることにした。水沢家でも大騒ぎだろうが、田川家も感情的になっていた。那智は家を出た理由を言わなかったが、千代も菊男も向こうの両親との同居による長年の軋轢（あつれき）が爆発したのだと思い込んでいた。

それはある意味では間違いではない。理緒に会っていなくても自分はいつかあの家を出ていただろうと那智は思う。でも理緒の言うように彼女をそのための踏み台にしたつもりなど毛頭なかった。理緒のおかげで那智は自分自身を取り戻すことができたのだ。いや、そうではない。理緒のおかげで那智は生まれて初めて自分自身と出会うことができたのだ。

すべてを失った今、くっきりとそのことがわかる。

「子供だけは渡すんじゃないよ。慰謝料もちゃんと貰うんだよ」

帰って親に頭を下げると、千代は鼻息を荒くして言った。

「慰謝料なんて貰う筋合いじゃないの」

「何言ってるんだい。離婚は戦争なんだよ。七年も同居して尽くしたんだから、貰えるものは貰っとかなきゃ駄目だよ」

「でも、あたしが悪いの」

菊男も息巻いて口を出した。

「バカ言え。夫婦のことはお互いさまだ。おまえだけが悪いなんてことあるもんか」

「あたしは最初からわかってたよ。いつかこういう日が来るんじゃないかってね。あんな家でよく七年も我慢したね。おまえはちっとも悪くない。あんなお義母さんと一緒にいたら誰だっておかしくなるよ」

那智は胃が痛くなってきた。日曜日の話し合いのことを思うとどこかへ逃げ出したかった。水沢家を刺激するようなことは言わないでくれと那智は言いたかったが、本当の親ではないので遠慮してそんなことも言えなかった。子供の頃からずっとそうだった。もし本当の親ならきっと言いたいことを言えるのだろうといつも思っていた。

久しぶりの実家は以前にも増して居心地が悪かった。菊男は相変わらず酒癖が悪かったが、もうほとんど暴れたりすることもなくなった。つまり年を取ったのだ。

「ところで那智、親捜しはどうなったんだい？」

隣の寝床で、千代が思い出したように言った。

「あれはもういいの。離婚騒ぎでそれどころじゃなくなったし、ふんぎりはついたから」

「まあ、今さら会ってもねえ」

千代はほっとしたようだった。今さら親子対面を果たして、これまで苦労して育ててきた自分たちのことを忘れられるのはかなわないというのが本音だった。育てたからには老後の面倒はきっちり見てもらわなければ釣り合わないと彼らは考えていたのである。

そして屈辱と忍耐の日曜日がやって来た。

嫁が家庭を放棄して勝手に家を出て行ったのだから、まず両親が詫びを入れに来るべきだというのが水沢家の言い分だった。

「このたびは娘が勝手なことをいたしまして、申し訳ありませんでした」

菊男と千代が頭を下げると、富枝と修平は口を極めて那智のことを罵りはじめた。かわいそうだと思ってずいぶん良くしてやったのに、恩を仇で返すようなことをしてくれた。親の顔も知らないような女を嫁に貰ってやっただけでも有り難いと思うべきなのに、身の程知らずにも後足で砂をかけるような真似をしてくれた。結局生みの母親と同じことしてるんだから血は争えないということだよ。育ての親の躾も悪かったんだろうね。きれいな顔して、とんでもないアバズレだったよ。しかも相手は女だなんて、ああ考えるだけで気持ちが悪い。女に女房を寝盗られるうちの耕ちゃんも情けないけど、こんなこと口が裂けたって世間の人には言えやしない。

まさかとは思ったが、耕一は両親に不倫のことを洗いざらいしゃべってしまったようだった。那智は両親の前で変態呼ばわりされ、反論する余地も与えられずに親権を取り上げられた。今後一切、水沢の家とは関わりがないと思え。おまえがどこで野垂れ死にしようがうちは関係ない。二度とこの家の敷居はまたぐな。荷物はこっちで荷造りして、住むところが決まったらすぐに送ってやる。

那智はひたすら耐えた。言葉で刺し殺されることを覚悟してここに来た。菊男も千代もじっと頭を下げたまま、真っ赤になって聞いていた。一滴でも酒が入っていたら菊男は狂って暴れだすだろうと那智は思った。千代は涙ぐんで拳を握りしめていた。

「本来ならこっちが慰謝料を請求できるんだが、おまえもこれから一人で大変だろうからそれだけは勘弁してやる。だからおまえも訴訟を起こして親権を取り戻そうなんて思わないことだ。そのかわりと言っては何だが、この前渡したアパート代の八十万円は手切れ金として取っておくように」

　耕一はれいが中学生になったら会うのを許可してもいいと言った。こんなふしだらな女でもれいにとっては母親だからね、このはからいを有り難く思え、と富枝が言った。その言葉を聞いてとうとう菊男がキレた。

「娘がこちらの家を出たのは、あんたがたとの同居がつらかったからじゃないんですかい？　男を作ったわけでもあるめえし、たいがいにしてもらいてえな。中学生になるまで子供に会わせねえだと？　ちったァ子供の気持ちを考えたらどうですか。まだ五つの子に、母親がどれだけ必要なもんか、考えてやってほしいですね。大人の気持ちなんかどうだっていいんだよ。子供の気持ちがまず何よりも先決だろうが」

　すると千代も涙をこらえきれずに訴えた。

「そうですよ。この子にとってはたった一人の血のつながった肉親なんですから、そんなひどいことだけはしないでください。那智のしたことは謝りますから、どうかそれだけは」

「バカかおまえは。あやまるなッ」

　菊男と千代の言葉が、耕一の気持ちを動かすことになった。彼は最後の最後のところで妻を憎み切ることができなかった。そして彼は父親としては文句のつけようのないほど愛情深い男だった。彼はれいが母親をどれほど慕わしく恋しく思っているかを知っていた。三人の大人がよってたかって愛情を注いでやっても、母親ひとりの力にはかなわないことも悲しいくらいよくわかっていた。れいがやさしい子供で、みんなを傷つけまいとするあまり、じっと我慢していることも不憫でならなかった。これほどまでに恋い焦がれあっている母と子を自分のエゴで引き裂いているのかもしれないという罪悪感がつねにつきまとっていた。

面会の時期については那智も猛然と食い下がった。菊男も千代もこのことについては一歩も譲らず、一年刻みの攻防が繰り広げられた。粘りに粘って、ようやく一年後ということで話がついた。そして那智は急き立てられるようにして離婚届にサインした。

大人たちが話し合いをしているあいだ、れいは二階でテレビを見ているように言われた。那智は最後に五分だけ娘に会わせてもらうことができた。二階へ上がっていき、れいちゃん、と呼びかけると、れいは拗ねたような表情をして那智を振り返った。那智は泣かないように必死で歯を食いしばった。ママを笑顔で覚えていてほしかった。

「れい、元気だった?」

「うん。ママいつ帰ってくるの?」

「ごめんね。ママはもう帰ってこられないの。れいとは別々のおうちで暮らすことになったの。でも、すぐにまた会えるようになるからね。離れてでもママはいつもれいと一緒にいるからね」

ふるえないように気をつけながら、那智はれいを抱きしめた。でもふるえは伝わってしまった。やさしい天使は心配そうに母親の顔をのぞきこんだ。

「ママ……ママだいじょうぶ？　ママだいじょうぶ？」

あまり強く抱きしめすぎると、子供をおびえさせてしまう。泣いてしまうと、子供を悲しませてしまう。那智は精一杯にほほ笑んでみせた。そして胸の内でそっと語りかけた。

あなたのすることならどんなことでもママは受け入れる。あなたの行く道ならどんな道でもママは見守っていてあげる。いつどんなときでもママはあなたとともにいて、あなたの幸福を願っている。ママは空のように海のようにいつもあなたの中にいる。ママは星のように花のようにいつもあなたのそばにいる。そして雨のようにおひさまのようにいつもあなたに降り注ぐ。ママとあなたは永遠につながっている。あなたが生まれてきてくれたことをママは神さまに感謝する。あなたがあなたであることを。ママの娘であることを。

翌日、那智は家庭裁判所に出向いて子供との面接交渉権を求める調停を申し立てた。このままだと本当に一年後に子供と会わせてもらえるのかどうか不安だったからである。耕一にも電話で頼んで裁判所まで来てもらった。耕一は裁判所と聞いただけで逆上し、那智が親権を取り返そうとしているものと思い込んで、やって来るなり那智を殴りつけ火を噴くようにわめき立てた。

おれから娘を取り上げようったってそうはいかないぞ。おれにはもう何もない。おまえは出て行ったし会社もつぶれかけてる。おれにはもうあの子しかいないんだ。あの子を失えばおれは生きていけなくなる。おまえは疫病神だ。まわりの人間を全部不幸にする。呪われた、汚れた血が流れてるんだよ。おれも、れいも、不幸になった。これ以上不幸にしないでくれ。れいは渡さないぞ。れいは渡さないぞ。れいは渡さないぞ……。

耕一は取り乱し、言葉で那智を八つ裂きにしながら涙と鼻水を垂れ流していた。耕一は那智よりもはるかに脆く、少しでもひびが入ると致命傷になりかねない弱さと繊細さをもっていた。家族のために生きてきた彼のような男にとっては、裏切った妻を恨み続けることによってしか自分を支えるすべがないのだった。

親権を奪うつもりはない、ただ面接交渉権を保証してほしいだけなのだと那智が根気よく説明すると、彼はようやくわかってくれた。会社がそんなに苦しいのなら八十万円は返すと申し出たが、彼はいらないと言った。調停が行われるのは一ヵ月以上先になるという。そのあいだに彼が離婚届を出してしまえばあとで子供と会えなくされても文句は言えないので、那智は念のために役所にも出向いて、面接交渉権を得るまでのあいだ離婚届の不受理申請を願い出た。彼の執念深さが身にしみている那智は、ここまでやってようやく安心することができた。

それから那智は会社を三日間だけ休んでアパート探しに奔走した。こまかく条件を並べ立てて注文をつけている余裕はなかった。仕事もあったし、どこでもいいから早く落ち着いて田川の家を出たかった。いざというときのためになるべく子供の近くにいたかったから同じ千葉県内で探した。水沢の両親に万が一のことがあって急に子供を引き取らなければならなくなったときのことも考えて、ワンルームではなく2DKを希望した。東西線沿線を選んだのは、通勤に便利だからということもあったが、三鷹まで一本で行けるとふと思ったからだった。

足を棒のようにして不動産屋を回りながら、気がつくと理緒のことを考えていた。手紙も何通も書きかけてはやめた。会いたくて会いたくて気が狂いそうだった。しかし那公衆電話を見かけるたびに足をとめた。何度も東西線に飛び乗りそうになった。しかし那智はおそれていた。理緒に拒絶されたら今度こそ自分は立ち直ることができないだろう。理緒よりも子供を選んで別れてくれと言った自分を理緒が許してくれるとは思えなかった。自分がひとりぼっちになったことを知れば理緒はまた自分のところに戻ってきてくれるかもしれないが、それではあまりに身勝手に過ぎると思っていた。

それよりも那智は耕一から言われたことを忘れることができなかった。おまえはまわりの人間を不幸にする。呪われた、汚れた血が流れている。その通りかもしれないと那智は思う。子供を別にすれば、この世で一番不幸にしたくない人は理緒だった。だからもう自分なんかとは関わらないほうがいいのだ。那智はそう思い込んでいた。

四月の頭の、雨降りの肌寒い日に那智はひとりで部屋を決め、その日のうちに入居した。東西線の奥のほうの、ごみごみとした住宅街の中にある古いアパートだった。真ん前が駐車場で、安普請の同じような造りの木造モルタルアパートがコの字型に囲むように建っている、自転車と洗濯機と雨傘がどの部屋の前にも風雨に晒されて置かれている、文字通り長屋のようなところだった。コの字の真ん中の、一階の角が那智の部屋だった。中は外観ほどひどくなく、きれいにリフォームされていて、水回りも日当たりも悪くなかった。四畳半のダイニングキッチンに六畳と四畳半の和室は理緒のアパートよりも広く、一人で住むには寒すぎるくらいだった。

契約を交わし、お金を払って鍵を受け取ると、那智はまずCDラジカセをディスカウントストアで買い求め、雑巾と洗剤とビールを西友へ買いに行った。ラジオで音楽を聴きながら雑巾がけをすませるとカーテンとカーペットを買いに行った。その日はそこで力が尽きた。那智は三たび西友に出かけて毛布を買い、ビールを飲んで寝てしまった。

翌日はコンビニへコーヒーとサンドイッチを買いに行き、腹を満たしてからカーテンとカーペットを取り付けた。それらを取り付けたところで引っ越し業者がやって来た。二人の作業員がチェスト、机、椅子、布団、そして夥しい数の段ボールを運び込むのにたいして時間はかからなかった。那智はビールを飲みながら、耕一が梱包してくれた荷物をひとつずつほどいていった。

耕一は本当に几帳面な男だった。段ボール箱には内容物がわかるように表面にマジック書きされており、食器は割れないように一つずつ新聞紙でくるんであった。衣類は季節ごとに区分けされ、きちんと畳まれて防虫剤まで入っていた。炊飯器も、醤油差しも、アイロンも、アイロン台もあった。下着も、浴衣も、タオルも、シーツも、驚くべきことにトイレットペーパーホルダーまで入っていた。まるで那智の使っていた物には目も触れたくないとでもいうような徹底ぶりだった。写真は彼と子供の分は抜いて、那智の写っているものだけ入っていた。れいの写真は一枚もなかった。それらの荷物を詰めているときの彼の顔を思い浮かべると、那智は整理する気力もなくして段ボールの山の中にうずくまった。

10

葉桜の下を歩きながら、そういえば今年は一度も花見をしなかったなと理緒は思った。

世の中が花で埋まっているあいだは、一歩も外に出なかったのだ。毎日毎晩、顔の形が変わるほど泣いた。眠れなくなり、ものが食べられなくなり、仕事ができなくなった。髪の毛が一気に白くなった。このままゆるやかに衰弱死することを本気で願っていた。急性アルコール中毒になりたくて、飲めないのにウイスキーを一日一本流し込んだ。すぐに吐いてしまうので胃がぼろぼろになっただけだった。

吐瀉物の海のなかで、理緒はいつも同じ幻覚を体験した。頭の中に線路が敷かれていて、その上を始発電車が通り過ぎていく。つくりたての豆腐のようにやわらかい脳みその断面を切り裂いて、鋼鉄のかたまりが水牛のように唸り声を上げながら通り過ぎていく。頭の中を電車が通ると、あばら骨が折れそうなほどの頭痛にのたうちまわる。

那智が離婚して子供とも引き離されて一人暮らしをはじめたことなど、理緒は知る由もなかった。今頃子供と二人で楽しく暮らしていると思い込んでいた。あるいは二転三転して旦那と三人で暮らしているのかもしれない。いやそれとも、水沢の家に戻って何事もなかったかのように以前と同じ暮らしをしているのかもしれない。子供と一緒でありさえすればそのいずれでもかまわなかった。

那智から電話がかかってくるのではないかと思って、一日中電話機を眺めていたこともある。那智がひょっこり戻ってくるのではないかと思うと外出もできなくなり、そのときのためにワインを冷やしておくようになった。理緒は空虚な妄想のなかでかろうじて生きていた。考えてみれば二人で写真を撮ったことも、プリクラを撮ったこともない。理緒は那智の顔を忘れないように、一日のうちに何度も何度も意識的に顔の造作を思い描くようになった。

気がついたら那智の娘のかよっていた幼稚園の前にいたこともある。那智に会えそうな場所はそこしか知らなかった。家も会社も知らなかった。そこは那智と初めて会った場所でもあった。娘を迎えに来た那智の姿を遠くから一目見るだけでよかった。声をかけるつもりはなかった。彼女と子供が一緒にいるところを見て彼女の幸福を確認できればそれでよかったのだ。でも那智はあらわれなかった。それらしい子供も見かけなかった。たくさんの子供たちがたくさんのお母さんたちに連れられて帰って行くだけだった。

理緒はにわかに不安になり、彼女が毎週水曜日にかよっていたフランス語の学校をハローダイヤルで調べて電話をかけてみた。水沢那智さんなら先月お辞めになりました、と事務局の人が言った。いろんなことがいっぺんに起こってフランス語どころではなくなったのだろう。理緒は那智の会社の名刺を貰っておかなかったことをじりじりと後悔することになった。かといってまさか水沢家に電話するわけにもいかない。実家の電話番号もわからない。

理緒は最悪の事態を想像して慄然(りつぜん)とした。いつか那智が言っていたように、どちらかを選ぶくらいならどちらも捨てて失踪してしまったのではないか？　あの死の海へ揺り戻されてしまったのではないか？　死そのもののようだった那智の冷えきった体をあたためることができるのは、うぬぼれではなく自分だけだと理緒は信じていた。それほどの相手となぜ別れなければならなかったのか、理緒にはどうしてもわからなかった。一日でいい、会いたい。生きている那智に会いたい。あの美しい目を見たい。

ここまで考えて、理緒はようやく自分の愚かしさに思い至った。今さら姿を見てどうしようというのだ。子供と一緒なら那智は幸福に決まっている。彼女と子供があたたかく、健康で、ひもじくなければそれでいい。那智は自分のように孤独にまみれているわけではないのだ。自分にしてあげられることはもう何もない。ただ祈るだけだ。あの二人が二度と引き離されることのないように。那智がもう泣くことのないように。そのためなら自分は一生ひとりきりでもかまわない。永遠に愛が与えられなくてもかまわない。春の桜も、夏の花火も、秋の紅葉も、クリスマスツリーも、誰とも一緒に見なくてもいい。ひとりで見るのがつらすぎるなら、今年から自分はもうそんなものは見ない。四季などいらない。花も酒も歌もいらない。これまでと同じように、鉄橋の下で眠るような人生を黙々と生きていけばいいのだ。

理緒は再び長い旅に出ることを考えていた。異国の風に吹かれ、見知らぬ街の見知らぬ駅に降り立つ自分の姿を何度もイメージすることによって、理緒は命をつないでいた。電車の幻覚は旅に出たいという暗示ではないかと思われた。今度長い旅に出たら、もう戻ってくるつもりはなかった。どこか中東の砂漠か古代遺跡の片隅でひっそりと死ぬことを夢見ていた。そういう死に方が一番自分にふさわしいような気がした。

葉桜の下を歩きながら、旅に出よう、出なくてはならない、と理緒は思った。

ちょうどその頃、岩崎環（たまき）が日本に帰ってきた。英国の演劇学校のシステムを取り入れたワークショップをもうじき日本で立ち上げることになっている。夫と子供たちと離れ、しばらくは日本で準備に追われる。軌道に乗れば英国と日本を行ったり来たりの二重生活がはじまる。

「牙のペンダントはもうつけなくてもよくなったの？」

「あのペンダントのおかげで宿命の恋人に出会えたよ。だからもう必要ない」

「でも見たところ、失恋したみたいだけど」

「もうあれ以上の人には出会えないと思うから。打ち止めにするよ。宿命の恋人なんて一人しかいない。一生ぶんの恋愛エネルギーを彼女で使い果たしちゃった」

「それはまたすごい大失恋をしたものね。何年くらいつきあったの？」

「二ヵ月くらいかなあ」

環はあきれて絶句した。理緒は言ってから自分でも驚いた。那智との時間はあまりにも濃密だったので、その何十倍もの時間をともに過ごしたように思える。

「でもまあ、ロミオとジュリエットだって一週間の恋だもんね」

「せっかく環が帰ってきたのに、また旅に出るかもしれない」

「えーっ、そんなあ。理緒にはワークショップのことでいろいろと協力してもらいたいと思ってるのに」

「わたしはもう、芝居からは完全に足を洗った人間なんだよ」

「そんなこと言わないで。親友でしょ」

確かに環は理緒のたったひとりの親友だった。友情以上の感情を抱いていた時期はあったが、あのとき寝なかったおかげで親友になることができた。あれは愚かで恥ずかしい青春期にあって唯一の賢明な選択だった。

断ち切ろうとしても断ち切ろうとしてもどうしても断ち切ることのできない那智へ

の気持ちを、友情に変換できないかと理緒はずいぶん悩んだことがある。セックスさえしなければ、自分たちの関係は親友と変わらない。親友ならば恋人と違って別れることはない。恋がいつか終わってしまうかもしれないことをおそれなくてもいいのだ。でも、そんなことは不可能だった。セックスなしで那智とつきあうことなんてできなかった。今から那智と親友としてやり直すこともできるわけがない。自分たちは恋人以外の何者でもなかった。心と体で離れがたく結びついていた。それこそが愛だ。愛とは相手の血を吸って生きることだ。魂は肉体のなかにあるのだ。

「旅費をためるまでは行きたくても行けないけどね。翻訳のアルバイトでもまわしてよ」

「ありがとう」

「しばらくは世田谷のお屋敷で暮らすの？」

「実はね、八ヶ岳の別荘を本拠地にしようと思っているの。父から生前贈与を受けてあたしのものになったのよ。あそこなら敷地も広いし、東京からの交通の便もいいでしょう。ワークショップの教室を作るには全面的に改築しなくちゃいけないんだけどね」

八ヶ岳の別荘なら理緒にも馴染みの場所だった。学生時代は毎年のように遊びに行ったし、劇団の合宿所としても利用させてもらっていた。環の祖父がスポーツおたくだったおかげで、ちょっとした体育館とプールがついているのだ。

「それはいい。空気もきれいだし、役者も集中できるんじゃないかな」

「理緒、あなた、誰か建築家を知らない？　稽古場と一緒に小さな劇場を建て増ししたいと思っているの。百人も入ればいっぱいになるような、昔あたしたちがよく使っていた、役者の汗と唾が飛んでくるような、小さな小さな小劇場。椅子なんかなくて、開演前に座布団を並べるような、お客さんに靴袋を配るような、装置なんか何もなくても演出家のイメージだけであらゆるものを見せられるような、そんな小屋をつくりたいの。予算はあまりないんだけど、質素で豊かな入れ物を建ててくれる建築家を探してるのよ」

建築家という言葉を聞いて、理緒の胸にぱっとあたたかな灯がついた。

「一級建築士なら一人知ってる。劇場を建てたことがあるかどうかは知らないけど」

「そう。どんな人？」

「三十三歳。女性。センス抜群。才能は保証する。建築雑誌でしか作品を見たことはないけれど、クールで熱い空間をつくる人だよ。どちらかといえば男性的なフォルムなんだけど、細部がはっとするほどエレガントなの。何をやっても、どこまで行ってもエレガントなの。本人もかっこよくて、ダイヤモンドみたいな目をしてる。影響を受けた建築家はル・コルビュジエ、オットー・ワーグナー、安藤忠雄。好きな花は蓮の花。好きな言葉は……きくのを忘れた」

夢中でしゃべっていた。建築雑誌の受け売りもまじっていたが、確かな実感も含まれていた。那智の作品のなかにこれまで一度も身を置いたことがないのが不思議なくらいだった。自分は那智のことを本当には何も知らないのだと理緒は思った。

「いいじゃない。今度会わせてよ」

「悪いけど、わたしはもう会えないんだ。連絡先はつきとめるから、環が自分で交渉してくれるかな」

環は変な顔をしたが、何もきかなかった。理緒は以前、那智に作品の掲載された雑誌を見せてもらったことがある。そのバックナンバーを当たれば那智の会社がわかるはずだ。なぜそんなことに気がつかなかったのだろう。那智につながる回路はまだ残されていたのである。蓮の花が好きだと言ったときの那智の顔を理緒は思い出していた。次の瞬間にはもう溶けてなくなっていそうな、寂しそうな顔で言ったのだった。

理緒は早速図書館に出かけてバックナンバーを調べてみた。那智の会社はすぐにわかった。電話をかけてみると、水沢は打ち合わせ中ですがと言われた。理緒は名乗らずに電話を切った。那智が元気に仕事をしていると思うだけで、理緒は救われたような気持ちがした。那智の作った建物の写真を眺めているうちに、理緒はそこへ行ってみたくてたまらなくなった。そう思うといても立ってもいられずに、そのページのコピーを取って理緒は図書館から駅に向かった。

建築雑誌に掲載されていた那智の作品は少なくとも五つ見つけることができた。都内では人形町のイタリアン・レストラン、青山の帽子専門店、奥沢の障害者向け個人邸宅。箱根の企業向け別荘。そして神戸の多国籍料理店。理緒はひとつずつ丹念にまわっていった。それは理緒にとってのもうひとつの巡礼でもあった。

帽子専門店は潰れてしまっていた。個人邸宅と別荘は中には入れなかったが、外観だけ見ても充分に那智を感じることができた。神戸の店は地震の影響が懸念されたが、倒壊も損壊もせず、写真のままだったのでほっとした。料理が運ばれてきたとき、理緒が何げなく設計者の知人であることを告げると、水沢さんは地震の翌日に飛んできてくれたんですよ、と店主らしき男が嬉しそうに言った。

那智の作った壁に触れ、那智の凝(こ)らした意匠の中に身を置いていると、その空間の空気や埃(ほこり)までもがいとおしく感じられ、ささくれ立った理緒の心は那智のやさしさや生き生きとした気配に包まれて癒されていくようだった。那智の作った空間はやわらかな曲線と光と心地よい色彩にあふれて表情豊かに理緒を迎え入れ、理緒をリラックスさせ、理緒に活力を与えてくれた。すみずみまで親密さに満ちていて、那智自身が語りかけてくるようだった。

那智が内側に抱え込んでいた世界は暗闇だけではなく、驚くほど豊饒な海だったのだということに、理緒は打たれた。そして気がついた。感情教育を受けているのは他ならぬ自分のほうだったのだと。

「水沢さん、最近はお元気ですか？」

と帰り際に店主がきいた。

「ええ、お元気だと思いますよ」

「それならいいんですが。いえね、大阪のほうに支店を出すんで、また水沢さんにお願いしたんですよ。ずいぶんとお痩せになってらして、みんなで心配してたんですよ」

理緒はどきりとした。那智が苦労しているのではと思うと、とてもこうしてはいられないと思った。

「何かあったんでしょうか？」

「離婚なさったそうですよ。一人暮らしになって、食生活が不規則になったからだっておっしゃってました。ハードなお仕事なんだからきちんと食べて下さいよって、しつこいくらい言ってるんですけどね」

急に体じゅうの血液が沸騰しはじめた。帰りの新幹線の中でも沸騰はおさまらなかった。何をしてたんだ。まったく自分は今まで何をしてたんだ。理緒は自分のふがいなさに歯ぎしりした。百回ほど深呼吸を繰り返しながら、どうやって那智との再会を果たすべきか、理緒は痺(しび)れる頭で何度も何度も何度も考え続けた。

子供の面接交渉権を求める調停は五月中旬に行われた。

那智は自分のラッキーカラーである淡いレモンイエローのシャツブラウスを着て家庭裁判所に出かけた。この色を身につけているとなぜかいいことがあるのだ。理緒と初めて会ったときも、一級建築士の試験を受けたときも、このシャツを着ていた。就職試験の面接や大事なコンペのときにも必ず着るように心掛けていた。

夫婦はそれぞれ別室で調停委員と向かい合い、言い分をきかれる。たいていは母親が親権を主張するケースが一般的らしく、那智が面接交渉権だけでいいと言うと調停委員は意外そうに那智の気持ちを確認した。

「本当にいいんですか？　いったん親権を譲ってしまうと取り戻すことは難しいですよ」

「いいんです。このことについては話し合いがついていますから」

「わかりました。今日は冷静に話し合うことができますか？」

「はい。だいじょうぶです」

耕一のほうでも冷静に話し合えると判断されると、夫婦は一室に集められ、調停がはじまった。二人の調停委員のほかに、児童心理学の専門家も同席していた。

耕一の気持ちは変わっておらず、一年間は子供と会わせることはできないと主張した。那智はそれが自分にとってどんなに精神的に苦痛であるかを訴え、できることなら一日も早く会わせてほしいと言った。耕一は激高して時々大きな声を出したが、那智は落ち着いて淡々としていた。耕一の顔は赤く、那智の顔は青ざめていた。

やり取りを黙って聞いていた児童心理学の専門家が、最後にこんな助言をしてくれた。

「子供の立場から意見を言わせていただくと、あまり時間を空けずに会わせてあげたほうがいいと思います。大人と子供とでは、流れている時間の感覚が全然違うんです。大人にとっては一年なんてあっという間に思われるでしょうが、子供にとってはその何十倍も長く感じられるものなんです。いろんなご事情がおありかと思いますが、やはりお子さんの気持ちをまず第一に考えてあげてください。一年も半年も母親に会えないと子供は情緒障害にもなりかねません。どうでしょうか、夏休みぐらいからというのは？」

それを聞いて耕一の顔色が変わった。調停委員にも説得され、彼はようやく夏休みから会わせることに同意した。その後、母親との面会は月に一度、父親は同席せず、二人だけで会うことに話が決まった。日曜日の午前中に耕一が中間の駅まで連れてきて、夕方同じ駅で返すことになった。那智は面会における心得を渡され、子供を動揺させないための注意点をいくつか教えられた。いわく、面会のとき感情的になって泣いたりしてはいけない、子供の前で一緒に暮らしたいと愚痴を言ってはいけない、親権者の悪口を言ってはいけない、面会の約束をみだりに破ってはならない、などである。

調停が終わると、裁判所の廊下で那智は耕一と立ち話をした。

「れいは元気にしてる?」

「ああ。家の中であいつだけが元気だ。子供の生命力ってのはすごいよ」

「会社はどうなの?」

「厳しいけど、どうにか持ちこたえてみせるさ。れいのためにも」

「何か困ったことがあったら言って。れいのために力になるから」

「おまえの車、売らせてもらった。幼稚園もやめさせた。小学校も公立にするよ」

「あたし、養育費送ろうか?」

「バカにするな。れいの母親として恥ずかしくないように、おまえはおまえでしっかり生きていけよ。おれは何もしてやれないけど、れいだけは立派に育てるから」

じゃあな、と言って彼はやつれた背中を見せながら裁判所を出て行った。これから離婚届を役所に提出しに行くという。

あと三ヵ月で娘に会えると思うと、那智の帰りの足取りは軽かった。こんなに目にしみる新緑を見たのは初めてだった。やっと生きていく気力のようなものを取り戻せそうな気がしていた。

午後に会社に戻ると、見知らぬ来客があった。とても感じのいい女の人だった。八ヶ岳の別荘を劇場兼稽古場として改築したいという。なぜ自分を指名してくれたのかと那智がきくと、岩崎環は建築雑誌を見てあなたの作品が気に入ったからだと言った。那智はこれまで劇場を手掛けたことはなかったが、彼女の話を聞いているとイメージが次々に膨(ふく)らんできた。予算的にもスケジュール的にも断る理由はなかった。

契約社員から正社員にしてもらった直後の初仕事でもあり、社長も存分に腕をふるうようにと言ってくれた。長年のつきあいで気心の知れている間柄なので、社長は那智が離婚して仕事に専念できるようになったことをむしろ喜び、ゆくゆくは共同経営者として考えているからと励ましてくれていたのである。那智は没頭できる仕事をもっていることに感謝した。離婚の理由をうるさく詮索(せんさく)しない同僚たちに感謝した。落ち込んでいる暇もないほど忙しい現場に再び身を置けるチャンスに感謝した。

八ヶ岳へ向かう車の中で、そういえば理緒が昔芝居をやっていたという話を聞いたことがあったのを那智は思い出していた。この話を受けてから、那智は毎晩のように都内の小劇場にかよいつめてイメージを練っていた。週末には地方の劇場にも足を運んだ。夏の休暇にはボーナスをはたいて本場英国のミニシアターを見て回ろうと思っている。別れてしまったあとになって理緒の属していた世界に関わることになるなんて皮肉なものだと那智は思った。理緒ならきっといろんなことを教えてくれたことだろう。理緒の本棚にあった演劇関係の専門書を今読むことができたらどんなに勉強になることだろう。

「うちの冷蔵庫にはビールだけは売るほどありますからいくらでもどうぞ。仕事を手伝ってくれている友人が寝泊まりしてますが、その人はあたしより劇場のことに詳しいので遠慮なく相談してください。週末にはロンドンから戻ります。何日でもごゆっくり滞在していってくださいね。食事はその友人がつくってくれると思いますよ」

施主の岩崎環は急な出張でロンドンに戻らなくてはならなくなり、那智は一人で現地を視察することになった。一人のほうが気兼ねせずに見られるので那智にはそのほうが都合がよかった。別荘から車で五分のところに蕎麦通のあいだでは有名な蕎麦屋があると聞き、那智はそれも楽しみだった。

別荘は敷地も広大だったが、部屋数もかなりのものだった。どの部屋を使わせてもらおうかと見て回っているとき、奥の部屋からワープロかパソコンのキイボードをたたくようなカタカタという音が聞こえてきた。

その音を耳にした途端、那智の胸の奥で鐘が鳴りはじめた。

これと同じ音を聞いたことがある。これとまったく同じ音を聞きながら眠ったことがある。その音はどんな音楽よりも甘く、とろけるように意識の隙間に忍び込んできて、完璧な眠りにいざなってくれた。あれと同じ音をもう一度聞くことができるなら、どんなことでもするつもりだった。

まさか、本当にあなたですか？　雨垂れのようにやさしい音であたしの心の扉をたたき、絶えずあたしに語りかけ、嵐のようにあたしを抱きしめ、あたしの心臓を鷲掴みにして、暗い闇の彼方からあたしにシュプレヒコールを送るのは。この広い世界の片隅であたしを迷子にし、半身をもぎ取られたような痛みを与え、あたしに孤独の本当の意味を教えたのは。前世から契りあった恋人はあなたですか？　今度こそ永遠に契りあうために、あなたはそこで待っていてくれたのですか？

那智は確信した。扉の向こう側に夢にまで見たひとがいることを。

理緒さん、とふるえながら声をかけると、音が止んで扉が開いた。

二人は同時に見つめあった。

「どうしてわかったの？」

「あたしを眠たくさせる音はこの世の中でひとつしかないの」、

理緒は泣きそうな顔をしていた。

那智は消え入るようにほほ笑んだ。

「その音を聞いたら眠くなっちゃった。お願い、眠らせて」

那智は理緒の胸に倒れ込んだ。そしてそのまま気を失った。

みじかい眠りのあいだに、那智は夢を見ていた。

夜の海で、那智と理緒とれいが三人でボートに乗っている。ボートにはたくさんの食料が詰め込まれている。夜だというのに満月が輝くばかりに照り映えて、昼間のように明るい。ボートは漕がなくても思い通りの方向に進んでいく。海は穏やかで、月光は白から銀へ、銀から金へと変わっていく。黄金の光のなかをボートはゆっくりと進んでいく。

那智はとてつもない幸福感に包まれて、この夢がさめるのがいやで泣けてくる。誰かがくちびるで涙をなめてくれる。那智の涙がかわくまで、一滴残らずなめつくしてくれる。でもそのひとの涙が那智の顔にふりかかる。今度は那智がそのひとの涙をなめる。

本書は二〇〇〇年に講談社より刊行され、その後、二〇〇二年に講談社文庫として刊行されました。河出文庫版刊行に際し、「あとがき」、「文庫版あとがき」は削除しました。

感情教育（かんじょうきょういく）

二〇二三年一一月一〇日　初版印刷
二〇二三年一一月二〇日　初版発行

著　者　中山可穂（なかやまかほ）
発行者　小野寺優
発行所　株式会社河出書房新社
〒一五一－〇〇五一
東京都渋谷区千駄ヶ谷二－三二－二
電話〇三－三四〇四－八六一一（編集）
〇三－三四〇四－一二〇一（営業）
https://www.kawade.co.jp/

ロゴ・表紙デザイン　粟津潔
本文フォーマット　佐々木暁
本文組版　KAWADE DTP WORKS
印刷・製本　凸版印刷株式会社

Printed in Japan　ISBN978-4-309-41929-9

白い薔薇の淵まで

中山可穂　41844-5

雨の降る深夜の書店で、平凡なOLは新人女性作家と出会い、恋に落ちた。甘美で破滅的な恋と性愛の深淵を美しい文体で綴った究極の恋愛小説。第十四回山本周五郎賞受賞作。河出文庫版あとがきも特別収録。

私を見て、ぎゅっと愛して　上

七井翔子　41792-9

婚約者がいるにもかかわらず、出会い系サイトでの出会いをやめられない女性が、さまざまな精神疾患を抱える日常を率直に綴った話題のブログを大幅に改訂し文庫化。

私を見て、ぎゅっと愛して　下

七井翔子　41793-6

婚約者がいるにもかかわらず、出会い系サイトでの出会いをやめられない女性が、さまざまな精神疾患を抱える日常を率直に綴った話題のブログを大幅に改訂し文庫化。

あられもない祈り

島本理生　41228-3

〈あなた〉と〈私〉……名前すら必要としない二人の、密室のような恋——幼い頃から自分を大事にできなかった主人公が、恋を通して知った生きるための欲望。西加奈子さん絶賛他話題騒然、至上の恋愛小説。

ナチュラル・ウーマン

松浦理英子　40847-7

「私、あなたを抱きしめた時、生まれて初めて自分が女だと感じたの」——二人の女性の至純の愛と実験的な性を描いた異色の傑作が、待望の新装版で甦る。

あなたを奪うの。

窪美澄／千早茜／彩瀬まる／花房観音／宮木あや子　41515-4

絶対にあの人がほしい。何をしても、何が起きても——。今もっとも注目される女性作家・窪美澄、千早茜、彩瀬まる、花房観音、宮木あや子の五人が「略奪愛」をテーマに紡いだ、書き下ろし恋愛小説集。

ジェシーの背骨

山田詠美　40200-0

恋愛のプロフェッショナル、ココが愛したリック。彼を愛しながらもその息子、ジェシーとの共同生活を通して描いた激しくも優しいトライアングル・ラブ・ストーリー。第九十五回芥川賞候補作品。

泣かない女はいない

長嶋有　40865-1

ごめんねといってはいけないと思った。「ごめんね」でも、いってしまった。——恋人・四郎と暮らす睦美に訪れた不意の心変わりとは？　恋をめぐる心のふしぎを描く話題作、待望の文庫化。「センスなし」併録。

火口のふたり

白石一文　41375-4

私、賢ちゃんの身体をしょっちゅう思い出してたよ——挙式を控えながら、どうしても忘れられない従兄賢治と一夜を過ごした直子。出口のない男女の行きつく先は？　不確実な世界の極限の愛を描く恋愛小説。

外道忍法帖

山田風太郎　41814-8

天正少年使節団の隠し財宝をめぐって、天草党の伊賀忍者15人、由比正雪配下の甲賀忍者15人、大友忍法を身につけた童貞女15人による激闘開始！怒濤の展開と凄絶なラストが胸を打つ、不朽の忍法帖！

カツラ美容室別室

山崎ナオコーラ　41044-9

こんな感じは、恋の始まりに似ている。しかし、きっと、実際は違う——カツラをかぶった店長・桂孝蔵の美容院で出会った、淳之介とエリの恋と友情、そして様々な人々の交流を描く、各紙誌絶賛の話題作。

ニキの屈辱

山崎ナオコーラ　41296-2

憧れの人気写真家ニキのアシスタントになったオレ。だが一歳下の傲慢な彼女に、公私ともに振り回されて……格差恋愛に揺れる二人を描く、『人のセックスを笑うな』以来の恋愛小説。西加奈子さん推薦！

ふる

西加奈子　41412-6

池井戸花しす、二八歳。職業はＡＶのモザイクがけ。誰にも嫌われない「癒し」の存在であることに、こっそり全力をそそぐ毎日。だがそんな彼女に訪れる変化とは。日常の奇跡を祝福する「いのち」の物語。

ショートカット

柴崎友香　40836-1

人を思う気持ちはいつだって距離を越える。離れた場所や時間でも、会いたいと思えば会える。遠く離れた距離で“ショートカット”する恋人たちが体験する日常の“奇跡”を描いた傑作。

フルタイムライフ

柴崎友香　40935-1

新人ＯＬ喜多川春子。なれない仕事に奮闘中の毎日。季節は移り、やがて周囲も変化し始める。昼休みに時々会う正吉が気になり出した春子の心にも、小さな変化が訪れて……新入社員の十ヶ月を描く傑作長篇。

寝ても覚めても　増補新版

柴崎友香　41618-2

消えた恋人に生き写しの男に出会い恋に落ちた朝子だが……運命の恋を描く野間文芸新人賞受賞作。芥川賞作家の代表長篇が濱口竜介監督・東出昌大主演で映画化。マンガとコラボした書き下ろし番外篇を増補。

異性

角田光代／穂村弘　41326-6

好きだから許せる？　好きだけど許せない⁉　男と女は互いにひかれあいながら、どうしてわかりあえないのか。カクちゃん＆ほむほむが、男と女についてとことん考えた、恋愛考察エッセイ。

水曜の朝、午前三時

蓮見圭一　41574-1

「有り得たかもしれないもう一つの人生、そのことを考えない日はなかった……」叶わなかった恋を描く、究極の大人のラブストーリー。恋の痛みと人生の重み。涙を誘った大ベストセラー待望の復刊。

エンキョリレンアイ

小手鞠るい　41668-7

今すぐ走って、会いに行きたい。あの日のように――。二十二歳の誕生日、花音が出会った運命の彼は、アメリカ留学を控えていた。遠く離れても、熱く思い続けるふたりの恋。純愛一二〇％小説。

柔らかい土をふんで、

金井美恵子　40950-4

柔らかい土をふんで、あの人はやってきて、柔らかい肌に、ナイフが突き刺さる――逃げ去る女と裏切られた男の狂おしい愛の物語。さまざまな物語と記憶の引用が織りなす至福のエクリチュール！

窓の灯

青山七恵　40866-8

喫茶店で働く私の日課は、向かいの部屋の窓の中を覗くこと。そんな私はやがて夜の街を徘徊するようになり……。『ひとり日和』で芥川賞を受賞した著者のデビュー作／第四十二回文藝賞受賞作。書き下ろし短篇収録！

やさしいため息

青山七恵　41078-4

四年ぶりに再会した弟が綴るのは、嘘と事実が入り交じった私の観察日記。ベストセラー『ひとり日和』で芥川賞を受賞した著者が描く、ＯＬのやさしい孤独。磯﨑憲一郎氏との特別対談収録。

そこのみにて光輝く

佐藤泰志　41073-9

にがさと痛みの彼方に生の輝きをみつめつづけながら生き急いだ作家・佐藤泰志がのこした唯一の長篇小説にして代表作。青春の夢と残酷を結晶させた伝説的名作が二十年をへて甦る。

きみの鳥はうたえる

佐藤泰志　41079-1

世界に押しつぶされないために真摯に生きる若者たちを描く青春小説の名作。新たな読者の支持によって復活した作家・佐藤泰志の本格的な文壇デビュー作であり、芥川賞の候補となった初期の代表作。

クリュセの魚

東浩紀　41473-7

少女は孤独に未来を夢見た……亡国の民・日本人の末裔のふたりは、出会った。そして、人類第二の故郷・火星の運命は変わる。壮大な物語世界が立ち上がる、渾身の恋愛小説。

僕はロボットごしの君に恋をする

山田悠介　41742-4

近未来、主人公は警備ロボットを遠隔で操作し、想いを寄せる彼女を守ろうとするのだが——本当のラストを描いたスピンオフ初収録！　ミリオンセラー作家が放つ感動の最高傑作が待望の文庫化！

くらげが眠るまで

木皿泉　41718-9

年上なのに頼りないバツイチ夫・ノブ君と、しっかり者の若オクサン・杏子の、楽しく可笑しい、ちょっとドタバタな結婚生活。幸せな笑いに満ちた、木皿泉の知られざる初期傑作コメディドラマのシナリオ集。

ブルーヘブンを君に

秦建日子　41743-1

ハング・グライダー乗りの蒼太に出会った高校生の冬子はある日、彼がバイト代を貯めて買った自分だけの機体での初フライトに招待される。そして10年後——年月を超え淡い想いが交錯する大人の青春小説。

ザーッと降って、からりと晴れて

秦建日子　41540-6

「人生は、間違えられるからこそ、素晴らしい」リストラ間近の中年男、駆け出し脚本家、離婚目前の主婦、本命になれないＯＬ——ちょっと不器用な人たちが起こす小さな奇跡が連鎖する！　感動の連作小説。

キスできる餃子

秦建日子／松本明美　41613-7

人生をイケメンに振り回されてきた陽子は、夫の浮気が原因で宇都宮で餃子店を営む実家に出戻る。店と子育てに奮闘中、新たなイケメンが現れて……監督＆脚本・秦建日子の同名映画、小説版！

著訳者名の後の数字はISBNコードです。頭に「978-4-309」を付け、お近くの書店にてご注文下さい。